Nos Bastidores da Censura

Sexualidade, Literatura e Repressão pós-64

2ª edição

Nos Bastidores da Censura
Sexualidade, Literatura e Repressão pós-64

2ª edição

Deonísio da Silva

Copyright © 2010 by Editora Manole, por meio de contrato com o autor.
Amarilys é um selo da Editora Manole.

Capa:
Hélio de Almeida

Projeto gráfico, diagramação e revisão:
Depto. editorial da Editora Manole

Dados Internacionais de Catalogação na Publicação (CIP)
(Câmara Brasileira do Livro, SP, Brasil)

Silva, Deonísio da
Nos bastidores da censura : sexualidade, literatura e repressão pós-64 / Deonísio da Silva. – 2. ed. rev. – Barueri, SP : Manole, 2010.

Bibliografia.
ISBN 978-85-204-2917-4

1. Censura - Brasil 2. Fonseca, Rubem, 1925 – Censura 3. Fonseca, Rubem, 1925- - Crítica e interpretação 4. Livros proibidos - Brasil 5. Política e literatura - Brasil I. Título.

09-06540   CDD-869.909

Índices para catálogo sistemático:
1. Censura : Literatura brasileira : História e crítica   869.909
2. Literatura brasileira : História e crítica 869.909

Todos os direitos reservados.
Nenhuma parte deste livro poderá ser reproduzida, por qualquer processo, sem a permissão expressa dos editores.
É proibida a reprodução por xerox.

A Editora Manole é filiada à ABDR – Associação Brasileira de Direitos Reprográficos

1ª edição – 1989
2ª edição – 2010

Direitos adquiridos pela:

Editora Manole Ltda.
Av. Ceci, 672 – Tamboré
06460-120 – Barueri – SP – Brasil
Tel.: (11) 4196-6000
Fax: (11) 4196-6021
www.manole.com.br
info@manole.com.br

Impresso no Brasil
Printed in Brazil

"Nada temos a temer, exceto as palavras."

Rubem Fonseca
(O caso Morel)

"Morder o fruto amargo e não cuspir
mas avisar aos outros quanto é amargo,
cumprir o trato injusto e não falhar
mas avisar aos outros quanto é injusto,
sofrer o esquema falso e não ceder
mas avisar aos outros quanto é falso;
dizer também que são coisas mutáveis...
E quando em muitos a noção pulsar
— do amargo e injusto e falso por mudar —
então confiar à gente exausta o plano
de um mundo novo e muito mais humano."

Geir Campos

"Sede como Machado de Assis,
que perfumava os vândalos que o feriam."

Eduardo Hoffmann

Aos catarinautas Cecílio, meu pai;
e Leobertina, minha mãe: da Itália
e do Rio Grande do Sul para Siderópolis,
em Santa Catarina, mas a melhor estação
é aquela aonde ainda não chegamos.

À Soila e à Manuela,
por motivos inconfessáveis.

Agradeço a
Rubem Fonseca, Guilhermino César,
José Carlos Garbuglio, Ligia Chiappini Moraes Leite,
Flávio Aguiar, Jesus Antônio Durigan,
Boris Schnaiderman, Fernando Morais,
Pedro Paulo de Sena Madureira,
Gumercindo Rocha Dórea, Luzia de Maria
e Sindicato dos Escritores do Rio de Janeiro:
parcerias importantes no percurso.

Sumário

Prefácio, 13

Torre de papel
Origens e formação de um caso-síntese, 15
A proibição
Os bastidores da censura, 29
Relatar ou descrever
A opção narrativa de um herói problemático, 61
O manuscrito e o palimpsesto
A arte de matar, amar e escrever, 101
Literatura e poder
A luta entre o Escritor e o Estado nos tribunais, 131

Documentos
Ação movida pelo Autor contra a União, 163
Contestação da União à ação movida pelo Autor, 179
Perícia da União — por Afrânio Coutinho, 185
Laudo do assistente técnico do Autor — Francisco de Assis Barbosa, 211
Resumo dos contos, 220
Sentença judicial, 224
Apelação do Autor junto ao Tribunal Federal de Recursos, 248
Apelação da União junto ao Tribunal Federal de Recursos, 273
Parecer da Procuradoria da República, 278

Anexos
Relação dos livros proibidos, 291
Sobre a censura na Argentina — por Mempo Giardinelli, 306

Bibliografia, 311

Prefácio

Deonísio da Silva divide entre a ficção e a crítica o gosto da análise. Num e noutro caso, nem a imaginação deixa de influir, nem a visada pessoal se restringe. Sua ficção incorpora os valores, melhor: os imprevistos do factual, expressão da incerteza em que o homem vive. É sarcástico, meigo, irônico, inteligente. Por baixo do imaginário, da narrativa, percebe-se nele a experiência de vida a latejar, a curtir as desigualdades e a própria condição carnal. A carne não tem asas, ai de nós, e Deonísio sabe disso. Toco neste ponto porque parece explicar a gênese e o sentido maior deste livro. O autor escolheu a obra vulcânica de Rubem Fonseca, que a ninguém deixa indiferente, pela maneira pessoal, dura, implacável, mas humana, que a distingue. Nela se recria a criatura "decaída", aviltada pela fome e pelo desespero, ou pelo vício e pela maldade, dos grandes centros urbanos. Desse Rio de Janeiro tão festivo, por outro lado, mesmo nestes dias em que a violência o desfigura, através de fatos não previstos pela imaginação de um Machado de Assis ou de um Lima Barreto.

Tive o prazer de acompanhar a feitura deste trabalho. Apreciei nele, desde o início, a agilidade de movimentos com que o autor gizou planos. O resultado é este: um ensaio vigoroso. Enquanto exposição, tem ainda o mérito de reivindicar calorosamente a liberdade de expressão do escritor, o direito de criar que individua a obra literária como ato puro, no sentido mais universal da *poiesis*.

Ademais, a análise, aqui, ilumina um livro hoje clássico da literatura brasileira — *Feliz Ano Novo*, cuja circulação a censura interditou, adotando critérios muito abaixo de qualquer juízo que se respeite.

O leitor tem diante dos olhos uma exposição fluente e arguta, quase uma radiografia de tempos difíceis. Leia-o devagar, meditando e sorrindo. O bicho-homem, afinal de contas, é divertido.

Guilhermino César

Torre de papel
Origens e formação de um caso-síntese

A ditadura militar, que marcou o período histórico entendido como Velha República, começa no dia 1º de abril de 1964, mas, por motivos vinculados ao folclore da pátria e seus usos e costumes, esta data foi recuada para 31 de março. Alterações semânticas foram processadas em seguida, e o golpe de Estado, ocorrido no "dia da mentira", passou a ser conhecido como Revolução de Março, Revolução de 64 etc. Seu término dá-se vinte anos depois, em 1984, com a eleição indireta, realizada pelo Congresso Nacional, de Tancredo Neves para a Presidência da República. Tendo o eleito morrido antes da posse, coube ao vice-presidente, José Sarney, ex-presidente do partido que dava sustentação parlamentar ao antigo regime, substituir o general João Baptista de Oliveira Figueiredo, último presidente do chamado ciclo autoritário.

As relações entre a nova ordem, imposta a partir de 64, e os intelectuais foram marcadas por tensões e conflitos, acentuados em dois períodos distintos: após a edição do Ato Institucional nº 5, em dezembro de 1968, e durante o governo do general Ernesto Geisel.

Corria o ano de 1974 quando Geisel tomou posse, sucedendo ao general Emílio Médici, cujo governo foi dado como dos mais cruéis da história republicana. Geisel anunciou uma "*distensão lenta, segura e gradual*". Para ministro da Justiça, nomeou Armando Falcão, que ocupara o mesmo cargo no governo democrático de Juscelino Kubitschek de Oliveira.

Paradoxalmente, o governo Geisel constitui-se em um período exemplar para os estudos aqui apresentados, e seu ministro da Justiça passou à história como o maior censor do Brasil em todos os tempos: mais de 500 livros proibidos, além de centenas — e às vezes milhares — de filmes, peças de teatro, músicas, cartazes, *jingles* e diversas outras produções, entendidas como artísticas e culturais, censuradas entre 1974 e 1978.

Dentre os numerosos autores proibidos (ver relação completa à página 291), um deles, o contista e romancista Rubem Fonseca, foi escolhido como um caso especial para os objetivos deste livro.

Nos bastidores da censura: sexualidade, literatura e repressão pós-64 estuda a obra de Rubem Fonseca como caso-síntese das relações entre o escritor e o Estado naquele período.

A opção pela análise da ficção de um determinado autor, aliada ao exame do processo judicial que se seguiu à censura, permitiu-me um caminho de mão dupla. Além do estudo de sua obra literária, interessou-me buscar, na própria ficção, as razões da censura, disfarçadas nas volumosas alegações que constituem o processo.

Advertiu-nos Lévi-Strauss de que "as estruturas não aparecem a não ser a uma observação de fora para dentro". Para isso é conveniente acercar-se do texto com um *olhar armado*. Os problemas advindos de uma determinada pressuposição teórica — no entanto indispensável — não são poucos, começando pelo fato de Rubem Fonseca não ser autor de uma obra acabada, vez que se trata de escritor em plena atividade literária, exercendo sua imaginação e criatividade, desfrutando de enorme prestígio junto da crítica e do público. Mais do que isso, Rubem Fonseca submete os temas de sua preferência a sofisticadas variações a cada novo livro, como se pode perceber em seu percurso literário até hoje. Não é por outro motivo que sua literatura já foi traduzida para mais de uma dezena de línguas, entre elas inglês, francês, italiano, espanhol, holandês, tcheco, alemão, catalão e búlgaro.

De outra parte, a obra estava sujeita a modificações, pois havia um processo judicial em andamento. O analista, pois, anda sobre uma corda bamba e sem nenhuma sombrinha.

Com poucas certezas e muitas dúvidas, este livro experimenta uma hipótese problemática. Não quero contar com muitas alternativas de análise e interpretação sem recorrer aos modelos teóricos mais ou menos clássicos, que procuram vincular a literatura a um contexto cultural e cujo método obedece aos paradigmas das chamadas ciências sociais — ou, num campo mais vasto, das ditas humanidades. O caminho mais simples seria o de outra hipótese: houve uma ditadura, exerceu-se o poder de maneira discricionária, vários autores foram censurados, como sói acontecer em tais períodos, por tais ou quais razões. Deslindado o quadro, explicados os motivos da censura e seus mecanismos, estaria pronto o estudo.

Como adiante se verá, essa hipótese, cômoda para a teoria, perturbava a prática, que é uma espécie de teoria oculta, cujas regras somos obrigados, por dever de ofício, a descobrir, no que diz respeito a nossos temas específicos.

Optei por examinar a obra de Rubem Fonseca no conjunto dos autores proibidos, com mais de 500 livros vetados, atento aos casos já famosos, da repressão a escritores, tanto no Brasil quanto em outros países da América Latina e também nos Estados Unidos e Europa. A este respeito, tal como ocorreu no Brasil com Rubem Fonseca, há casos-sínteses em outras nações: Joyce, Flaubert, Oscar Wilde, nos Estados Unidos, França e Inglaterra; e, na sequência, Mempo Giardinelli, na Argentina.

Um exame dos títulos proibidos no Brasil de Geisel dá a medida da obsessão censória com os temas vinculados à *sexualidade*, mas às vezes apenas os nomes dos perseguidos indicam, ainda que rapidamente, e ao mais ligeiro olhar, os sintomas da perseguição. Basta ver a contumácia das exclusões dos nomes de Adelaide Carraro e Cassandra Rios. Deixo para outros analistas, porventura interessados em um mirante diverso, o fato de serem do sexo feminino os autores de maior número de livros proibidos no Brasil por uma suposta obscenidade do texto literário.

Medroso, temendo a explosão, incontrolável talvez, da energia orgástica, o poder sempre se interessou pela sexualidade. Não passa despercebido ao analista o fato de em muitas fichas de identificação o sexo do sujeito ser marcado com o mesmo cuidado que é dedicado às suas impressões digitais. A *impressão sexual* vem antes do registro do polegar, antes da assinatura, coisa que pode ser aferida até mesmo numa ficha de hospedagem num hotel. As instituições, que costumam disfarçar a questão sexual como secundária, no plano da retórica, evidentemente — não no de sua prática —, nunca deixaram de manifestar profunda atenção ao tema. A divisão masculino/feminino ou masculino/feminino/homossexual, ou heterossexual/outras sexualidades (aí incluídas as heréticas ou tidas por ilegítimas) marcou sempre a ocupação de espaços na família, na escola, na igreja, na fábrica, na boate, no bordel, na rua, enfim, em vários lugares sociais delimitados. As instituições têm tido para com a sexualidade uma obsessão só encontrável entre os tarados, quanto à procura; e entre alguns santos, quanto à rejeição, só que esta última no plano retórico. Além do mais, as repressões costumam ocupar-se das expressões das sexualidades, não de suas práticas. Pune-se a expressão artística do ato, realizada pela literatura, não o ato em si, que é tolerado!

Este livro não é, porém, um tratado de sexologia, psicanálise ou sociologia. Interessa-me estudar aqui a dimensão estética da literatura, território onde é mais importante saber *como* certa narrativa está articulada do que propriamente seu conteúdo, ainda que fascinante, como é o caso da ficção em apreço.

Assim, busco na obra de Rubem Fonseca e nos documentos arrolados um conhecimento das relações entre o escritor e o poder, sem desprezar a obra que um determinado escritor, em tempos e espaços específicos, produziu, com uma significação dada pela crítica e pelo público, à luz dos estatutos de interpretação vigentes.

O fato de essas relações serem medidas pela sexualidade, de um lado, e pela repressão, de outro, longe de constituir empecilho para uma análise mais abrangente, fornece a possibilidade de um corte, que perde em extensão mas pode ganhar em profundidade. Com efeito, o objetivo desdobra-se na verificação das razões de os escritores serem perseguidos e censurados. E o endereço da pesquisa não são suas pessoas ou existências civis e políticas, mas suas obras. Se assim não fosse, a proibição de Rubem Fonseca derrubaria muitas teses, a começar por aquelas que vincularam o golpe de Estado de 64 a uma classe social que se aliou ao capitalismo internacional. Quando Rubem Fonseca foi proibido, era diretor de uma multinacional...

Assim, a sexualidade, a repressão, a violência, o recurso ao braço armado como forma de solução de conflitos, os problemas sociais e psicológicos gerados e mantidos nas grandes cidades, especialmente nas treze maiores, onde se concentra a maior parte da população brasileira, serão examinados no interior do discurso ficcional do Autor em questão, à luz do contexto que presidiu a produção literária na Velha República, sem esquecer que os ficcionistas fazem obras literárias e não teses de doutoramento ou manuais de sociologia.

O autor de *Feliz Ano Novo* estreou desafiando os poderes censórios ao trazer para a prosa de ficção um modo violento de narrar, aliterário, talvez (no sentido de *gauche* em face de certas normas que a tradição literária consagrou), que fixa e recupera temas como as sexualidades tidas por ilegítimas, o recurso à luta armada como forma mais à mão para a resolução dos conflitos e, sobretudo, os problemas sociais e psicológicos gerados em nossas grandes concentrações urbanas.

O objetivo é esclarecer o caso Rubem Fonseca, confrontando duas vias de acesso à sua obra. Assim, o livro toma de início um caminho que logo se bifurca. Um deles é o que leva o analista do texto literário a interpretar a obra com procedimentos metodológicos adequados ao exame da ficção proibida, atento a seus conteúdos essenciais, cuja decifração será feita, por meio de estatutos literários específicos que contemplem o livro proibido no conjunto da obra ficcional do Autor. O outro percurso leva ao exame dos processos judiciais que configuram o caso Rubem Fonseca segundo o mirante adotado pela censura.

A verdadeira "torre de papel" que resultou deste caso em nossas letras demonstra que o veto à obra de um escritor de talento e prestígio reconhecidos deflagra discussões muito mais incômodas à censura do que o veto *tout court*. Os censores não esperavam a reação de Rubem Fonseca nem a de seus companheiros de ofício, muito menos a da chamada sociedade civil. Assim, formou-se um material abundante e fértil, propício ao exame da questão em níveis mais fundos. Com efeito, a prosa de ficção desse escritor pode ser lida à luz desses procedimentos de exclusão analisados nos autos do processo judicial, confrontando-se as concepções de literatura que nortearam o veto censório com aquelas que têm presidido aos julgamentos literários específicos advindos da apreciação de sua obra.

Este livro parte do pressuposto de que a sexualidade, dado o tratamento que recebe na obra proibida, caracteriza-se como um tema inconveniente, sobretudo por mesclar-se em sexualidades tidas por ilegítimas, recobertas de erotismos patológicos e permeadas por uma violência descomunal, raramente vista em nossa prosa de ficção. No entanto, a censura, ao ser surpreendida com reações que não previra e para as quais não se preparara, lançou mão dos arsenais jurídicos do Estado, visando desqualificar a obra proibida em dois níveis: desmerecendo seu valor literário específico, que desconhecia, e tachando-a de pornográfica apenas, pretendendo assim rebaixá-la para uma forma de literatura desqualificada, tolerada às vezes pelo Estado, segundo critérios próprios e exclusivos do poder Executivo. Daí a reiteração nos autos de que a obra seria "imune à apreciação judicial", ao controle judicial.

O caso Rubem Fonseca, porém, não será examinado apenas à luz do que for encontrado no livro proibido *Feliz Ano Novo*. A obra interditada será analisada no conjunto dos dominantes estéticos de outros livros de ficção do Autor, tendo em vista, sobretudo, o tratamento dado à sexualidade naquelas obras que não foram perseguidas pela censura, com o fim principal de verificar os critérios utilizados, assim como as circunstâncias da época em que o veto ocorreu.

Um estudo preliminar do *corpus* constituído — a obra ficcional do Autor e os autos do processo judicial — permite afastar certas explicações clássicas, como, por exemplo, aquelas que vinculam vetos desse tipo a regimes políticos repressivos. Um olhar assim rápido permitiria concluir, sem muitas delongas, que, em havendo repressão política e social, as representatividades divergentes seriam tolhidas, sobretudo por meio de procedimentos censórios que controlam a expressão artística. Assim, períodos históricos marcados por ciclos autoritários reprimiriam as manifestações literárias e artísticas no conjunto de uma repressão maior à cultura propriamente dita, sendo que esses vetos estariam amparados na repressão política mais abrangente, exercida com maior rigor na vigência de certos autoritarismos devidamente tipificados.

O percurso seria mais fácil, neste caso. A hipótese inicial é a de que o tema é mais complexo. Famosos casos judiciais envolvendo escritores, como os de Joyce, D. H. Lawrence, Oscar Wilde e outros, permitem circunscrever o caso Rubem Fonseca de forma diferente e mais acertada, procedendo-se assim a alguns ajustes de interpretação que levam a entendimentos diversos. (Não foi a Inglaterra da rainha Vitória que proibiu Lawrence!)

Contemplado desse mirante, o caso Rubem Fonseca inverte a questão da anomalia da censura, que seria temporã e passageira, vicejando somente em ciclos autoritários que lhe permitiram mutilar obras e perseguir autores, para situar essa suposta anomalia num quadro novo, deslocando-se a questão, pois a censura a obras literárias, longe de configurar-se basicamente como excesso ou desvio, aparece historicamente como norma. Nem se diga que as diversas censuras que se abateram sobre a produção literária do Ocidente são práticas características do obscurantismo medieval. Ao contrário, há numerosos exemplos de livros que circularam livremente na Idade Média e começaram a ser proibidos no século XIX, sobretudo na Europa, em especial na Inglaterra.

Uma outra hipótese é a de que a censura à obra de Rubem Fonseca caracterizou-se de forma diferente daquela prevista por seus censores. Com a proibição, *Feliz Ano Novo* adquiriu um charme adicional e passou a ser mais procurado pelos leitores. Tornou-se um livro mais conhecido, tornou o escritor mais conhecido, levou o público leitor a procurar outros livros do Autor etc.

Ainda assim, é preciso estar atento ao contexto peculiar dos anos 70, sobretudo ao período compreendido entre o momento em que o governo Médici deixa o poder e aquele em que o governo Figueiredo assume a tarefa de levar adiante o projeto de *distensão* engendrado pelo governo Geisel, rebatizado no alvorecer do novo governo com um termo novo: *abertura*.

Vê-se, pois, que o veto à obra de Rubem Fonseca ocorre em pleno processo de *distensão*, em 1976, e que a anistia literária que liberou, já no governo Figueiredo, várias centenas de livros censurados, não pôde contemplar a obra de Rubem Fonseca com o mesmo perdão, tendo o processo judicial seguido seu curso até a década de 90!

A explicação de que seria apenas a suposta obscenidade de *Feliz Ano Novo* a razão principal do veto sofrido igualmente não se sustenta. Antes desse livro, o Autor produziu outros cinco, também de ficção, e um deles — o romance *O caso Morel* — é bem mais ousado do que *Feliz Ano Novo* no tratamento que dá à sexualidade, de modo que, aplicados os mesmos critérios que levaram à censura do outro, este também deveria ser recolhido. E não foi. Tampouco o Autor emendou-se, como queria a censura, já que seguiu produzindo sua obra ficcional sem abdicar de escrever como queria, marcando sua ficção por desafios à censura ainda mais contundentes.

Assim, em *O cobrador*, primeiro livro que publicou após o veto a *Feliz Ano Novo*, Rubem Fonseca não somente retoma e reitera certas significações, sem desviar-se do trajeto que o levara a desafiar os poderes censórios, como ainda desenvolve narrativas em que a apologia da violência como forma adequada à resolução dos conflitos (uma das razões da censura, aditada depois aos autos, que teria ajudado a provocar o veto) é feita por vários personagens, a ponto de um deles produzir uma mensagem ainda mais ousada: a de que a violência haveria de ser praticada com organização, métodos apropriados, em parcerias adequadas, racionalmente. Assim procedendo, esse personagem reitera que a violência individual se esgotara, não mais o satisfazia, e que ele estaria interessado em deflagrar uma violência de grupos, estopim de uma violência coletiva, num anúncio, ainda que opaco, das razões da luta armada.

O cobrador foi bem-aceito pela crítica e pelo público, conforme demonstram apreciações críticas e várias tiragens. Em verdade, as poucas restrições que Rubem Fonseca vinha recebendo dos comentaristas eram direcionadas a seu único romance publicado até então, *O caso Morel*, em cuja temática e modo de narrar certos críticos viram um excesso de violência injustificada, aliada a uma linguagem não mais erótica, mas obscena.

A seguir, Rubem Fonseca publica um romance intitulado *A grande arte*. As narrativas curtas cedem lugar a uma história só, una, global. Nela, porém, estão presentes as mesmas obsessões do ficcionista: a luta dos fracos diante dos fortes, as artimanhas da sobrevivência, engendradas por hábeis bandidos, de um lado; de outro, os crimes de colarinho branco, levando à malversação de grandes quantias em trapaças financeiras antológicas. Tudo mediado por elevadas doses de erotismos quase sempre patológicos que presidem as expressões da sexualidade, ou das sexualidades. O enredo atravessa um elenco de peripécias policiais e é narrado com a utilização de um fundo urbano, reconhecido também em suas obras anteriores.

Detectado o alvo preferencial dos poderes censórios — os livros que referiam as sexualidades como temas, articulando suas narrativas em torno de "heróis" transgressores —, examinei vários casos de autores censurados que, revoltados com as medidas coatoras, lançaram mão de recursos judiciais para coibir a ação nefasta do Estado. Dentre esses casos, analisados com vagar, detive-me nos de Chico Buarque de Hollanda, Plínio Marcos, José Louzeiro e Rubem Fonseca, todos no então Tribunal Federal de Recursos da União, e cheguei à conclusão de que o de Rubem Fonseca era o mais representativo deles.

O caso Rubem Fonseca foi o mais polêmico e o que mais mexeu com a inteligência brasileira e, paradoxalmente, com a própria censura, em razão de, pela primeira vez, obrigar os poderes censórios a declinarem os motivos da proibição de um livro. Até então, todos os textos e produções culturais *lato sensu* haviam sido proibidos sob a simples alegação, capitulada em despachos sumários do ministro da Justiça, de "exteriorização de matéria contrária à moral e aos bons costumes". Obrigados a produzir documentos que satisfizessem a justiça pública, os censores revelaram categorias importantes para o estudo dos processos de interdição de livros entre nós, porquanto explicitaram certos fundamentos do Estado autoritário no que diz respeito ao controle do trabalho intelectual. A pesquisa, então, estendeu-se em duas direções: o exame de uma prosa de ficção tida por obscena, em que estavam em relevo as sexualidades ilegítimas e personagens que praticavam uma violência raramente vista em nossa literatura, à luz de pressupostos teóricos específicos que permitissem deslindar os problemas levantados, e o confronto de uma "leitura de punição", efetuada pela censura.

Este livro investiga as categorias *sexualidade, literatura* e *repressão* nos anos 70, no contexto de escritores perseguidos por motivos semelhantes, não só no Brasil, mas também em países como França e Inglaterra. Para tanto, considerei toda a ficção produzida pelo autor escolhido para caso-síntese, detendo-me, com cuidados redobrados, nas narrativas que foram de especial predileção dos censores. São dez os volumes examinados, quatro romances e seis livros de narrativas curtas. Faltou-nos ouvir o ministro da Justiça do período estudado. Contra toda a sorte de argumentos, ele recusou-se com veemência a falar sobre os execráveis atos que praticou. Já se esperava por isso, pois o ministro passou os quatro anos do governo Geisel proferindo pequenas frases, duas das quais o notabilizaram: "O futuro a Deus pertence" e "Nada a declarar". A análise da documentação reunida demonstra, porém, que, se o "futuro a Deus pertence", o passado, entretanto, pode ser apropriado, desde que sejam utilizadas metodologias adequadas. E, nesse caso, ao contrário do que queria o ministro, há muito o que declarar sobre a censura aos escritores nos anos 70, e a boca do ministro e seus despachos não são, felizmente, as fontes exclusivas das versões da história da repressão às artes no Brasil, sobretudo das lutas travadas entre escritores e poderes censórios.

Um convite da Casa de Las Américas para integrar um simpósio internacional em Havana, em janeiro e fevereiro de 1985, levou-me a encontrar diversos escritores latino-americanos, exilados, alguns, e aproveitei a ocasião para discutir com eles a questão da censura em seus países de origem. Foram providenciais tais encontros, pois tive a rara oportunidade de conversar *tête-à-tête* com figuras notáveis, como o escritor uruguaio Mario Benedetti, o argentino Mempo Giardinelli e diversos outros escritores da América Latina. Para o estudo que empreendo, o contato com Mempo Giardinelli, cujo depoimento se encontra no final deste volume, foi de suma importância.

A proibição
Os bastidores da censura

O caso Rubem Fonseca começa, para a censura, em 1976, com a proibição de *Feliz Ano Novo*, publicado no ano anterior pela Editora Artenova. Seu autor, "bem-sucedido executivo (diretor da Light), realiza o que os profissionais da marginália não conseguem com suas caspas e incompetência ante o sistema e a literatura", declara Affonso Romano de Sant'Anna em comentário para a revista *Veja* de 05 de novembro de 1975. Na mesma resenha, o poeta de *Que país é este?* parece antever a condenação do livro ao afirmar: "Uma leitura superficial desta obra pode tachá-la de erótica e pornográfica."

Não foi outra a leitura da censura. E, em 15 de dezembro de 1976, a tesoura do ministro da Justiça do governo Geisel aparava *Feliz Ano Novo*, depois de 30.000 exemplares e de várias semanas na lista dos dez mais vendidos da *Veja*. O despacho de Armando Falcão dizia:

> Nos termos do parágrafo 8º do artigo 153 da Constituição Federal e artigo 3º do Decreto-Lei nº 1.077, de 26 de janeiro de 1970, proíbo a publicação e circulação, em todo o território nacional, do livro

intitulado *Feliz Ano Novo*, de autoria de Rubem Fonseca, publicado pela Editora Artenova S.A., Rio de Janeiro, bem como determino a apreensão de todos os seus exemplares expostos à venda, por exteriorizarem matéria contrária à moral e aos bons costumes. Comunique-se ao DPF.

Consternação e surpresa. Saudado pela crítica desde sua estreia, em 1963, com um livro de contos intitulado *Os prisioneiros*, Rubem Fonseca obtivera e consolidara prestígio literário junto a companheiros de ofício, ao público e a importantes personalidades. Houve uma quase-unanimidade na condenação da censura. Uma das poucas exceções foi a do escritor Nertan Macedo, então assessor do ministro Mário Henrique Simonsen, que declarou: "Nós ignoramos este assunto, esta literatura; não estamos aqui para fazer publicidade de autores idiotas."[1] Não pensavam assim Afonso Arinos de Melo Franco, Lygia Fagundes Telles, Aliomar Baleeiro, Guilherme Figueiredo, Roberto da Matta, Bernardo Élis, Nelson Werneck Sodré e mais de mil outros intelectuais, que assinaram um manifesto contra a censura.

Nem todos, porém, se irritaram pelos mesmos motivos. O então senador Dinarte Mariz, do Rio Grande do Norte, declarou: "O que li me espantou, me causou arrepios. É pornografia de baixíssimo nível, que não se vê hoje nem nos recantos mais atrasados do país."[2] Mais sereno e certamente com um estofo cultural superior, Afonso Arinos afirmava: "Sempre existiu tendência repressiva contra as obras de arte que espelham a realidade social. Assim, os problemas sociais são atacados na sua expressão artística e não mais nas suas causas efetivas."[3]

Todos os que se pronunciavam sobre a censura à obra de Rubem Fonseca iam levantando algumas pontas dos véus negros que costumam cobrir esses atrapalhos do poder. O escritor Gerardo

---

[1] *Jornal do Brasil* de 19 de janeiro de 1977, Caderno B, p. 1-2.
[2] *Ibidem*.
[3] *Op. cit.*, p. 2.

Mello Mourão, por exemplo, dizia que ficara surpreso com a proibição de *Feliz Ano Novo* porque, a aplicar-se o mesmo critério, deveria mandar-se apreender toda a grande literatura mundial, em que os autores recorreram aos nomes das coisas para descrevê-las. Dante e Cervantes, Quevedo e Goethe, Shakespeare e todos usaram as mesmas palavras escatológicas e expuseram as mesmas cenas terríveis.

Não era apenas um escritor defendendo o direito de outro companheiro de ofício, mas um intelectual de renome (já lembrado certa vez para o Prêmio Nobel de Literatura) fixando a condição da produção literária em qualquer tempo. O erudito Gerardo Mello Mourão acrescentava que nem a *Bíblia*, na chamada *Vulgata Latina*, escaparia da condenação, já que "a língua casta de São Jerônimo não disfarçava o tratamento obsceno com que foram violentados os anjos em Sodoma ou o lenocínio de Mardoqueu, no Livro de Ester". Estranhava ainda o fato de a proibição haver ocorrido sob a responsabilidade de Armando Falcão, pois, "ao contrário do que muita gente supõe", o ministro teria "certo gosto pelas letras"; escrevera "seus sonetos e seus contos na juventude".[4]

O obscurantismo da medida inusitada é ainda mais grave se comparado à jurisprudência da Igreja Católica em famosos casos de censura. Com efeito, ainda que os assessores de Armando Falcão consultassem o famigerado *Index Librorum Prohibitorum (Leonis XII Autoritate Recognitus Et Pii X Jussu Editus)*, não encontrariam as justificações que depois foram obrigados a garimpar, pressionados por processo judicial. Tampouco rigorosos doutores da Igreja, como Afonso Maria de Ligori, por exemplo, dariam respaldo a esse tipo de sanção praticado contra o livro de Rubem Fonseca. É o que garante ainda Gerardo Mello Mourão, que foi verificar se *Feliz Ano Novo* poderia ser enquadrado nos códigos rígidos da Teologia Moral, exarados por santos zelosíssimos.

[4] *Op. cit.*, p. 1.

O psicanalista Hélio Pellegrino viu na proibição do livro "uma ação profundamente farisaica". Segundo ele, a tarefa do escritor é "trabalhar a língua em nome da comunidade", e esse ofício "deve ser estimulado e garantido pelo Estado, através de uma absoluta liberdade de expressão".[5] Para o antropólogo Roberto da Matta, o livro de Rubem Fonseca tornou-se um "símbolo, um exemplo da intolerância para com representatividades divergentes".[6] Não foram poucos os que viram nos palavrões espalhados pelos contos as razões da censura. Mas trata-se de ponto de vista muito frágil, já que são numerosas as ocorrências do chamado palavrão na literatura brasileira e também em diversas prosas de ficção advindas de outras nacionalidades literárias. O palavrão às vezes é tão indispensável que até um escritor como Josué Montello admite seu uso. "Eu próprio tenho experiência de uma novela na qual fui obrigado a empregar sucessivos palavrões porque essas palavras fazem parte da linguagem insubstituível do personagem".[7] No depoimento que deu por escrito ao *Jornal do Brasil*, o romancista acrescenta um exemplo insuspeito: o do escritor católico François Mauriac em seu romance *Un adolescent d'autre fois*, em que vários palavrões são postos na boca de um padre.

O general Nelson Werneck Sodré, autor de diversos livros sobre a cultura e a literatura brasileiras, ao comentar a alegada imoralidade da obra de Rubem Fonseca, não deixou por menos: "Imoral, acima de tudo, é a intolerância." Segundo ele, trata-se de um tiro pela culatra, pois "a sanção volta-se contra a intolerância e consagra a liberdade de expressão".[8] O que Werneck Sodré afirma não é difícil de ser constatado. Não temos lembrança de quem proibiu Joyce, Flaubert, D. H. Lawrence, Proust, entre outros casos famosos; mas os censurados tornaram-se inesquecíveis.

5 *Ibidem.*
6 *Op. cit.*, p. 2.
7 *Ibidem.*
8 *Ibidem.*

A reação do público leitor brasileiro tem sido a solidariedade. Neste país de fortes tradições católicas, parece haver um consenso coletivo que leva a dar atenção àquele que sofre, a confortá-lo com nossa piedade. Os leitores assemelham-se, em casos assim, a provedores de Santas Casas de Misericórdia ou reparadores de injustiça. É claro que são de natureza diversa os motivos que levam o público a procurar o ilícito desde os tempos imemoriais do paraíso terrestre, onde o fruto proibido era o mais apetecido, mas no geral constata-se uma atenção toda especial para com o censurado. Livros como *Zero,* de Ignácio de Loyola Brandão, *Aracelli, meu amor,* de José Louzeiro, *Em câmara lenta,* de Renato Tapajós, e o próprio *Feliz Ano Novo* continuaram a vender bem e ser lidos por um público sempre maior. Ao contrário do que poderia esperar a censura, o livro proibido adquire um charme adicional com a proibição. O estigma funciona ao contrário.

O escritor Guilherme Figueiredo parece partilhar dessa convicção, pois, ao saber que *Feliz Ano Novo* fora proibido, declarou: "O livro está sendo procurado; agradeçamos à censura." Disse mais: "*Feliz Ano Novo* voltará a ser editado, como *As flores do mal,* de Baudelaire, e *Madame Bovary,* de Gustave Flaubert." Foi ainda o irmão do ex-presidente da República quem chamou a atenção para o nome de um edifício na praia do Flamengo, no Rio de Janeiro: Charles Baudelaire. "E logo virá outro chamado Gustave Flaubert", disse ele, para completar: "Não conheço nenhum que se chame Torquemada ou Savonarola."[9]

Bem disse Clovis Ramalhete, ex-ministro aposentado do Supremo Tribunal Federal, ao deflagrar o processo judicial como advogado de Rubem Fonseca:

Feliz Ano Novo deve ser declarado "obra de literatura" puramente, de ficção que espelha a realidade do mundo em que vive o seu Autor — que de outras regiões do orbe é que não lhe virá a matéria literária. [...]

[9] *Ibidem.*

E, acrescenta o ilustre jurista, "verificada assim a inexistência do *motivo legal* da proibição da obra deve a sentença julgar procedente a ação e declarar a insubsistência do ato da autoridade, por ilegal."

Não foi o que ocorreu. O juiz da 1ª Vara Federal, Bento Gabriel da Costa Fontoura, depois de comentar a perícia feita por Afrânio Coutinho e as alegações do procurador da República, Dr. Sylvio Fiorêncio, que representava a União Federal como ré, não somente julgou improcedente a ação indenizatória movida pelos defensores de Rubem Fonseca como aditou uma outra condenação, extrapolando sua competência específica.

Acompanhando o escritor Ignácio de Loyola Brandão, que classificou o caso de "surrealista", disse o crítico Geraldo Mayrink em depoimento ao autor deste livro, em 1984:

> Ao invés de esses procuradores e amanuenses lerem esses tratados todos de jurisprudência, esses códigos, para ver se podem enquadrar o livro de Rubem Fonseca nesse ou naquele artigo, deveriam apenas ler com atenção o livro proibido para se certificarem da besteira que foi censurar um livro como *Feliz Ano Novo*.

Já é absurdo proibir um livro qualquer, mais ainda interditar uma obra literária autêntica, como especialistas souberam reconhecer a ficção de Rubem Fonseca; mas realmente absurdo maior é alegar que a obra em questão ofende a moral e os bons costumes. De absurdo em absurdo, o caso vai se transformando num dos mais cabeludos de que se tem notícia. O juiz Bento Gabriel da Costa Fontoura deu sua contribuição ao surrealismo da situação, pois, na sentença prolatada, deixou de lado preceitos jurídicos que determinam que o juiz julgue apenas o que se pede e acrescentou uma condenação. Diz ele:

> No mundo destes autos, falou-se bastante sobre o erotismo e olvidou-se a violência. Falou-se bastante sobre a linguagem e olvidou-se o

conteúdo. Nem o erotismo nem a linguagem empregada, por si só, justificariam o veto censório. O grave está no modo pelo qual se tratou da violência.

Ainda na mesma sentença, referindo-se a alguns excertos do livro, especialmente pinçados pelo Meritíssimo em questão, assevera que "como se verifica pelo texto dos cinco contos escorçados nesta sentença, subsiste um denominador comum consistente na inusitada violência contra a pessoa humana, aureolada por uma sugestão de impunidade". E mais adiante:

> Realmente, tanto os três marginais do primeiro conto como todos os criminosos grã-finos dos outros quatro contos aparecem como heróis absolutos e as suas reprocháveis atitudes aparecem como se socialmente louváveis, dissimuladamente travestidas de atos meritórios.

O que preocupou sobremaneira o juiz foi a impunidade dos personagens, mais do que a suposta obscenidade dos enredos ou dos palavrões. Bento Gabriel da Costa Fontoura viu no desfecho dos contos de *Feliz Ano Novo* a sugestão de que os homicídios, tão frequentes no livro, assim como os assaltos à mão armada, as cenas de antropofagia, de homossexualidade feminina e os diversos assassinatos, se repetirão. E isso seria um mau exemplo para os leitores, já que "o brasileiro médio abomina a violência."

O "brasileiro médio", ainda segundo o magistrado, "não é o intelectual nem é o analfabeto. Não é o da Av. Vieira Souto nem o do sertão do Piauí". Essa busca de padronização dos brasileiros leva-o a outras curiosas definições, como esta: "O brasileiro médio tem instrução média, capaz de crer que o *Cravo bem temperado* é segredo de culinária e que F. Dostoievski era reserva da seleção soviética."

Como se vê, o brasileiro médio pode muito bem estar sintetizado num juiz médio, que acha que seus concidadãos são homens afamiliados, não têm vícios, por norma, mas às vezes dizem os palavrões que o livro emprega. Zeloso da moral do "brasileiro médio", o autor da sentença considerou que "*in casu*, o que importa é a consciência moral do brasileiro médio, que reprova o culto da violência, mormente quando acasalada com o elogio da impunidade".

Concepções de literatura semelhantes à que presidiu a sentença em questão podem levar a distorções ainda mais graves. No caso, tratou-se de um juiz que acrescentou uma condenação ao Autor. Mas uma noção de responsabilidade literária parecida com a esposada por esse juiz levou o então Secretário da Segurança de São Paulo, Erasmo Dias, a recolher também o autor de outro livro proibido pela censura. Ora, se *Em câmara lenta* não podia ficar no circuito comercial das livrarias, como é que Renato Tapajós poderia ficar livre? Se foi presa a obra, que seu autor também fosse recolhido. E foi o que ele fez. Um senador da República também partilhou de opinião semelhante, quando comentou a censura a *Feliz Ano Novo:* para Dinarte Mariz, deveriam ser recolhidos o livro e seu autor.

Na contestação da União ao processo movido por Rubem Fonseca, o procurador da República, Dr. Sylvio Fiorêncio, afirmou que o "intérprete supremo da definição" do que ofende a moral e os bons costumes é "o Estado, necessariamente". Sylvio Fiorêncio viu um perigo em levar esses atos discricionários de censura à apreciação judicial. Segundo ele, na apelação da União, o ato de que se queixa Rubem Fonseca é "imune à apreciação judicial". O perigo em levar esses casos ao Judiciário estaria em "julgamentos fundados em entendimentos pessoalíssimos", pois "em breve surgiriam novos relatórios Kinsey e Hite ou cada um a julgar de acordo com seu 'Ibopezinho' doméstico [...]".

Não viu Sua Excelência perigo no fato de um funcionário da Censura proibir livros, filmes, peças de teatro, músicas e toda uma produção cultural sob a alegação de pretensa ofensa à moral e aos bons costumes, segundo sua ótica particular, por mais precária ou deformada que fosse — e, em qualquer dos casos, sendo seus atos censórios cobertos por uma impunidade garantida pelo Estado, já que "imune à apreciação judicial". Temos aí um maldisfarçado anúncio de um Estado totalitário, determinando também na arte o que os cidadãos devem ver, ler ou ouvir. Não resta dúvida de que as vocações fascistas caboclas, se não são precoces, são pelo menos arrojadas na ambição de controlar sem terem de prestar contas a ninguém! Nem sequer ao Judiciário.

A procuradora da República Maria da Glória Ferreira Tamer, ao negar provimento a Rubem Fonseca, já em grau de apelação, baseou-se também na suposta correção do ato administrativo que se estribara em parecer da Divisão de Censura de Diversões Públicas, do Departamento de Polícia Federal do Ministério da Justiça. Este parecer dizia que a obra censurada "em quase toda sua totalidade retrata personagens portadores de complexos vícios e taras, com o objetivo de enfocar a face obscura da sociedade na prática da *delinquência, suborno, latrocínio e homicídios, sem qualquer referência a sanção*".

Como se vê, atendidas essas alegações, grande parte da produção literária, artística e cultural do Ocidente seria proibida no Brasil, pois o enfoque da face obscura da sociedade tem sido, no correr dos séculos, uma obsessão de numerosos escritores e artistas.

De todos os que opinaram e deram uma chusma de pareceres, fazendo perícias sobre *Feliz Ano Novo*, o mais defasado com as inevitáveis evoluções da prosa de ficção é exatamente aquele que mais referências faz a certo estatuto específico da literatura. Porque as faz é que torna possível tal verificação. Demonstrando total desconhecimento do que seja ficção e especificamente ignorando por completo a trajetória do escritor em exame, afirma coisas como essas o procurador da República Dr. Sylvio Fiorêncio:

> Não se lhe nega — nem teríamos competência técnica para fazê-lo — o elevado valor literário já demonstrado em outras obras e reconhecido por aqueles que têm, estes sim, autoridade para julgar e nos inúmeros prêmios literários a ele concedidos por outras obras. O que está em jogo é a coletânea de contos englobados no título *Feliz Ano Novo*.

Para julgar os outros livros do Autor, falece-lhe "competência técnica", mas para manter a proibição do livro em questão, dela não sente a menor falta, como se vê nos trechos onde comenta os contos, referindo-se aos personagens: "Dir-se-á tratar-se de comportamento ou conversas de subgente, tipos patológicos que o ilustre *Autor apenas grafou. E daí? Haverá necessidade de dar foros de gente a quem não o é?*"

Tal olhar superior, caso não fosse privativo de procuradores da República e pudesse ser estendido também a escritores, impediria que os ficcionistas trouxessem para sua prosa figuras como a que assina esse documento escabroso. Sua insuficiência cultural é tão patente que se manifesta em juízos do tipo:

> A literatura reflete o momento econômico-social de um povo. Essencialmente mutável, através de teses e antíteses, os movimentos literários se sucedem através dos tempos. Como expressão ou contestação de uma realidade, o surgimento de cada um apresentou maiores ou menores celeumas. Abstraindo o Panteísmo e o Parnasianismo, o Realismo e o Naturalismo foram correntes que abalaram, chocaram o *establishment* então vigorante.

Tais excertos revelam não um juízo crítico do qual se pode discordar, mas um critério estreitíssimo que, assim aplicado, impede o exercício da profissão. Como produzir prosa de ficção ou poesia, ou mesmo crônica ou ensaio, dentro dos limites fixados e entreditos nessa torre de papel que se tornou o caso Rubem Fonseca?

Em depoimento à imprensa,[10] a romancista Lygia Fagundes Telles dá a entender que a censura e o veto a *Feliz Ano Novo* foram frutos fortuitos de um "episódio miúdo" que não teria o alcance que teve não fossem algumas infelizes coincidências. "Um estudante de Brasília lê um livro de Rubem Fonseca. Vem o pai, que percorre meio ao acaso, algumas páginas do livro." Segundo Lygia, é raro

---

[10] *Op. cit.*, p. 1.

os pais se escandalizarem com o tipo de leitura que seus filhos escolhem. Mas o pai em questão é íntimo de um ministro. Alertado por esse pai, o ministro manda um funcionário ler o dito livro. Funcionário e ministro fazem cara de horror e o livro é proibido. Mas *Feliz Ano Novo* não é apenas mais um dos livros proibidos pelo ministro. E Rubem Fonseca é escritor de prestígio e diretor da Light. Alertado mais uma vez, o ministro resolve ele mesmo ler o livro. Recebe-o com passagens assinaladas em vermelho. Escandaliza-se outra vez, agora para justificar a proibição. Mostra o exemplar a um senador, de passagem por seu gabinete. Este, ao sair, dá bombásticas declarações aos jornalistas. "A desordem vai-se ampliando", diz Lygia, "e uma outra minoria, que não faz parte da minoria que se interessa pela nossa atual literatura, põe-se a ostentar um poder que a minoria que lê não tem: o de proibir livros dos quais não gosta, sem examinar a sua qualidade artística, propriamente literária". Mas toda a origem da discórdia estaria no círculo familiar, que, no caso, não deveria ter sido ultrapassado, conclui a escritora.

Lygia tem bons argumentos e deslinda com a conhecida perspicácia o caso particular que veio a deflagrar a proibição de *Feliz Ano Novo*. Mas e as várias centenas de livros proibidos, de filmes, músicas, peças de teatro e diversas outras produções culturais, como se explicam? Parece lógico que há todo um sistema repressivo, cujo poder não pode ainda ser subestimado, disposto a punir o discordante, mesmo que se trate de dissidente das normas literárias em vigor. E, ainda que se admitisse como caso isolado o veto a *Feliz Ano Novo*, restaria uma incômoda perplexidade: vivemos num país em que é perfeitamente possível a um funcionário do Ministério da Justiça, ou de qualquer outro ministério ou escalão, proibir um livro que não aprove. No caso, só não há mais vítimas dessas censuras porque as poderosas pessoas em questão leem muito pouco, sobretudo leem pouca ficção brasileira contemporânea.

A tradutora e crítica literária Leda Rita Cintra Ferraz examina o caso de *Feliz Ano Novo* com um olhar mais largo. Para ela, é possível rastrear esses procedimentos de exclusão em nosso percurso literário, datando-os "desde as fogueiras da Santa Inquisição, onde foi queimado, entre muitos outros, o dramaturgo Antônio José. De lá para cá", continua Leda Rita, "o Brasil já puniu seu povo e seus escritores muitíssimas vezes com vetos desse tipo". E conclui: "O que houve foi que mudaram as formas da repressão; e Rubem Fonseca, com sua grande arte, está em muito boa companhia entre os punidos."[11]

A companhia realmente não é incômoda. Sófocles, Anacreonte, Teócrito, Aristófanes, entre os gregos. (A greve sexual das mulheres proposta em Lisístrata ainda hoje choca espíritos mais conservadores, que, do fundo de seus sarcófagos, enchem de vitupérios qualquer referência à sexualidade que não veja baseada em eufemismos e alusões sutis.) Catulo, Juvenal, Terêncio e Petrônio, entre os romanos. E mais: Boccaccio, Chaucer, Rabelais, Aretino, Sade, Oscar Wilde, Flaubert, Gide, Baudelaire, D. H. Lawrence, Henry Miller, Joyce, Eça de Queirós. Entre os brasileiros, precederam Rubem Fonseca na galeria dos escritores punidos nomes como Aluísio de Azevedo, Júlio Ribeiro e outros.

Mas o que seria um livro inconveniente? Um jornal inglês, já no começo da década de 1960, dividia os livros maus em três categorias: "intelectualmente maus", "moralmente maus" e "emocionalmente maus". No primeiro caso estariam livros que afetam perniciosamente as "pessoas que não tenham estudado bastante história ou filosofia" e que por isso estariam impossibilitadas de detectar nesses livros "erros de princípio, fato ou argumentação". No segundo caso estariam os livros que induziriam o leitor a "maus pensamentos, atos ou desejos", como, por exemplo, aqueles livros que descrevem em minúcias atos sexuais. Enfim, com livros "emocionalmente maus" teríamos aqueles "romances exóticos" ou "histórias de amor barato" (ver p. 189).

Como se vê, os critérios são vagos e fica por conta dos costumes a função de interpretar as leis. Assim, numerosos livros que circularam livremente em toda a Idade Média são proibidos na Inglaterra a partir do século XIX. A propósito, foram os ingleses que

[11] *Playboy*, nº 109, agosto de 1984.

inventaram a censura às obras literárias que ofendessem a moral da classe dominante e que incentivassem os maus costumes. A proibição incluía também folhetos, gravuras e tudo o mais que fosse considerado obsceno ou pornográfico. Assim, as leis de Lord Campbell e de Lord Cockburn, entre outras, deram à luz um "leão da repressão", que, semelhante ao nosso do Imposto de Renda (com a diferença, porém, de a fera de lá ter sido criada pelo Parlamento e não pelo Executivo), apreendeu com sua malha fina livros como *A Terra*, de Zola, *Judas, o obscuro*, de Thomas Hardy, *O retrato de Dorian Gray*, de Oscar Wilde, *Mulheres apaixonadas*, de D. H. Lawrence, *Madame Bovary*, de Flaubert, e inúmeros outros.

Dois desses casos judiciários são muito semelhantes ao de Rubem Fonseca: o processo que sofreu D. H. Lawrence, por causa de *O amante de Lady Chatterley*, e o de Joyce, devido a *Ulysses*. O romance de Lawrence só veio a ser liberado na Inglaterra e nos Estados Unidos em 1959, numa sentença pronunciada a favor da editora Penguin Books.

Convém, por isso, tirar nossa carapuça de país subdesenvolvido que censura livros sem mais nem menos. A carapuça pode ser posta por outras razões, mas não por esta, pois países como França, Noruega, Suécia, Dinamarca, além dos citados, entre muitos outros, exerceram e exercem ainda hoje a censura. A diferença é que praticaram ou praticam a censura *legalmente*, isto é, a partir de leis promulgadas pelos Parlamentos. Em alguns países, é o próprio Correio que está encarregado da apreensão de livros considerados inconvenientes.

Há outros casos entre nós, menos conhecidos. O romancista Josué Guimarães, por exemplo, teve problemas com seu livro *Os tambores silenciosos*, cujas provas tipográficas foram examinadas por um desembargador que se sentiu retratado num personagem. Na ocasião, segundo relato do escritor, travou-se um diálogo curtíssimo. Ao perceber, atônito, o pedido do suposto ofendido para que substituísse o personagem em questão, ele fulminou o interlocutor: "Você cumpra o seu dever às claras, que eu cumpro o meu! O seu é o de censurar; o meu é o de escrever!" O censor queria demais: desejava que o veto fosse exercido nos bastidores com o consentimento do autor. Laurita Mourão conseguiu sustar a distribuição de toda a edição do livro de memórias de seu pai, o general Olímpio Mourão, até que um recurso judicial da editora L&PM possibilitasse o acesso dos leitores ao livro.

Uma curiosidade cruel: essas diversas censuras sempre perseguiram os contemporâneos, excluindo, por norma, os clássicos. É claro que a história não demora muito a transformar contemporâneos em clássicos, mas, enquanto isso não ocorre, nenhum espírito, por mais conservador que seja, vem a indignar-se quando lê a palavra *whore* em Shakespeare. Mas a mesma pessoa nega a Rubem Fonseca e a qualquer outro escritor brasileiro o direito de grafar a palavra *puta*.

Há, ainda, algumas questões cujo levantamento é obrigatório para circunscrever a obra de Rubem Fonseca como caso-síntese das relações entre sexualidade, literatura e repressão no período que se pretende estudar. Note-se, por exemplo, que a lista dos livros proibidos contém certas nuances. Nem todos foram proibidos pelos mesmos motivos, apesar de os respectivos vetos virem estribados em considerandos similares: ofensa à moral e aos bons costumes, ameaça à segurança nacional e quejandos. O poder discricionário, como foi o caso, não precisa dar a razão de seus atos, isto é, a proibição de obras artísticas é uma prerrogativa orgânica do poder. É o poder — e, no caso, o poder Executivo — quem deve zelar pela moralidade pública, sendo a proibição a forma mais comum do exercício deste zelo. Pautadas justamente nessa prerrogativa é que algumas autoridades, incluindo o ministro da Justiça, tentaram justificar o veto à obra de Rubem Fonseca. O poder ad-roga a si o direito que não lhe pertence, cometendo, por conseguinte, na melhor acepção do termo, uma arrogância específica, que logo se desdobra nas seguintes: nem o poder Judiciário estaria no direito de apreciar o veto — daí as insistentes reiterações da acusação de que o veto estaria imune ao controle judicial — nem o leitor teria o direito de escolher o que ler, já que estaria tutelado pelo Executivo. Neste caso, dois pilares das sociedades democráticas estariam abalados: a liberdade de expressão e os direitos dela decorrentes. Afinal, de que servirá a liberdade de expressão se o destinatário está impedido de apreciar seus frutos? Estaria destruída a tríade indispensável que sustenta uma obra de arte, pois haveria *autor* e *obra*, mas não *público*.

Ainda assim, é preciso indagar se um livro como *Abajur lilás*, de Plínio Marcos, foi proibido pelos mesmos motivos que levaram a obra de Rubem Fonseca a entrar para o referido *index*. Quando a encenação da peça é vetada — já que o livro de Plínio Marcos não é uma prosa de ficção *tout court*, é um texto que se anuncia como teatro, vale dizer, como texto que não se constitui sozinho, necessitando de atores, vozes, palco, enfim, de encenação — a proibição busca conjurar certos poderes que o livro sozinho não tem. Mas quando a censura proíbe também o livro, que traz apenas o texto da peça, provavelmente o objetivo primordial não é impedir a leitura deste texto, objetivo evidente na proibição de um romance ou livro de contos, mas sim dificultar até mesmo as possibilidades de encenação, ou, ainda antes, a deflagração de uma vontade de realização, já que o texto de teatro é incompleto quando apenas posto em livro.

Há ainda que se considerar o fato de que livros como os de Fidel Castro, José Serra, Fernando Henrique Cardoso, Lênin, Mao Tsé-tung, J. A. Guilhon de Albuquerque, José Álvaro Moisés, Kurt Ulrich Mirow, Raimundo Pereira Rodrigues, Louis Althusser, Nelson Werneck Sodré, Adolf Hitler, Ernesto Che Guevara, Caio Prado Júnior, Régis Debray — vê-se que a censura misturava alhos e bugalhos no rol dos proibidos — não tiveram os respectivos vetos sustentados pelos pretextos que subjaziam na estrutura superficial dos decretos proibitivos. Nenhum dos citados tratou da sexualidade; nenhum deles foi proibido por obscenidades. Enfim, nenhum deles fez ficção...

Se é certo que a censura confundiu muitos títulos, temas e autores, é certo também que a referida confusão guarda limites perfeitamente delineáveis. Nos dois momentos decisivos do exercício da censura, o que se viu foi que, primeiramente, a obra de Rubem Fonseca foi vetada pelas mesmas razões que resultaram na proibição dos livros de autores tão diversos quanto Xaviera Hollander, Cassandra Rios, Adelaide Carraro, Brigitte Bijou, Emanuelle Arsan etc., isto é, uma suposta pornografia, o uso do palavrão e outras obscenidades é que teriam amparado os vetos. A sexualidade dita e escrita é que constituía o alvo principal. É neste grupo que se inclui o romance *Zero*, de Ignácio de Loyola Brandão. Já *Aracelli, meu amor*, de José Louzeiro, e *Em câmara lenta*, de Renato Tapajós, por exemplo, apesar de serem apresentadas como obras de ficção (ou romance-reportagem, como Louzeiro denominou o seu), encaixam-se na parte da lista que vitimou sociólogos, economistas e cientistas políticos, pois a conjuração perseguia um outro perigo, não o da expressão desabrida das sexualidades — ainda que no caso de Louzeiro este tema esteja presente. Afinal, a personagem principal, Aracelli, uma criança, é estuprada e seviciada, antes de ser morta; mas o alvo da censura é encobrir os autores do crime, cidadãos já identificados e não punidos por razões de desmandos de um poder local (sediado em Vitória, no Espírito Santo) amparado pelo coração do poder (Brasília). Sequer a linguagem utilizada por Louzeiro é problema. Houve aí um notório deslocamento da censura.

Porém o que mais caracteriza Rubem Fonseca como caso-síntese é o inusitado solilóquio que a censura lhe impôs, não mais a partir da exterioridade e da solenidade do ato proibitivo, mas num insólito "diálogo" que procura manter com ele em torno de sua ficção. Em outras palavras, a censura acaba por trocar de biombo: ao invés de insistir na questão central — o modo impuro e pouco refinado com que o narrador, no interior da ficção, trata da sexualidade, redimindo as palavras tradicionalmente tidas como "palavrões" —, passa a verificar os crimes presentes em sua ficção, com o fim de demonstrar aos juízes que o Autor faz a apologia do crime e do criminoso e não impõe nenhuma sanção a seus personagens. Este, aliás, é um fato curioso em sua incoerência: a verossimilhança é negada quando a sexualidade está em tela. Os atos sexuais, as taras, as neuroses presentes na ficção de Rubem Fonseca são reconhecidos como realmente existentes, mas nega-se a ele o direito de utilizar-se da verossimilhança. Quando a questão é deslocada para a condenação adicional — a impunidade do transgressor — exige-se verossimilhança inexistente: já que não há a regularidade dos castigos, que eles sejam inventados pelo escritor e aplicados na ficção, quando faltaram na prática social. O Autor teve para esta questão uma resposta brilhante: "É como se o inventor da escala Richter fosse o culpado pelos terremotos."[12]

A censura chegou fora de hora à obra de Rubem Fonseca, mas nem por isso deixou de ser exercida como norma e não como exceção. É evidente que os anos que se seguiram à publicação de *Feliz Ano Novo*, fizeram aparecer vários holofotes sobre a ficção de Rubem Fonseca, nenhum porém com o poder de iluminação do veto censório. Ainda assim, é preciso lembrar que foi o conteúdo de um livro específico de sua obra que o levou a ser proibido, mesmo que por denúncia, e não seu percurso literário.

Incoerência semelhante é o veto a livros como o *Dicionário do palavrão*, de Mário Souto Maior, e *Como aumentar sua satisfação sexual*, de David Reuben. Nesse caso, por que permitir a publicação de livros de anatomia humana? Os censores, aqui, utilizaram uma máscara semelhante àquela que cobre o rosto de uma mulher bonita que não gosta de seu nariz arrebitado, presente no conto de estreia de Rubem Fonseca, publicado na revista *Senhor*, intitulado "Teoria do consumo conspícuo". A mulher acaba mostrando o nariz ao homem (este conto apresenta personagens sem nomes), mas leva em troca 200 contos necessários a uma cirurgia plástica. "Eram os últimos duzentos contos de minha indenização trabalhis-

---

[12] Depoimento de Rubem Fonseca, na Universidade de Georgetown, em Washington, 1984, em mesa redonda com a participação de Otto Lara Rezende, Lygia Fagundes Telles, Ignácio de Loyola Brandão, Marina Colasanti e Affonso Romano de Sant'Anna. Transcrito do vídeo para a *Playboy* (dezembro de 1988, p. 179-81).

ta", diz o homem, que fica na miséria para que sua companhia feminina, chateada com o nariz arrebitado, o retifique num médico. O artifício funciona para cobrir a realidade, mas não durante todo o tempo. Em algum momento o nariz será mostrado e nem sempre haverá um cavalheiro com 200 contos para uma providência que evite a máscara para sempre. O homem põe a máscara quando a mulher se vai com seu dinheiro, mas depois tira-a, argumentando: "Um sujeito que sempre dorme de janelas abertas não pode dormir com uma máscara que lhe cobre o nariz."[13] Para o escritor a liberdade é indispensável e não há "máscara" que consiga cobrir o seu "nariz" e nem plástica estilística para consertar o seu estilo.

Pelos motivos arrolados, a censura tardia deveria, para ser coerente, ter chegado à obra de Rubem Fonseca pelo menos em *O caso Morel*. Formulo, então, uma hipótese. Talvez seja acidental o veto a *Feliz Ano Novo*, jamais o veto à obra de Rubem Fonseca. Não esqueçamos que "O cobrador", conto-título da coletânea seguinte, premiado em concurso nacional da revista *Status*, teve sua publicação proibida durante muito tempo, mas não houve censura ao livro, muito provavelmente devido às reações da sociedade contra a proibição de *Feliz Ano Novo* e de várias outras obras.

"Senhora, minha senhora, por favor mo permitais introduzir o com que mijo no por onde vós mijais", escreveu um dia o Barão de Itararé, mostrando que a obscenidade não depende do uso do palavrão. Antes, pode até ser mais contundente sem ele, desde que haja uma adequação de estilo. Ou seja: o problema do tratamento da sexualidade não está apenas no léxico. O escritor pode questionar as convenções que pesam sobre a sexualidade, sem se valer do chamado palavrão, que costuma, por norma, aludir à sexualidade e às funções excretoras. No caso da ficção de Rubem Fonseca, pode-se facilmente constatar que, dada a condição socioeconômica de seus personagens, em certos casos, e situações peculiares, em outros, o palavrão aparece sempre que necessário e jamais é gra-

[13] FONSECA, Rubem. *Os prisioneiros (contos)*. Rio de Janeiro: Edições GRD, 1963, p. 51.

tuito. Mas reitero: extirpar as porções léxicas tidas por indevidas não resolveria a questão.

O que, porém, vai tipificar melhor Rubem Fonseca como caso-síntese é, de um lado, o processo judicial que manteve a proibição, suspensa apenas em última instância no TRF, e de outro a leitura guerreira que sobre ele se travou, com o poder assegurando seu direito discricionário e o escritor defendendo sua liberdade de expressão. Veja-se que a liberação dos outros títulos não causou complicação maior para o poder. Este proíbe ou libera, de acordo com as conveniências, espaços e tempos específicos, de todo modo centralizando em si mesmo a decisão. Quando, porém, o poder que proibira *Feliz Ano Novo* resolveu liberá-lo, pois os tempos eram outros, encontrou uma complicação que permanece até hoje e cuja solução parece impossível: se o Executivo liberar o livro proibido, ainda *sub judice*, estará cometendo uma arbitrariedade e ferindo a independência dos poderes republicanos. O poder discricionário, pois, foi encurralado pelo escritor e confinado aos limites do Judiciário (talvez não fosse demais lembrar que o Autor é advogado e que um de seus advogados é também escritor), o que não deixa de ser um avanço histórico, como, aliás, reconheceu o jurista Clovis Ramalhete, o primeiro advogado de Rubem Fonseca no processo.

A censura começou a existir perseguindo heréticos, num mundo mítico governado por deuses; não há processo, não há defesa, bastando, no máximo, a confissão do herético. O surgimento do Estado coincide com um deslocamento da censura e seus alvos. A transgressão troca de lugar, as ofensas não são mais aos deuses, e os novos heréticos são cientistas, políticos, filósofos e artistas. Da obsessão do Estado teocrático com as questões de poder, travestidas de questões religiosas, passamos, no Ocidente, a um Estado leigo que se diz guardião da moralidade pública, vale dizer, da ideologia da classe dominante. Mas o Estado liberal diversifica as camuflagens. Ao regular os limites da liberdade de expressão, busca as intenções do artista enquanto cidadão. Daí os quesitos dos processos judiciais que visam, através de inquéritos específicos, descobrir a intenção do escritor, desvelar seus verdadeiros e ocultos propósitos, que estariam numa homologia com os propósitos ocultos do Estado. Assim como o Estado estaria, na verdade, defendendo os interesses da classe dominante, o escritor, ao romper os limites da referida moralidade, estaria em luta clandestina contra esta classe. Mesmo que não admita, o Estado busca caracterizar que nesta leitura guerreira de uma obra de ficção estaria sendo travada a luta mais importante da história: a luta de classes. A moralidade da classe dominante, manifestada nos limites do que se pode fazer, mas não se pode expressar, é que estaria sendo questionada.

Como o Estado conjura este perigo, não podendo mais apelar para a simples proibição? Afinal, o Estado tem seus aparatos e suas solenidades e não pode quebrar a regra do jogo, sob pena de enfraquecer-se. A solução é o processo judicial, cenário privilegiado e deslocado da luta. O avanço está em que se passa de procedimentos mais rudimentares, como os da Inquisição, por exemplo, onde a tortura era o meio mais utilizado para obter a confissão indispensável, para um processo judicial onde as intenções do autor são usadas apenas como reforço de uma interpretação textual. O que cabe ao escritor dizer no processo, depois de assumida a autoria do texto posto sob suspeita no exame judicial? Tipificada a acusação, as respostas variaram ao correr da história.

Há casos exemplares. O romance *La garçonne*, de Victor Margueritte, quando publicado no Brasil, foi proibido e levado a processo judicial. O resultado foi a liberação, e a sentença pautou-se no objetivo do escritor, vale dizer, nas intenções desveladas no exame do texto: o escritor não buscara o obsceno e, então, seu fim era artístico e não pornográfico, em primeiro lugar; em segundo, não foi considerado lícito isolar detalhes, mas olhar para a totalidade, não apenas do livro em exame, mas de todo o percurso literário do ficcionista até aquele momento; e, terceiro, o efeito no homem normal seria a fruição e não o estímulo ao vício.

O mesmo romance foi também proibido na Argentina e foi igualmente liberado em processo judicial semelhante, sob a alegação de que episódios tidos por obscenos e licenciosos não poderiam justificar a proibição, "ainda quando excessivos", porque somente do exame da totalidade da obra é que se poderia deduzir se o texto destinava-se a ofender o pudor público.

Os dois episódios foram arrolados pela defesa de Rubem Fonseca, que sustentou um critério teleológico para identificar dois tipos de escritores: um, considerado pornográfico, e sobre o qual seria lícita a proibição, já que seu fim seria o de ferir a moralidade pública; e outro, tido por artístico, sobre o qual nenhuma proibição poderia pesar. Este, ao contrário do anterior, não buscaria ofender a moral e sim expressar ideias através de formas artísticas inventadas livremente, liberdade que não poderia ser tolhida, pois estaria sendo prejudicado o objetivo do ficcionista ao interditar-se o meio de expressão escolhido por ele.

Entre os casos de famosos escritores que foram perseguidos, são arrolados pela defesa no processo judicial de Rubem Fonseca — ou, o que é mais insólito, pelo próprio perito nomeado pela acusação — os que envolveram D. H. Lawrence, com *O amante de Lady Chatterley*, Gustave Flaubert, com *Madame Bovary*, e James Joyce, com *Ulysses*, entre outros.

Clovis Ramalhete, por exemplo, destaca a humildade do juiz norte-americano quando da proibição de *Ulysses* nos Estados Unidos, que confessou sua dificuldade de ler e, mais ainda, de compreender o romance. Declarou em sua sentença que procurou valer-se da crítica sobre a obra, não omitindo que recebeu ajuda dessa mesma crítica na interpretação, que, afinal, o levou a liberar o romance, já que não viu nele "traços de sensualismo". E decidiu, em consequência, sustentar que não se tratava de um livro "pornográfico". Essa humildade faltou aos juízes brasileiros, no caso de Rubem Fonseca.

Ainda assim, a questão de separar o pornográfico do artístico continua complicada. A defesa de Rubem Fonseca não resolve esta controvérsia, porque seu objetivo é defender o cliente, e este limite, evidentemente, marca o processo. Os advogados não estão interessados em preservar da censura toda e qualquer obra de ficção: estão interessados apenas em liberar a obra de ficção de seu cliente, e somente para este fim é que arrolam outros casos, em que as obras foram liberadas. Continua-se, pois, insolitamente, a tolerar a censura quando a obra de ficção perseguida é caracterizada como pornográfica. Deslinda-se, assim, a mecânica de poder inerente à questão. As constantes alusões ao *prestígio* dos escritores censurados, o rastreamento de seu passado literário, suas práticas como cidadãos e diversos outros quesitos disfarçam a questão maior: não se busca defender a liberdade de expressão artística, a não ser na medida em que, à luz de critérios, extremamente polêmicos, busca-se separar o pornográfico do artístico.

Como dissemos, a defesa não resolve esse ponto. Alude-se a passagens de romances famosos, como, além dos já citados, *Crime e castigo*, de Dostoievski, onde estão presentes duas das marcas ficcionais que causaram problema a Rubem Fonseca: a justificação do crime e do criminoso. O personagem Raskolnikov rouba e justifica seu roubo; mata e persuade o leitor de que arquitetou o crime perfeito e que depende dele, personagem, e não do poder encarregado da repressão, desvendar o crime. Além do mais, há o célebre diálogo entre o pai de Sônia, a mocinha prostituta, e Raskolnikov, que ouve desse pai bêbado a narrativa delirante que, de certo modo, justifica a decadência da filha e da esposa.

A questão seria, pois, de estilo? Outros escritores que também aludiram ao baixo mundo, seja ele o das sarjetas de São Petersburgo do século XIX, ou a boca-do-lixo de São Paulo da segunda metade do século XX, ou a descomunal violência urbana da baixada do Rio de Janeiro, incorrem em que tipo de erro? Erro de estilo? Deixam clara a sua intenção extraliterária? Foi somente a separação entre o artístico e o pornográfico que permitiu a liberação dos livros censurados. A questão não foi, pois, ainda resolvida. Daí o de Rubem Fonseca ser o caso-síntese, e não o do escritor Brasigóis Felício, por exemplo, com *Diário de André*. Como se vê, faz imensa diferença na nação brasileira, para efeito de obtenção dos benefícios do Direito, o cidadão residir numa das grandes metrópoles do Brasil. O caso de Aluísio Azevedo, perseguido no Maranhão, vindo para o Rio de Janeiro, na segunda metade do século XIX, ilustra ainda mais o problema. As grandes metrópoles são abrigo maior nesses casos, e é nelas que podem ser acionados os mecanismos de defesa; nas pequenas cidades, ao contrário, o poder local, característico da Velha República, manteve-se quase intacto apoiado, como sempre, pelo poder central.

Exercida de modos diversos, ainda assim a censura aparece como norma e não como exceção, no Brasil ou em outros países. O que muda são os procedimentos. Vê-se que nos processos judiciais — fronteira das defesas do escritor, que não está mais ameaçado pelas "técnicas" da Inquisição — o essencial continua sendo o direito de expressar a sexualidade de modos "convenientes" e segundo objetivos específicos ali delineados. Do contrário, a censura é justificada também à beira desta fronteira. Estranho carisma o da sexualidade no temor que inspira ao poder. O controle continua, os territórios são delimitados, os objetivos são perfeitamente caracterizados, os modos de expressão são postos sob controle e, sobretudo, o cidadão é visto ainda outra vez, e como sempre, pela ótica deste olhar panóptico de que falou Michel Foucault. E quando o tema ronda a sexualidade, o escritor não tem a liberdade proclamada em tantos outros temas, no Brasil.

Rubem Fonseca sintetiza esta relação entre sexualidade, literatura e repressão na Velha República e paga o preço de uma modernidade tardia, de certo modo. A censura, tal como é exercida, sofre de anacronismo, já que são brandidas contra a ficção do Autor as mesmas armas com que se procurou ferir alguns escritores europeus dos séculos XVIII, XIX e da primeira metade do século passado. Talvez não seja demais lembrar que *Feliz Ano Novo* foi traduzido em países onde a questão já foi resolvida e a sexualidade não oferece os mesmos perigos vislumbrados aqui, e o livro não foi proibido.

O que está em jogo?

Persiste a hipótese de que a sexualidade é assunto complexo e que o Estado moderno ainda não conseguiu resolvê-lo, mas que a censura a este tema e seus desdobramentos, posta como norma ao longo da civilização ocidental, agrava-se quando o Estado é fraco e não está ainda consolidado. Os cuidados são tão mais amplos quanto mais fraco ele é. Mas é engano pensar que quando o Estado está num estágio mais avançado da modernidade a liberdade de expressão esteja mais assegurada. O que ocorre é que se sofisticaram os mecanismos de controle e a permissão vai mais além. A fronteira foi posta mais adiante, mas nem por isso o poder deixou de saber o exato contorno desses limites.

Também no Estado moderno a liberdade de expressão do indivíduo continua num sonho. É evidente que nas nações que não chegaram ainda às conquistas da Revolução Francesa, caso do Brasil, este sonho está fraturado por repetidos pesadelos, dado o anacronismo dos modos de controle — e não a censura em si, que é norma e não exceção, como está bastante reiterado ao longo deste livro.

As práticas das sexualidades do indivíduo não são controladas pelo Estado moderno. O que se busca é o controle de sua expressão. E em países onde o Estado moderno está consolidado, o controle da sexualidade não é mais feito, por norma, através da censura da expressão artística.

Os poderes censórios, quando examinam textos que tomaram as sexualidades como tema, ou apenas aludiram a elas de formas consideradas inconvenientes, têm encontrado dificuldade, como se viu, em tipificar essa inconveniência. Uma restrição, porém, é óbvia: o susto com o léxico, que é apenas uma primeira barreira. Antes ainda de chegar à sintaxe, portanto antes da frase, quando o enredo ainda nem foi dado a conhecer, o palavrão aparece como primeira marca dessa inconveniência. Às vezes, não é nem o palavrão, mas apenas a alusão à sexualidade de formas menos desabridas do que aquelas que os românticos nos legaram, marcadas por eufemismos, metáforas, elipses etc., que constitui a primeira complicação.

O poeta Carlos Drummond de Andrade, por exemplo, evitou durante quase a vida inteira a publicação de seus poemas eróticos. Um deles dá bem a medida de seus cuidados e permite fazer um ligeiro paralelo com Rubem Fonseca, apenas quanto ao léxico. Trata-se do soneto "Coito". Para designar esperma, Rubem diz *porra*, e o poeta, *ardente substância esvaída;* e quando se trata de nomear a vagina, Rubem diz *boceta*, e Drummond, *flora brava*, no segundo verso, *poço feminino*, no décimo primeiro, e, finalmente, *moita orvalhada*, no último verso.

Um modo romântico de narrar o amor morre nos braços de Rubem Fonseca na segunda metade do século passado. Não devia escandalizar tanto, caso a inconveniência fosse apenas de ordem lexical e sintática. Afinal, neste particular, os naturalistas precederam Rubem Fonseca na segunda metade do século XIX. O avanço do Autor, neste ponto específico, somente se dá em relação ao léxico, já que os naturalistas ainda guardavam certo pudor com as palavras, até quando narravam orgias. E mesmo o poeta Álvares de Azevedo — um dos ídolos de Rubem Fonseca —, quando nos surpreende com as narrativas lúbricas de *A noite na taverna* e *Macário*, pela ousadia em romper, na prosa, os limites estéticos do Romantismo, quando deles fora tão fiel cumpridor na poesia, cerca-se de cuidados e pudores no léxico.

E não se diga que Rubem Fonseca utiliza o palavrão apenas quando quem fala é o marginal. Não. Como notou Affonso Romano de Sant'Anna,[14] faz muita diferença observar que quem profere os palavrões é o narrador, mesmo quando ele é "fino e nobre", uma categoria, aliás, que Rubem Fonseca insiste em opor à marginália que trouxe para nossas letras.

É bandido e marginal o narrador que diz a Pereba, seu companheiro de assalto no conto-título de *Feliz Ano Novo*, não por acaso também companheiro de classe social: "Pereba, você é ves-

---

[14] *Veja* de 05 de novembro de 1975.

go, preto e pobre, você acha que as madames vão dar pra você? Ô Pereba, o máximo que você pode fazer é tocar uma punheta."[15]

Também não se sustenta a hipótese de que o palavrão funcione em Rubem Fonseca apenas como desabafo de neuroses e que seus personagens o utilizem para agredir. O palavrão cumpre também estas funções, evidentemente, mas não somente estas. Quando alguém exclama: "Quero que você se foda!", caso não houvesse um fundo sexual e neurótico amparando a expressão, o interlocutor poderia replicar: "Muito obrigado, você também se foda, a sua família, seus amigos e os que te querem bem, enfim, todos se fodam", com outra significação. Quando alguém exclama "porra", para desabafar, e nomeia como "porra" uma coisa indevida, que deu prejuízo, dá, portanto, uma conotação pejorativa óbvia para o chamado líquido seminal, que, diga-se de passagem, é nomeado com os eufemismos tradicionais em "O campeonato", quando o sexo, num tempo futuro, tornou-se apenas um esporte. É sintomático que o chamado palavrão não compareça para expressar a sexualidade quando ela foi deslocada. Rubem, aliás, ao passar este recado de forma encoberta, não deixa dúvidas de que despreza uma divisão de vocábulos em nobres e chulos. Diz o narrador em "Intestino grosso": "A metáfora surgiu para isso, para nossos avós não terem de dizer foder. *Eles dormiam com, faziam o amor* (às vezes em francês), *praticavam relações, congresso sexual, conjunção carnal, coito, cópula,* faziam tudo, só não *fodiam.*"[16]

Este personagem é um escritor que está sendo entrevistado, não é nenhum bandido ou marginal que esteja vitimado, além de outras carências, por algum tipo de redução em seu universo vocabular.

Em outro conto, "O cobrador", também censurado, mas que não faz parte do livro proibido — foi vetado antes de integrar a coletânea de mesmo nome que se seguiu a *Feliz Ano Novo* —, ao descrever um instante do ato amoroso com a mulher por quem está apaixonado e a quem ama, o narrador diz: "Água e sal e porra

[15] FONSECA, Rubem. *Feliz Ano Novo (contos).* Rio de Janeiro: Nova Fronteira, 1975, p. 9.

[16] *Op. cit.*, p. 138.

jorram de nossos corpos, sem parar."[17] O escritor entrevistado em "Intestino grosso", em "O cobrador" pratica a sua teoria contra a metáfora, e a amostra que dei é apenas uma entre tantas outras, não apenas neste livro, mas em todos os que se seguiram a *Feliz Ano Novo*, já que temos um narrador bem mais contido nos livros de contos anteriores, sobretudo nos dois primeiros, *Os prisioneiros* e *A coleira do cão*, e, surpreendentemente, muito mais ousado, neste particular, no romance *O caso Morel* do que nas narrativas curtas.

Se demoro um pouco mais no exame desta questão, que não é essencial para meus propósitos, é porque o livro proibido chegou às mãos do ministro da Justiça, Armando Falcão, todo marcado em vermelho justamente nos trechos onde apareciam os palavrões. A censura utilizou como pretextos este pormenor, acolhendo a denúncia que dava o livro como imoral.

O caso-síntese de Rubem Fonseca não se pauta apenas e nem essencialmente pelo uso desabrido do palavrão. O que intento demonstrar é o deslocamento da censura já no interior do processo, visando estabelecer o direito de se controlar a expressão artística (que apresente ou não palavrões) e não abrindo mão do chamado poder discricionário, tantas vezes reclamado ao longo do processo. O que quero, pois, é examinar uma questão de poder que extrapola a autorização: a tolerância no uso do palavrão.

O país que nos descobriu e cuja cultura herdamos, de cuja literatura somos tributários e herdeiros, impôs censura prévia a seus escritores desde a primeira metade do século XVI até 1834. Antes de Pombal, a censura era ainda pior, pois competia a três serviços diferentes: dois em poder da Igreja e um em poder do Paço. Um livro, para ser publicado, deveria passar pelo Ordinário da Diocese, pela Inquisição e pelo Desembargo do Paço. A primeira forma de censura em nossa tradição literária remonta, pois, a Portugal, e era um serviço da Igreja. Cabia a uma autoridade local, o Ordinário da Diocese, examinar os originais e conceder, se fosse o caso, o *nihil*

---

[17] FONSECA, Rubem. *O cobrador (contos)*. Rio de Janeiro: Nova Fronteira, 1979, p. 180.

obstat. O ofício poderia ser delegado, e às vezes era exercido por um clérigo escolhido pelo bispo. Esta censura nasce antes da Idade Moderna, mas não faz inspeção prévia nos originais, a não ser depois dos anos 40 do século XVI. Até então, exercitava apenas uma função repressiva. Era praticada de dois modos básicos: oficiosamente ou mediante denúncia, com o texto já publicado. Casos célebres deste tipo de exercício foram os sofridos por Tomás de Escoto, da Ordem Franciscana, na primeira metade do século XIV, conforme se depreende da leitura de *Colyrium fidei adversus haereses*, do bispo de Silves, D. Álvaro Pais. Ao findar a segunda metade do século XIV, Wycliffe e Jan Huss sofrem todo tipo de censura semelhante. Mas antes de Tomás de Escoto, Wycliffe e Huss, temos o caso da censura que se abateu sobre um monge beneditino em 1324.

O tipo de censura mais clássico, entretanto, foi aquele praticado pela Inquisição ou Santo Ofício, que vitimou, entre outros, além do padre Antônio Vieira, um dos primeiros escritores brasileiros, Antônio José da Silva, o Judeu, queimado vivo por causa dos textos publicados. Começamos mal! O livro proibido funcionava como a principal testemunha de acusação. Vê-se, pois, que o processo judicial dos tempos modernos, ao acolher também a interpretação que do livro porventura proibido faz a crítica especializada — ou apenas a opinião de ilustres cidadãos, mesmo que não sejam do ramo —, apresenta um deslocamento censório e uma nova estratégia. A falta desta consulta fez com que fossem queimados intelectuais que guardavam em suas casas pergaminhos e cartapácios escritos em grego. Como os censores não conhecessem esta língua, em muitos casos tomaram esses livros como provas de que seus detentores eram judeus camuflados.

Quando se tratou de regulamentar a censura especificamente literária, ela continuou sendo exercida de dois modos: preventiva e repressiva. A preventiva era feita através da censura prévia e dos índices que frequentemente expurgavam textos, incluindo-os num *index librorum prohibitorum*. A censura repressiva encarregava-se de não permitir que chegassem a Portugal as publicações vindas de outros países, e por isso a vigilância era feita nas fronteiras secas e nos portos. Fazia-se também através da inspeção nas livrarias, públicas ou particulares, o que viria a ocorrer no Brasil por iniciativa dos primeiros golpistas de 1964, acentuando-se a partir da edição do AI-5, em fins de 1968. (Eu morava num convento do Brasil meridional, já nos anos 70, durante o governo Médici, e recordo o cuidado que nós, os habitantes daquele mosteiro, tivemos em selecionar livros da biblioteca para enterrá-los na horta, de um modo tal que, passados aqueles tempos, eles pudessem vir a ser recuperados.) Não é digressão, pois, a alusão a Portugal de séculos já tão antigos! O Brasil recuou muito com a ditadura militar, mas Rubem Fonseca só foi proibido num governo de distensão, ainda que ditatorial.

A censura prévia em Portugal começou em 1537, mas somente tornou-se sistemática a partir de 1540. Os escritores resistiam, em parceria com os editores, e não eram poucas as edições clandestinas no período que vai da decretação da censura prévia até o ano de 1575. Depois desta data a censura obtém um êxito descomunal; somente em fins da primeira metade do século XVIII é que começam a ocorrer outra vez edições clandestinas, aproveitando-se os escritores da brecha nascida de conflitos internos da Inquisição. O *Verdadeiro método de estudar*, de Verney, foi publicado nessa época.

Convém lembrar também que nem sempre a censura atingia o livro todo. O *Cancioneiro geral* já apresentava trechos expurgados, embora não se proibissem as obras integralmente (Garcia de Resende Damião de Góis, Gil Vicente — eis alguns dos atingidos). O primeiro índice de livros proibidos data de 1547. Registre-se, igualmente, a dificuldade que teve Luís de Camões para passar pela censura do Ordinário e da Inquisição com *Os Lusíadas*, afinal liberado. O Desembargo do Paço não lhe ofereceu problemas, mas foi preciso que um frade defendesse a utilização de numerosos deuses pagãos como "efeito ornamental" restrito a um modo de dizer e não à contestação da fé cristã.

O Marquês de Pombal retificou toda a censura com a criação da Real Mesa Censória, em 1768, afinal extinta depois de sua queda, no fim do século XVIII. Esse tipo de serviço censório foi abolido em 1821, restaurado em 1823 e finalmente suprimido em 1834. As reformas pombalinas da censura ironicamente ensejaram maior liberdade de expressão, advinda das polêmicas com os jesuítas. D. Maria I e D. João VI utilizaram a censura muito mais contra autores estrangeiros, com o intuito de preservar o país das infiltrações do pensamento revolucionário advindo da França e da Holanda, sobretudo. Quando, no governo Geisel, o ministro da Justiça proibiu um livro como *A filosofia como arma da revolução*, de Louis Althusser, a história já nos era bem conhecida.

Mas meu propósito é examinar a censura em outra direção, qual seja, aquela que aponta para as sexualidades, rubrica sob a qual sucumbiu a ficção de Rubem Fonseca na primeira queda — na segunda imputação, a acusação, ainda no julgamento em primeira instância, passou a ser outra. "Nada mais natural que o desejo sexual", escreve Octavio Paz, acrescentando: "Nada menos natural que as formas em que se manifesta e satisfaz" (*apud* Jesus Durigan, *O que é texto erótico*). Não praticando o ato sexual apenas para procriar, mas por prazer (e muito mais para isso do que para aquilo), o homem multiplica sua linguagem erótica e a expande. É ainda Octavio Paz quem diz, segundo nos informa Jesus Durigan:

> Na linguagem e na vida erótica de todos os dias os participantes imitam rugidos, relinchos, arrulhos e gemidos de toda espécie de animais. A imitação não pretende simplificar, mas complicar o jogo erótico e assim acentuar seu caráter de representação.

A representação desta representação é uma das representações que o poder quer controlar. No processo judicial travado entre Rubem Fonseca e a censura, nós temos um caso-síntese de uma guerra que já dura muitos séculos e que envolve as relações da literatura com o poder. Na Velha República houve um momento decisivo nessa luta, e o caso Rubem Fonseca, entre tantos outros autores proibidos, por sua ficção — e não pela pessoa de seu autor — oferece material abundante e significativo para o exame deste tema.

Relatar ou descrever
A opção narrativa de um herói problemático

Tal como ocorreu algum tempo depois em *A grande arte*, o narrador em relevo na coletânea de narrativas curtas, que veio a tornar-se tão polêmica por causa da proibição, defende as ideias do Autor, travestido numa espécie de *alter ego*. Frequente na ficção de Rubem Fonseca, a figura desse narrador já aparecera em seu livro de estreia, *Os prisioneiros*, muito embora tenha sido possível tipificá-lo apenas depois de considerado seu périplo até *A grande arte*.

A opção por uma narrativa na primeira pessoa do singular — predominância absoluta na ficção do Autor — revela um recurso estratégico de extraordinário vigor para a ficção documental e testemunhal de Rubem Fonseca, além de cindir, vertical e profundamente, a ficção de cunho social, levando aquele que narra a ser um dos rebelados que se junta aos personagens, personagem ele também, ao mesmo tempo em que conduz a narrativa. É exatamente essa tomada de poder no interior da narrativa que possibilita ao personagem dar sua própria versão dos acontecimentos do enredo, opinar sobre a condição dos outros personagens, extravasar seus sentimentos mais fundos, dominar a crítica, notadamente aquela dirigida contra usos e costumes registrados no decorrer dos enredos, e distribuir a palavra com autoridade, quase autoritariamente, dada a manipulação das intervenções para declinar opiniões contrárias às defendidas por um ou outro personagem. Provavelmente, essa opção narrativa agravou a violência em sentido largo, já que, num mesmo ficcionista, passamos a ter um escritor que não abdica de uma crítica desabrida, praticando para tanto uma linguagem quase aliterária, no sentido contrário ao das "belas letras", consagradas por nossa tradição literária, com exceção mais aguda no episódio naturalista. Assim, quem faz a crítica não é um personagem do qual o narrador poderia discordar ou contestar pela inserção de outro personagem que estabelecesse o antagonismo. Não. Quem faz a crítica mais aguda, mais profusa, mais densa, é justamente o narrador. Daí a dimensão importante que ganha o fato de a narração ser feita na primeira pessoa, conforme observara Affonso Romano de Sant'Anna.

Ainda em *Os prisioneiros,* logo no conto de abertura da coletânea, intitulado "Fevereiro ou março", narrado em primeira pessoa, emerge esse narrador, intrometendo-se a dar juízo, embutido no corpo do enredo, soando como uma espécie de frase-bemol:

> Ouvi dizer que certas pessoas vivem de acordo com um plano, sabem tudo o que vai acontecer com elas durante os dias, os meses, os anos. Parece que os banqueiros, os amanuenses de carreira, e outros homens organizados fazem isso. Eu — eu, vaguei pela rua, olhando as mulheres.[1]

Para uma história que se passa no Carnaval, a ponderação acima é claramente uma intervenção do narrador, tentando, com sua crítica, ajustar o prazer orgástico que impregna o carnaval e o enredo todo do conto a uma realidade que quer consertar. Com efeito, o Carnaval apresenta-se como uma ocasião em que a racio-

---

[1] FONSECA, Rubem. *Os prisioneiros (contos).* Rio de Janeiro: Edições GRD, 1963, p. 15.

nalidade dos planejamentos das pessoas que "sabem tudo o que vai acontecer com elas durante os dias os meses, os anos" pode ser posta de lado em nome de uma disponibilidade que está em oposição a esse aproveitamento total do tempo, caracterizado na frase final: "Eu — eu, vaguei pela rua, olhando as mulheres." (Em *A grande arte* o narrador voltará a reclamar que "não se vê mais ninguém assobiando nas ruas".)

A importância que o próprio Autor dá a esse conto talvez possa ser medida pela seleção que ele mesmo fez de suas narrativas curtas, escolhendo-o para nomear a antologia com o título de *O homem de fevereiro ou março*.

Em alguns dos contos que se seguem em *Os prisioneiros*, é possível verificar certa vacilação na escolha do mirante para narrar, que é dado por quem conduz a narrativa. Assim, em "Duzentos e vinte e cinco gramas", em que um legista faz uma autópsia, sem esconder certo prazer sádico na competência com que corta o corpo de uma jovem assassinada, a narrativa balança entre a opção de narrar na primeira ou na terceira pessoa. Nota-se que o conto poderia fluir mais naturalmente se a narrativa fosse conduzida por um dos três homens que se encontram acidentalmente, à procura de Elza Wierck, a moça assassinada. Tudo indica que os três industriais — um fabrica eixo de manivela, outro, soda cáustica, e um terceiro, vidro plano — fossem amantes da moça, mas dois deles não têm coragem de assistir à autópsia. E é exatamente o que assiste que dá o tom da narrativa, mas o faz em terceira pessoa, utilizando-se o autor do recurso de deixar as falas entre aspas e não precedê-las de travessão, como até então era e tem sido mais comum fazer.

Em "O conformista incorrigível", ainda em seu livro de estreia, o ensaio em direção a uma narrativa mais espontânea (que lhe virá depois de um "aprendizado longo e difícil", como o que praticou o exímio manejador das facas em *A grande arte*) tende a levá-la a um modelo próximo daquelas feitas em primeira pessoa. O recurso, neste conto, é uma exposição do enredo quase em forma de jogral, ou de roteiro cinematográfico — Rubem Fonseca assinou diversos roteiros, tanto no cinema quanto na televisão, e não é raro constatar-se o recurso cinematográfico na confecção das cenas de seus contos em que os verbos *discendi* são evitados pela nomeação do personagem a cada diálogo.

De fato, o conto em questão, que abre com uma espécie de dedicatória entre parênteses — "(À Sociedade Mentalmente Sadia do Grande Fromm)" —, é narrado dentro de técnicas cinematográficas. Um paciente de psiquiatria é examinado por três médicos — Dr. Levy, Dra. Kreutzer e Dr. Prom —, que conversam com o doente. Provavelmente, não só a forma mas o próprio tema do conto tenham advindo do cinema. O estudo específico da forma como é conduzida a narração não pode evitar que se aluda ao desfecho do conto. Os três doutores, depois de conversar entre si e com o paciente, chegam à conclusão de que ele não pode ter alta. Amadeu, internado para se curar de "suas desavergonhadas inclinações gregárias", incapaz de "estabelecer o sentimento da Identidade Individual numa Sociedade até há pouco dominada pela Conformidade Gregária", acha que está curado e pode ter alta. O Dr. Prom, porém, é do parecer de que se o paciente receber alta "poderá criar núcleos gregários e conformistas", sendo "sua periculosidade muito alta", então. Contra sua vontade, Amadeu é retirado à força da sala onde ocorreu o diálogo e os três doutores entoam em coro palavras de um certo "Manifesto Revolucionário de Fromm e Mailer", que diz:

> Contra o Matriarcado!
> Contra a Filiarquia!
> Contra a Extroversão!
> Contra o Congregacionismo!
> Contra a Conformidade Autômata![2]

Parodiando o enredo do conto em questão, seria necessário um longo périplo para Rubem Fonseca evitar outro tipo de conformidade: o de narrar suas histórias em terceira pessoa, como a maioria dos autores vinha fazendo.

---

[2] *Ibidem.*

Embora não sendo necessário para demonstrar o que suponho ser o modo preferido de Rubem Fonseca narrar — a opção por narrativa em primeira pessoa — quero, entretanto, aludir ainda a alguns contos de *Os prisioneiros,* especificando o tipo de narrativa dominante, se em terceira, se em primeira pessoa. Assim, das onze narrativas reunidas nesse livro, cinco delas são feitas marcadamente em primeira pessoa: "Fevereiro ou março", "Teoria do consumo conspícuo", "Curriculum vitae", "Gazela" e "O inimigo". Em duas delas, esta primeira pessoa está camuflada em narrativas que lembram um jogral ou um roteiro de cinema. É o caso de "O conformista incorrigível" e "Os prisioneiros", as duas sustentadas em conversas de clientes e seus psicanalistas. Já se falou do primeiro desses dois contos; no segundo, o diálogo insólito é mantido entre uma psicanalista e um paciente que quer que a doutora lhe diga "qual a maneira de identificar um louco de bom comportamento", já que "os cegos carregam uma bengalinha branca, os surdos uma corneta acústica ou um transistor inconspícuo na haste dos óculos; os mancos uma bota ortopédica, os paralíticos uma cadeira de rodas ou um par de muletas". Preocupado, ele pergunta à doutora: "Mas e os outros que me veem na rua, flanando de roupa esporte! Que digo para eles? Ou não digo nada e carrego, como os cegos, uma tabuleta, ou bordo nas costas da camisa: EM TRATAMENTO DE SAÚDE."[3]

Nos contos de *Os prisioneiros* em que a terceira pessoa foi a opção, que é o caso de "Duzentos e vinte e cinco gramas", título que alude ao peso do coração da moça que sofre a autópsia, "Natureza podre ou Franz Potocki e o mundo" e "O agente", os diálogos são marcados por aspas. Vê-se que o humor de algumas passagens é deflagrado pelas falas dos personagens, não pelas do narrador, como vai ocorrer depois em *O caso Morel, A grande arte* e em numerosos contos, mormente de *Feliz Ano Novo* e *O cobrador.* O personagem José, de "O agente", que, no intuito de livrar-se de um recenseador, convence-o de que vai suicidar-se no dia seguinte e, portanto, não

[3] *Op. cit.*, p. 105-6.

terá importância nenhuma o questionário preenchido, é um narrador camuflado; é através de suas falas que a narrativa se conduz. Mais tarde, em outros contos, será mais fácil verificar a evolução em Rubem Fonseca nesse particular, rumo a tomar o poder na narrativa e ungir com ele a primeira pessoa e não mais a terceira; também evitará certas técnicas muito semelhantes ao jogral e ao roteiro de cinema. Registre-se, no entanto, que quatro das narrativas estão em terceira pessoa, explicitamente, e duas delas apresentam-se em forma de jogral ou de roteiro cinematográfico, constituindo-se em procura de equilíbrio, em busca de apoio de um eficiente modo de narrar que ele virá a consolidar.

No livro seguinte, *A coleira do cão,* cinco das oito narrativas ali reunidas são realizadas na primeira pessoa; duas estão articuladas quase exclusivamente com justaposição de diálogos, todos eles entre aspas, e apenas uma está narrada em terceira pessoa.

Em alguns dos contos reunidos nesse livro aparecem, em estado embrionário, certos personagens que serão depois desenvolvidos em outras narrativas. Assim, em "O grande e o pequeno" e "Tia Helena", Ermelinda, José e outros são construídos muito timidamente, se comparados com os personagens de mesmo nome e em situações semelhantes, discutindo assuntos muito parecidos com os que haverão de discutir, mais tarde, em "Nau Catarineta", conto da coletânea proibida. Vilela, de outra parte, personagem de "A coleira do cão", delegado erudito e audaz, voltará como personagem no romance *O caso Morel,* caracterizado de forma muito semelhante à roupagem que o Autor lhe dera naquele e em outros contos em que aparece.

Também em "O cobrador" aparece Mandrake, o fascinante advogado, misto de detetive e policial, que estreara em "Dia dos Namorados", conto incluído na coletânea *Feliz Ano Novo.* Repetem-se os temas, repetem-se os personagens, repetem-se certos enredos, mas o que não se repete de modo algum é a forma com que são narrados. Certamente a literatura se realiza muito mais especificamente como um artefato literário no modo escolhido e construído pelo escritor para fazer sua narração do que no enredo ou no tema que resolveu eleger como suporte do que vai contar. Será este, certamente, o fascínio fundamental da prosa de ficção de Rubem Fonseca.

O mirante escolhido para narrar os enredos inventados em *O cobrador* é, ainda mais uma vez, constituído por uma curiosa locação, que leva o narrador a preferir a primeira pessoa, tornando-se ele próprio um dos personagens, mas um personagem especial, já que é senhor dos acontecimentos, uma vez que arrebatou o poder de conduzir a narrativa por onde melhor lhe aprouve. Assim, temos, em *O cobrador*, uma predominância absoluta da primeira pessoa como mirante escolhido por quem vai narrar. Apenas "O jogo da morte" e "Encontro no Amazonas" aparecem em terceira pessoa, e assim mesmo as versões mais consistentes do enredo são dadas pela fala dos personagens e não por uma terceira pessoa onisciente como classicamente se tem costumado fazer.

Todas as outras narrativas reunidas em *O cobrador*, incluindo aquele flagrante belíssimo e onírico da Guerra do Paraguai, que é "A caminho de Assunção", estão feitas em primeira pessoa.

Pode-se, então, fazer a seguinte homologia: como ficcionista, ele buscou e encontrou um modo de narrar que lhe possibilitasse o depoimento, o testemunho, e este modo de narrar foi se consolidando através desta escolha: narrar sendo personagem. Não apenas dar a palavra aos vários personagens que cria, mas fazer-se também ele personagem, e personagem importante, senhor da narrativa, a conduzi-la com competência e engenho, não se furtando a opinar sobre os temas de que trata em sua ficção e fazendo-o no interior da própria ficção que elabora. No ato mesmo da criação, no calor da hora, o ficcionista, camuflado em narrador, emite seus juízos mais fundos sobre a condição humana, sobre o país em que vive, os governantes, o modo de se gerir a República, as desordens causadas pelo sistema sociopolítico e tudo o mais. O narrador, assim visto, assemelha-se muito mais a uma testemunha de inquérito, e sua ficção toma o jeito de uma devassa. Mas essa opção narrativa de um herói problemático, como o "eu" da grande maioria de seus contos e romances, complica, de outra parte, uma questão polêmica que costuma frequentar as discussões em torno de textos literários que se ocupam de temas ou personagens tidos por ilegítimos. Entre essas duas categorias se estabelece um território que costuma fazer variar a sua fronteira em tempos e espaços específicos. Refiro-me à controversa linha divisória que secciona as narrativas, separando o erotismo da pornografia.

É uma divisão problemática. Consultados os termos em diversas línguas, o perito nomeado pela União, Afrânio Coutinho, buscou, ainda outra vez, perfilar Rubem Fonseca ao lado de ilustres escritores do Ocidente que seriam autores de textos eróticos, em oposição a outros, pornográficos. Tanto o grego quanto o latim, que serviram de fontes básicas para a separação que Afrânio Coutinho buscou fazer, forneceram às línguas chamadas neolatinas, entre as quais está a nossa, os étimos que vinculam o texto erótico ao amor, portanto ao abrigo de valores tidos por positivos, ao menos nos tempos contemporâneos. Assim, o amor lascivo, sensual, lúbrico, apaixonado e que tais estaria bebendo sua significação em Eros, o deus do amor dos gregos, que equivale a Cupido, divindade latina. Eros estaria para Cupido assim como Dionísio estaria para Baco, ligando sentidos advindos da sexualidade vista como sadia, onde o amor físico é não apenas descrito, mas também exaltado como um sentimento superior, uma prática não só desejável como absolutamente inerente à condição humana e impossível de ser evitada.

O erotismo ofereceria como seu contrário fundamental a pornografia, que não está mais na cena erótica principal; não está no nível da descrição desejada para o ato amoroso — e muito menos em sua exaltação, já que não se trata de um sentimento superior —, mas numa direção oposta àquela recomendada pelos deuses, tal como reconheceu primeiramente o filósofo Platão, ao distinguir um eros superior, que conduziria ao amor divino, de um eros inferior, que levaria à obscenidade (e à pornografia). As próprias línguas, entre elas a grega, a latina e suas derivadas, apresentam um sintoma curioso: um texto é *erótico*, jamais "erotógrafo", para opor-se a "pornógrafo"; vale dizer, quem sabe, que um texto que trate do amor como tema não incorre em nenhuma qualificação exterior. Pornógrafo, entretanto, já equivale a uma escrita que trata do amor de forma inadequada, que corrompe e prostitui a sexualidade, o amor físico. Pois também nas línguas já citadas o termo pornografia equivale a uma descrição de atos obscenos, vinculando-se, por conseguinte, a uma corrupção da sexualidade e do amor, já que o grego oferece na palavra composta dois étimos que não deixam dúvidas disto: *pornê* e *graphein*, ou seja, *escrita prostituída*. Alude-se, pois, também, a uma impureza de linguagem.

Nas polêmicas que envolveram a proibição de D. H. Lawrence, o autor de *O amante de Lady Chatterley* sustentou que esta divisão entre erótico e pornográfico poderia variar de um leitor para outro, anunciando um dos fundamentos da obra aberta *avant la lettre*.

O artigo de um jornal católico inglês ao qual nos referimos anteriormente, e que estabelece três tipos de "livros maus", parece deixar entredito que o amor não pode ser barato, que para ele há um preço a ser estipulado no interior de instituições adequadas, onde determinadas moedas têm circulação restrita, e que o prazer *tout court* tem uma cotação baixa, que avilta a sexualidade. O preço da sexualidade "conveniente" estaria estipulado através da procriação, do amparo ao "sexo frágil", da educação dos filhos. Com um olhar um pouco mais largo, essa interpretação não iria contrariar um estudo como o de Engels a respeito das origens da família que o pensador alemão não separa das origens da propriedade e do Estado, deixando em aberto a questão essencialmente sexual. Que poderes regulam a economia sexual numa sociedade de classes? Engels nada diz sobre esse ponto — ou ao menos não diz o suficiente —, para que sobre a questão se possa circunscrever com nitidez o seu juízo. A tarefa coube a Reich, o teórico menos tímido do marxismo na questão da sexualidade.

David Loth, citado na perícia de Afrânio Coutinho, leva o tema a uma fronteira interessante. Diz ele: "De um lado estão aqueles que acham que a literatura modela a conduta humana; de outro, os que pensam que a literatura apenas reflete o que está na vida."[4]

As novas narrativas contemporâneas — a da publicidade nos meios de comunicação social, sobretudo — tornaram obsoletas algumas das discussões e romperam os limites antes traçados e que haviam sido avançados pela literatura, sobretudo a partir do Renascimento. O romance europeu, herdeiro das narrativas dos séculos XIII e XIV, levou, já no século XVIII, as linhas divisórias para muito mais além. E quando esta forma narrativa é transplantada para o Brasil, nos finais da primeira metade do século XIX, o ato sexual ou não é descrito ou é retratado sob uma rede de eufemismos e metáforas que o mascaram e disfarçam. Um beijo, não fosse casto, seria um problema narrativo para os nossos românticos. A personagem solteira era virgem; a casada, casta; seria desejável que fosse também branca.

E aqui ficamos com David Loth — em termos. A literatura, a longo prazo, pode modificar opiniões e, em menor medida, talvez comportamentos. O mesmo se pode dizer do teatro ou do cinema, ou da música. Se para as narrativas da segunda metade do século XIX a virgindade era uma moeda, era porque a personagem (moça virgem) refletia um modo de produção da economia sexual que circunscrevia um lugar para a sexualidade feminina: o casamento, instituição posta, ideologicamente, a serviço de uma oligarquia rural que via nela a forma mais à mão para o controle da propriedade rural latifundiária. Quanto não deve à mulher o latifúndio brasileiro! Com uma filha virgem, um pai podia arrumar um bom casamento! O bom casamento era aquele que prescrevia o aumento ou ao menos a conservação da propriedade nas mesmas mãos, numa mesma classe social.

A sexualidade de circulação restrita para a mulher, na sociedade patriarcal, expandia-se, ao contrário, para o homem, que exer-

[4] LOTH, David. *The erotic in literature*. Nova york: Julian Messner, 1961, p. 102.

cia sua sexualidade saudável no casamento, através da procriação, e dava vazão às suas outras necessidades sexuais com as escravas, se fosse senhor. Neste caso, essa prática sexual seria legítima para o homem. Daí certos policiamentos ideológicos que vão vigiar a literatura para que ela não reflita o que se passa.

Há coisas que não devem ser ditas e, muito menos, escritas — parece ser o conselho que se ouve. Ao menos, "essas coisas", quando ditas, têm orelhas alugadas previamente: as do confessor, mediado pela treliça do confessionário, um imóvel que na semiologia já diz muito a respeito da estratégia. O confessor está sentado dentro da "casinha"; o conflitante está de joelhos, no lado de fora. Entre os dois interlocutores, a linguagem, na ida e na volta, passa pelas frestas da treliça, filtrada de seus excessos através dessas ripinhas cruzadas e também através de um tom de voz modulado por cochichos de parte a parte.

É esta confissão que a literatura moderna e contemporânea arrebata de tais lugares determinados. Se a confissão apresentava a sexualidade voluptuosa como mal a ser evitado a qualquer preço, a literatura moderna inverte a proposição. Poucos, nessa questão, foram tão claros como Georges Bataille em *L'érotisme:* "La vie propose à l'homme la volupté comme un incomparable bien [...] c'est la parfaite image du bonheur".

A sexualidade posta sob castigos é, pois, uma imagem anacrônica para a literatura, desde os antigos gregos e latinos, passando pelos hindus, de cujas práticas o *Kama-sutra*, original escrito em sânscrito e depois vertido para quase todas as línguas do Ocidente, é a melhor amostra. As letras sempre intentaram falar da sexualidade; em *Lisístrata*, de Aristófanes, em *Satiricon*, de Petrônio, ou na própria *Bíblia*. Vê-se, pois, que a censura à sexualidade é uma prática cristã que coincide com o combate sistemático aos deuses pagãos. Um imperador como Juliano, o apóstata, deveria ser um dos padroeiros daqueles que professam uma literatura livre para falar da sexualidade. Gore Vidal percebeu muito bem esta questão em seu romance homônimo, pois apresenta um imperador cônscio das lutas que se travaram no império e que davam conta de uma disputa entre deuses pagãos (libertinos) contra santos e santas, virgens ou castos (ascéticos).

Não está, pois, em questão um *aggiornamento* temático ou de personagens, mas, sim, um certo modo de narrar. O *Decamerone*, de Giovanni Boccaccio, e *The Canterbury tales*, de Chaucer, ambos do século XIV, apontariam as direções inconvenientes. Assim como François Rabelais choca a França do século XVI, ao propor a fortificação de Paris com órgãos sexuais femininos, por serem mais baratos que pedras, Rubem Fonseca escandaliza a sociedade brasileira do final do século XX, não pelos temas que escolhe, mas pelo modo escolhido para narrá-los; não pela presença escandalosa de alguns personagens indignos da cena literária — obscenos, portanto — mas pela linguagem, não mais confinada à estratificação própria da condição do personagem, e sim na boca do narrador, supremo atrevimento! Está dessacralizado o narrador onisciente e distante que ouvia os personagens em confissão, através de uma treliça de estilo, que, se não filtrava as volúpias, como o antigo confessor, pelo menos impunha-lhes uma distância desejável. Aquelas falas agora não são mais de personagens desqualificados; são do próprio narrador. A modernidade tardia começou a pagar o preço de seu deslocamento. E o Rabelais brasileiro dos finais do século XX não discrimina nem as práticas das sexualidades tidas por ilegítimas nem os autores de seus crimes, que podem ser da classe social dominante, a "gente fina e nobre", e não apenas a marginália que infesta os arredores da *civitas*.

O assassino de "Passeio noturno — parte I" e "Passeio noturno — parte II", contos da coletânea *Feliz Ano Novo*, é o "eu" narrador. Mata, ama, descreve o crime e a sua esperada impunidade. De que é que ele é suspeito? Em "Passeio noturno — parte I", depois de matar um pedestre qualquer, ação que dá a entender que faz todos os dias, o alto executivo chega em casa sem nenhum remorso, medo ou apreensão. Encontra tudo em ordem.

A família estava vendo televisão. Deu sua voltinha, agora está mais calmo? perguntou minha mulher, deitada no sofá, olhando fixamente o vídeo. Vou dormir, boa noite para todos, respondi, amanhã vou ter um dia terrível na companhia. (p. 50)

Nenhuma ameaça de punição. Em "Passeio noturno — parte II", a vítima é uma mulher chamada Ângela. Depois de matá-la, volta para casa, onde encontra, como da outra vez, tudo em ordem.

Quando cheguei em casa minha mulher estava vendo televisão, um filme colorido, dublado.
Hoje você demorou demais. Estava muito nervoso? ela disse.
Estava. Mas já passou. Agora vou dormir. Amanhã vou ter mais um dia terrível na companhia. (p. 56)

A impunidade está ainda garantida. Na televisão, o que sua mulher e a família estariam vendo? Certamente os avanços narrativos que teriam escandalizado as gerações anteriores, em tempos e espaços específicos. O beijo na boca é conquista recente, no cinema ou nas praças; o erótico vai ampliando seus limites, às vezes devagar, outras vezes rapidamente, de acordo com regulações que se situam para além do universo intrínseco da narrativa.

Provavelmente, nos tempos que correm, as expressões da sexualidade estão obtendo variações que nenhuma outra época apresentou. As salas especiais para o cinema dito de sexo explícito ou a proliferação do gênero *soft* ou *hard* nas produções de vídeo caseiro que tomaram a sexualidade como tema são amostras desta nova situação. Talvez seja, porém, enganoso supor que a censura foi vencida. Proibir é apenas um dos modos de exercer o controle; a liberação restrita pode ser outro. O vídeo é caseiro. A sala de cinema é especial. A distinção está feita. A separação também.

Houve uma delegação de poderes. O Estado deixa por conta das famílias a responsabilidade do veto ou a delimitação dos novos espaços, no caso do vídeo; e as salas especiais são zonas de tolerância, como aquelas garantidas à prostituição.

Ainda assim, a literatura oferece alguns perigos com a palavra, que o cinema e o vídeo, com a imagem, conjugaram de outros modos. Talvez não fosse digressivo pensar sobre certas diferenças. Por exemplo: entre o narrador problemático de Rubem Fonseca e o leitor, que treliças podem ser vistas? Nenhuma. A fruição é direta. É abrir o livro e ler. Há um contato, quase um contágio. O livro está nas mãos do leitor, à beira do seu olhar, pertinho, em voluptuosa intimidade, indispensável, aliás, para a leitura. E onde o leitor lê? Onde ele quiser. Em qualquer parte de sua casa, por exemplo. Não precisa esconder-se para isso. Pode ler no ônibus, no trem, no navio, no avião, vale dizer, em público. A leitura é uma atividade privada, mas esta privacidade está limitada apenas pelos laços estabelecidos entre escritor e leitor.

No cinema e no vídeo, ao contrário, nenhuma intimidade é possível. Ou, pelo menos, ela está posta em outro lugar. Começa pelo fato de existir uma treliça intermediária, que é a tela do vídeo, com o agravante de, neste caso específico, o "leitor" precisar também de "aparelhos eletrônicos de leitura".

Estão em pauta um modo de narrar e um modo de ouvir esta narrativa. De cenas mostradas (no vídeo e no cinema), voltemos às cenas descritas e narradas. O assalto à mansão no *réveillon*, no conto-título do livro proibido, não é mostrado; é narrado. O narrador tem um poder que falta aos cineastas e *videomakers*, mas ao mesmo tempo permite ao leitor um recurso que as duas categorias lhe negam: o leitor pode imaginar a cena. O escritor lhe deu apenas as palavras. Talvez seja por isso que, cônscio desta responsabilidade e deste poder, o narrador, em diversos dos livros de Rubem Fonseca, vive proclamando que "uma palavra vale por mil fotografias". Ou, explicitando melhor seus poderes, apresenta em *O caso Morel* o dístico reiterativo: "Nada temos a temer, exceto as palavras."

É esse poder de passar uma significação, ainda que aberta em muitas outras direções, que o narrador faz questão de exercer. Em poucas narrativas está tão bem assumida esta prerrogativa quanto em um dos contos de *Feliz Ano Novo*, "Intestino grosso", em numerosas passagens. Registro algumas:

> Sempre achei que uma boa história tem que terminar com alguém morto. Estou matando gente até hoje. (p. 135)
> Eles queriam que eu escrevesse igual a Machado de Assis, e eu não queria, e não sabia. (p. 135)
> Gente como nós ou vira santo ou maluco, ou revolucionário ou bandido. Como não havia verdade no êxtase nem no Poder, fiquei entre escritor e bandido. (p. 136)
> Mas não escrevo apenas sobre marginais tentando alcançar a lúmpen *bourgeoisie*; também escrevo sobre gente fina e nobre. (p. 136)
> Já foi dito que o que importa não é a realidade; é a verdade, e a verdade é aquilo em que se acredita. (p. 137)
> O uso de palavras proibidas é uma forma de contestação antirrepressiva. (p. 140)
> A pornografia nunca faz mal; e às vezes faz bem. (p. 141)
> Há pessoas que aceitam a pornografia em toda parte, até ou principalmente, na sua vida particular, menos na arte, acreditando, como Horácio, que a arte deveria ser *dulce et utile*. Ao atribuir à arte uma função moralizante, ou, no mínimo, entretenedora, essa gente acaba justificando o poder coativo da censura, exercido sob alegações de segurança ou bem-estar público. (p. 141)

O narrador problemático está presente, de forma bem clara, no conto "Relatório de Carlos", do segundo livro de Rubem Fonseca, *A coleira do cão*, logo na abertura, quando diz:

> Gostaria de ser factual e cronologicamente exato. Mas, de algumas coisas já não me lembro direito, parece que nunca aconteceram, que foram sonhadas. Outras, porém, me angustiam, quando penso nelas dói aqui dentro, fico infeliz como se tudo fosse acontecer de novo. (p. 69)

Qual personagem de Dostoievski, este "eu", que aqui tem nome — Carlos —, suporta uma sequência de insucessos terríveis: seu pai, o velho Chico, morre; João Silva, seu amigo, rouba-lhe a amante; esta, chamada Norma, depois de humilhar Carlos várias vezes, quer casar-se com outro e acaba ficando com João Silva. Eis um dos diálogos travados com o amigo João:

"Seja homem". [João Silva]
"O que é ser homem? É não sofrer?" [Carlos]
"Ser homem é aceitar o irremediável". [João Silva]
[...]
"Mas João, meu irmão e único amigo, você nunca erra". [Carlos]
"Às vezes erro". [João]
"Não, você nunca erra. Em seis dias ela [Norma] estará de volta e aí eu nunca mais a perderei, você verá". [Carlos]
"Não sei. Essa dona é uma neurótica, os neuróticos são fornalhas que queimam tudo, inclusive a fornalha.
Raimundo [o homem por quem Norma deixou Carlos] perde, Carlos perde, ela perde, todos perdem. Toma nota, o melhor é você arranjar outra" [João]. (p. 87)

Ao contrário de um narrador meio pernóstico que depois, sobretudo em *A grande arte*, já sob o nome de Mandrake, vem a ter respostas para quase todas as graves questões que levanta, o narrador de "Relatório de Carlos" está confuso e, sendo um ser de comportamento ético irrepreensível, ainda que adúltero, povoa seu relato com vários desesperos.

Distanciando-se um pouco mais, já que narra depois do caso envolvendo a morte do pai, o amor e as traições de Norma e também a peça que o destino lhe pregou, juntando sua amada com seu melhor amigo, Carlos desabafa com serenidade: "Ao escrever este relatório, *currente calamo*, não corro riscos. Tudo de ruim que podia acontecer comigo já aconteceu. Já aconteceu." (p. 87)

E, tal como aconteceu em *Feliz Ano Novo* com o conto "Intestino grosso", delineia-se um projeto literário que vai marcar a ficção de Rubem Fonseca. Como não poderia deixar de ser, o projeto vem exposto na boca do narrador, este herói problemático:

> Se me perguntassem — "se você fosse escritor o que gostaria de escrever", eu responderia imediatamente: a ARS AMATORIA, de Ovídio. Mas o que faço, todavia? Escrevo, quando muito, uma torpe REMEDIA AMORIS, um tratado de dor de cotovelo, um mapa de compensações, já que não tenho capacidade de ensinar os outros a amar. (p. 88)

E adiante:

> Meu *Weltschmerz* é no coração. Como ele dói! Eu ponho a mão sobre ele e digo — *sossega, meu coração*, como uma heroína de romance antigo. Mas meu coração só tem sossego quando eu bebo. Sei que a bebida é tida como antissocial, pelos moralistas, pelos juristas, (já fui um deles), pelos religiosos, pelos educadores, pelos pais de família, pelos governantes; e um veneno pelos médicos, pelos psiquiatras. (p. 116)

Trata-se de narrador profundamente ético. Seu insucesso com Norma é exposto com clareza para o grande amigo, João Silva, que somente assim pode conhecer melhor o terreno e consolidar com Norma uma relação que não deu certo entre ela e Carlos. A estética de Rubem Fonseca está presa aos mandamentos da ética e não aos da moral. O que ocorre com Carlos neste conto volta a ocorrer também com outros narradores em diversos contos. Mesmo entre marginais, onde se poderia supor uma ausência de certos valores tão caros a homens menos privados de tantas indispensáveis condições para a chamada humanidade, ali mesmo é que eles ganham vulto, como no conto-título de *Feliz Ano Novo*, em que os marginais vituperam policiais por causa da violência descomunal praticada contra colegas indefesos.

> A barra tá pesada. Os homens não tão brincando, viu o que fizeram com o Bom Crioulo? Dezesseis tiros no quengo. Pegaram o Vevé e

estrangularam. O Minhoca, porra! O Minhoca! crescemos juntos em Caxias. O cara era míope que não enxergava daqui até ali, e também era gago — pegaram ele e jogaram dentro do Guandu, todo arrebentado. (p. 10)

A estranheza do narrador vem do fato de a violência ter suas regras entre eles, os marginais. A execução é o castigo para traições, mas uma crueldade assim não é praticada pelos bandidos para dizimação mútua. Mesmo quando em choque com a polícia, sua violência tem uma função estritamente guerreira: matam para viver, mas não vivem para matar.

O narrador da ficção de Rubem Fonseca contempla os métodos da polícia. Num confronto que estigmatizasse de um lado a civilização, a serviço da qual estaria a polícia, e de outro a barbárie, onde se colocariam os bandidos de Rubem Fonseca, uma linha clara marcaria um divisor ético: a ética estaria com os bandidos, com os heróis transgressores, nem sempre bandidos, aliás. Às vezes, apenas adúlteros, como ocorre com tantos personagens do Autor. O herói problemático sofre a amplificação sempre crescente desse sentimento de abandono, de estar só no meio de tantos, num mundo corrupto, violento, imoral, mas sobretudo antiético.

Gustavo Flávio, não por acaso um escritor, mata a amada, Delfina Delamare, a pedido dela, que está com leucemia. Dá um tiro no peito da mulher que ama, que é casada com quem não ama. Mata por amor. Depois, mente em nome da verdade porque sabe que a "verdade factual e cronologicamente exata", como diria o Carlos de outro conto, seria insuficiente para iluminar a realidade e despertaria numa polícia que ele, escritor, tão bem conhece, uma série de suspeitas que a levaria a tecer uma rede, formar um labirinto, onde ele, Gustavo Flávio, se perderia. Observando como o rico marido de Delfina arranja um culpado para o crime, na pessoa de um negro (o racismo da polícia aflorando brutal, pois, como certa tradição oral já nos ensinou, "negro parado é suspeito; negro correndo é culpado") o escritor mostra ao leitor que naquele mundo que ele criou, espelho da sociedade em que vivemos, a mentira vale mais e funciona com mais vantagem do que a verdade. Mas, ético acima de tudo, ele não deixa de confessar ao leitor a verdade verdadeira. O leitor sabe quando o narrador precisa mentir ou quando mente apenas por gosto, o leitor sabe que o marido de Delfina Delamare não a ama e que tampouco ela ama seu marido; o leitor sabe que o verdadeiro amor está entre Gustavo Flávio e Delfina, e que o adultério, além de não prejudicar a ninguém, acaba sendo a única alternativa para aquele amor. E o leitor sabe que para ele, leitor, Gustavo Flávio está dizendo a verdade. Acima e além da moral, de qualquer moral, na ficção de Rubem Fonseca está uma ética que preside a todos os atos de seus heróis problemáticos, sobretudo quando se trata do narrador, o mais problemático de todos eles.

Seus personagens têm complexos, vícios e taras, conforme reconheceu a defesa no processo judicial, mas o narrador vai deixando claro ao longo da narrativa que essas marcas estão presentes na condição humana e que um ser humano não ofende a moral ou os bons costumes quando, por exemplo, se utiliza de um fetiche para alcançar o prazer. Sade, no século XVIII, e Masoch, um século depois, trataram da questão em profundidade.

Paul Morel/Paulo Morais de *O caso Morel* impõe a Joana/Heloísa uma série de sofrimentos, numa relação amorosa que, em óbvia cumplicidade, pode levar um dos amantes à morte; mas julgar um deles como vítima e outro como homicida, segundo os cânones do código penal, seria reduzir a um nível tal o fenômeno que impediria a sua compreensão. Foi aí que entrou a contribuição de certa estética e certa ética da literatura, que desde o século XVIII, mas sobretudo a partir da segunda metade do século XIX, entre os russos, principalmente, submeteu a condição humana a um crivo de análises mais amplo, que revelou sutis complexidades na constituição da alma, levando esse conhecimento a algumas fronteiras que só muito mais tarde a psicologia veio a atingir. Como lembrou Milan Kundera em *A arte do romance,* numa de suas poucas frases felizes, "o romance conheceu o inconsciente antes de Freud". O sonho também. As neuroses também. As patologias também. De modo que sobretudo no trato das sexualidades como tema de narrativas, os heróis problemáticos de Rubem Fonseca, sempre transgressores, não podem ser sumariamente julgados num auto-de-fé que tome apenas o código penal como clivagem de conhecimento onde eles poderão estar incursos.

Além do mais, o ficcionista não está praticando aqueles atos que narra ou escreve. Está inventando. Tenta-se, pois, punir a expressão, não a sua prática, que, a propósito, os poderes coatores reconhecem como verossimilhante, não no sentido da verossimilhança interna do texto, mas apenas numa homologia entre realidade e ficção.

Mas o herói problemático já fez sua opção. Ele narra para o leitor, é com ele que estabelece um pacto. Em *A grande arte*, o leitor fica sabendo que Mandrake não é nenhum santo, que é mulherengo, adúltero, cínico, pernóstico, arrogante. Mas sabe também que entre Mandrake e Thales de Lima Prado, o ricaço corrupto e patológico que está por trás de todas as tramoias financeiras do grupo Aquiles, há um abismo intransponível. Do mesmo modo, o leitor fica sabendo que um personagem como Camilo Fuentes comete assassinatos por encomenda, mas que, no momento em que é assassinado, está vivendo com Miriam Leitão, a prostituta, e os dois se amam e estão tentando começar uma vida não transgressora. Sabe também que há um divisor muito claro entre as ações de Camilo Fuentes e as da polícia ou daqueles que Lima Prado põe a seu serviço.

Em *A grande arte*, aliás, pululam esses heróis problemáticos. E seria indispensável citar o anão preto e corcunda, dono da boate Lesbos, o José Zakkai, que tem uma concepção do ser humano digna dos maiores filósofos que a humanidade já produziu. Fica em relevo no romance a ética irrepreensível de Mandrake, o narrador mais problemático dos heróis transgressores presentes em *A grande arte*, que ama, atrapalha-se muito por amor e por levar a vida hedonista e perigosa que escolheu (bons charutos, bons vinhos, lindas mulheres, investigação e desvendamento de crimes).

O leitor sabe que Mandrake jamais praticaria os atos lesivos à comunidade que o grupo liderado por Lima Prado executa todos os dias, com o fim deliberado de enriquecer prejudicando a nação, e espelhando, assim, certa burguesia brasileira que jamais teve outro critério que não fosse o da acumulação de riqueza a qualquer custo.

Ao fim e ao cabo, o leitor descobre em Mandrake uma figura simpática, com quem ele, leitor, pode contar, ainda que no plano imaginário. Cínico, mas de um cinismo filosófico, e não moral, Mandrake oferece aos leitores o conforto e os benefícios de uma vida baseada na ética e no amor, onde o sofrimento para conquistar o amor da mulher por quem está apaixonado vale a pena; onde os atrapalhos para providenciar os remédios da justiça a quem dela está necessitando valem a pena.

Essas mesmas situações voltam a aparecer em seu mais recente romance, *Vastas emoções e pensamentos imperfeitos*. Alcobaça lidera uma quadrilha que trafica pedras preciosas. Sua vida depende da ingestão dessas pedras, moídas, para curar uma estranha doença. No contexto, aparecem os que sabem se aproveitar de uma real necessidade para estabelecer uma rede de corrupção, assassinatos etc. Mas o narrador sai soberano da história, com sua ética mais uma vez posta à prova, tanto na procura de esclarecer o caso das pedras preciosas, num dos planos da narrativa, quanto na busca dos originais de um livro do escritor soviético dissidente Isaak Bábel, que ele, narrador, quer filmar. O herói, desta feita, não é o escritor, como em *O caso Morel* e *Bufo & Spallanzani*, mas é o "eu" outra vez, como em *A grande arte* e em tantos contos de Rubem Fonseca: é um artista, um cineasta que sonha sem imagens.

O herói problemático de Rubem Fonseca, cuja figura mais emblemática encontramos justamente no narrador de sua ficção, poderia ser tipificado mais ou menos à semelhança do narrador de *A comédia humana*, "um cinquentão vivido e sociável". Teria um perfil assim constituído: um homem de vasta erudição e grande experiência, adúltero, hedonista, apreciador de boas bebidas e esplêndidas companhias femininas, emérito leitor da nata da literatura ocidental, cinéfilo, amante da boa música, sobretudo clássica; curiosamente, não um *gourmet*. Bebe razoavelmente, mas come pouco e não dá grande atenção aos pratos; seu gosto por bebidas é também restrito a certos vinhos (como o português Faísca, tantas vezes referido); em *A grande arte*, um novo gosto integra a dieta hedonista de Mandrake, o narrador: os charutos, dentre os quais sobressai um tipo específico, os "Panatela, escuros, curtos", como diz ele a uma cliente, Lilibeth, que o procura para deflagrar uma ação contra o marido, Val, porque este tem um caso com um amigo. Lilibeth chega ao escritório de Mandrake convicta de que o advogado deve arrumar um modo de dar o flagrante de adultério no marido, surpreendendo-o com o amante homossexual; mas, depois de várias divagações numa conversa encantadora com Mandrake, sai fascinada por ele. Os charutos, freudianamente, marcam boa parte dos diálogos.

O depoimento de Lilibeth termina assim:

> Acho que o nosso destino é feito por nós mesmos, então não vou mais culpar o Val pelo que aconteceu, aliás você foi o primeiro a me sugerir isso quando disse para eu desistir do ridículo flagrante de adultério, não sei onde andava minha cabeça estes dias. Como é mesmo o nome do charuto? (p. 36)

Rubem Fonseca mudou o tom para referir a sexualidade e o amor. De uma narrativa marcada por palavrões e frases de baixo calão, encontráveis em *Lúcia McCartney*, *O caso Morel*, *Feliz Ano Novo* e *O cobrador*, ele retoma a forma mais refinada e polida de *Os prisioneiros* e *A coleira do cão*. *Bufo & Spallanzani* já apresenta poucos palavrões, e em *A grande arte* e *Vastas emoções e pensamentos imperfeitos* ganha relevo uma narrativa onde a linguagem chula aparece bem pouco, muito provavelmente porque, ao contrário dos livros do primeiro grupo, duas alterações se fazem sentir: os marginais falam menos, e a sexualidade deixou de ser tema preferencial, uma vez que os enredos estão marcados pela estruturação de crimes e seus desvendamentos. O narrador passou a referir-se à sexualidade de outro modo e mais raramente do que o fizera nos livros anteriores. De um festival de palavrões e de descrições dos atos sexuais à moda dos naturalistas, passou a alusões cheias de sutileza, como demonstra o diálogo entre Lilibeth e Mandrake.

Também *Bufo & Spallanzani* abre sua primeira das cinco partes com uma amostra dessa mudança: "Foutre Ton Encrier", vê-se escrito no título. Ao invés do chulo "foder", o escritor preferiu eufemizá-lo em francês, incorrendo, assim, naquela mesma dissimulação que o narrador de "Intestino grosso" vituperara ao se referir à metáfora.

Seria errôneo supor que a censura, com seus efeitos predatórios sobre a ficção de Rubem Fonseca, tivesse obrigado o escritor a recuar em sua ousadia. Mas é preciso lembrar que *O cobrador,* a coletânea de contos que se segue ao livro proibido, amplifica e estende o uso do palavrão e da chamada linguagem de baixo calão.

Ao retomar as narrativas de romance (antes disso, só um deles tinha sido publicado: *O caso Morel*), Rubem Fonseca reelabora sua linguagem e, ao dar à luz novos personagens, investe em outras direções, onde as sexualidades tidas por ilegítimas não são o tema principal. Os adultérios continuam, o lugar privilegiado para o amor permanece sendo o espaço da interdição, mas a sexualidade deixou de estar no cenário principal. Dir-se-ia que se tornou um tema coadjuvante.

É preciso lembrar, também, que o narrador trilha outros caminhos, onde os assassinatos estão postos com outros fins. Tanto em *Bufo & Spallanzani* quanto em *A grande arte* e *Vastas emoções e pensamentos imperfeitos*, os crimes cumprem a função de arquitetar o romance dito policial, ainda que, como já se disse, seja complicado incluir *A grande arte* neste rol. De todo modo, também em *A grande arte* há crimes e criminosos para serem descobertos, e o narrador se serve de expedientes clássicos do gênero, como o ocultamento de Lima Prado durante quase toda a narrativa. Tal redução, que serve bem aos outros dois romances, acomoda-se mal à prática quando se trata de *O caso Morel* e *A grande arte*, porque, se há uma estrutura mínima que pode caracterizá-los como romances policiais — ao menos um crime, um criminoso, uma vítima e um detetive —, as narrativas circundantes vão bem mais além. Em *O caso Morel*, há várias micronarrativas rodeando esse conjunto mínimo que alargam os temas, multiplicam os personagens, diversificam as linguagens e conduzem a leitura para outras direções, à procura de outros temas como a função do artista na sociedade contemporânea, os limites da experimentação na busca da criação literária e artística, as características da sexualidade humana etc. Todos esses temas são tratados sem nenhuma superficialidade; não é o caso, como sói acontecer no romance policial, de espalhar aqui e ali *boutades* sobre assuntos diversos, como, é forçoso reconhecer, veio a ocorrer em *Bufo & Spallanzani*. Ainda assim, esses temperos estão dosados e justificados a partir de um lance estratégico. Quando vários personagens acham que é fácil escrever uma determinada história, o narrador, vale dizer o escritor, lança um desafio em que todos fracassam; somente ele triunfa. Como na anedota de Cristóvão Colombo, a ideia seria chã, mas somente o narrador a teve — ou a teve primeiro.

Ao contrário de *Bufo & Spallanzani*, em *A grande arte* a estrutura mínima do romance policial é insuficiente para dar conta da estrutura mínima da obra! Como ficaria e, sobretudo, onde ficaria toda a segunda parte, "Retrato de família", onde a burguesia brasileira recebe talvez seu mais cruel diagnóstico? Vícios e taras presentes nesta segunda parte, se estão bem articulados com o romance, articulam-se ainda melhor com a sociedade brasileira do período.

Também em *Vastas emoções e pensamentos imperfeitos*, o narrador, posto na pele do herói problemático, está às voltas com uma estrutura de poder que exclui escritores do Leste europeu, sem que se possa encaixar todo o drama da busca dos originais de Isaak Bábel no enredo mínimo do romance. Se fora apenas romance policial, as ações se esgotariam no desvendamento dos crimes que envolvem a aquisição de pedras preciosas, tão indispensáveis a Alcobaça.

Temos, então, uma outra estratégia narrativa: falar da sexualidade de um outro mirante, com outras táticas. As diversas exclusões são inseridas num painel mais vasto. O herói problemático está cada vez mais complicado. O indivíduo, tão afirmativo na ficção anterior do Autor, vê-se cada vez mais limitado por outros poderes, mais vastos e que ostentam muitos outros tentáculos. Se a incompetência ou a corrupção da polícia brasileira poderiam ser problemas resolvidos com uma simples conversa com o amigo Raul, o mesmo recurso não pode ser utilizado na fronteira das duas Alemanhas.

Continuam presentes as preciosas ajudas femininas em *Vastas emoções e pensamentos imperfeitos*, mas os poderes do indivíduo vão ficando cada vez mais tênues. Ele ainda chega com os originais, que arrebata à custa de subornos na Alemanha Oriental, mas ao voltar ao Brasil constata que não subornou; foi subornado. Na luta que o narrador costumava travar com o sistema, saindo-se sempre vencedor ao fim e ao cabo, houve uma mudança: o sistema acaba de vencer o indivíduo. É sintomático, pois, que nem nome ele tenha.

De todo modo, como é óbvio na ficção de Rubem Fonseca, o narrador, seja ele o narrador-personagem ou o personagem-narrador, serve-se de uma estratégia conhecida: toma o leitor como interlocutor e seu relato toma a forma de uma confidência. Talvez seja esta uma das marcas da narrativa moderna que, contrariando a tradição literária de apresentar um herói simples, às voltas com a eterna luta do Bem contra o Mal, desloca o plano narrativo para, em lugar de apenas relatar, confidenciar. A verdade que o narrador quer revelar não pode mais ser encontrada entre as várias provas heróicas, mas no íntimo do herói; o que ele faz passa a ser decorrência de seus conflitos íntimos. A desordem do mundo não é vista apenas a partir do exterior; uma prospecção psicológica não tarda a revelar que os efeitos devastadores do mundo exterior sobre a realidade interior do herói é que o tornaram problemático, uma vez que a situação o coloca, quase sozinho, contra o mundo inteiro.

Nessa luta do herói problemático contra o mundo, porém, aparece na ficção de Rubem Fonseca um elemento de apoio decisivo para o herói-narrador. Como ele é invariavelmente homem (com exceção do conto "Lúcia McCartney", narrado por uma mulher), há sempre uma ou mais mulheres que lhe representam oásis, refúgio, apoio.

Um inventário desses personagens femininos inclui a Ana Palindrômica, do conto "O cobrador", como, talvez, a principal delas. Bebel, Lilibeth e Ada, de *A grande arte,* são outras boas amostras. Há ainda Ruth, Verônica e Liliana, em *Vastas emoções e pensamentos imperfeitos;* Delfina Delamare e Minolta, em *Bufo & Spallanzani;* Heloísa/Joana, em *O caso Morel* etc.

O narrador encontra sempre um novo mirante para exaltar as qualidades da mulher amada do momento. Em *A grande arte,* vê-se a seguinte passagem:

> D. Sônia, quer fazer o favor de ligar para o Raul, na Homicídios. Enquanto a ligação não se completava: era muito bom não resistir à sedução de uma mulher bonita. Ada, a graça muscular; Lilibeth, a regularidade harmônica. Pensei também em Berta Bronstein e Eva Cavalcanti Meier. (p. 36)

É quase uma metáfora da ficção do Autor. Ele lida com crimes e amores. Para resolver os mistérios do crime recorre ao amigo Raul, policial que trabalha na Delegacia de Homicídios; para resolver os mistérios do amor, recorre sempre a um novo amor. Em "Relatório de Carlos", diz o narrador: "Já que não tenho capacidade de ensinar os outros a amar [...] (saberei ensinar a esquecer?)."[5]

---

[5] FONSECA, Rubem. *A coleira do cão (contos).* Rio de Janeiro: Edições GRD, 1965, p. 88.

A opção narrativa de um herói problemático   89

O narrador mais frequente na ficção de Rubem Fonseca é um "eu" que logo estará mais sintetizado na figura de Mandrake, o narrador de *A grande arte*. Esse narrador foi sendo moldado desde o livro de estreia, mas este "eu" era Mandrake disfarçado, como foi possível constatar com *A grande arte*. Depois, em *Bufo & Spallanzani*, o mesmo narrador aparece sob o nome de Gustavo Flávio; em *Vastas emoções e pensamentos imperfeitos*, este "eu" volta a ficar anônimo, mas é lícito depreender que é Mandrake quem narra mais uma vez. Aliás, Mandrake é o narrador-titular da ficção de Rubem Fonseca. Em "Fevereiro ou março", uma terceira pessoa começa o conto, mas já nas primeiras frases sabemos que se trata do mesmo "eu":

> A condessa de Bernstroff usava uma boina onde pendurava a medalha do Kaiser. Era uma velha, mas podia dizer que era uma mulher nova e dizia; dizia: 'põe a mão aqui no meu peito e vê como é duro'. E o peito era duro, mais duro que os das meninas que eu conhecia.[6]

Este "eu", que pode chamar-se Gustavo Flávio, como em *Bufo & Spallanzani*, ou Lúcia McCartney, como no conto homônimo, mas que é sempre Mandrake, tem um companheiro fiel, como o Sancho Pança de Dom Quixote. O cavaleiro andante que é o narrador conta com Raul e Wexler em *A grande arte*, com Vilela em *O caso Morel*.

Além de ter poucos e fiéis amigos, o narrador assemelha-se a um Dom Juan incorrigível. As evidências desse comportamento são muitas e estão espalhadas em toda a ficção de Rubem Fonseca. Já no segundo livro, *A coleira do cão*, o narrador dá a sua receita para um caso de amor, aconselhando "algumas pequenas regras":

> É essencial em primeiro lugar que o sedutor tenha confiança em si mesmo. Em segundo lugar que seja paciente e atencioso. E que seja cuidadoso com o seu corpo e com seu espírito. (Não deve esquecer-se

[6] *Os prisioneiros*, p. 13.

de que atração do espírito é a única duradoura.) É preciso presentear a mulher amada, mas de forma a dar-lhe prazer sem despertar a sua cupidez, pois o verdadeiro amor não deve ser baseado em vantagens materiais. (p. 92)

Baseado nessa *ars amatoria*, bebida em Ovídio, o narrador passa o tempo todo seduzindo. Daí o amor erótico de ficção de Rubem Fonseca ter um tom confessional, dada a proximidade construída com o leitor, que passa a ser um confidente do narrador. Essa estratégia narrativa, de outra parte, condiciona a linguagem, que põe em relevo um tom coloquial, já que se trata de uma conversa.

Foi isso que observou, também, Hudinilson Urbano em sua tese de doutoramento, defendida na USP, em 1986, com o título de "A elaboração da realidade linguística em Rubem Fonseca":

> Na análise dos contos, um primeiro aspecto de reconhecimento da criatividade do autor foi o grau de informalidade das narrativas. O escritor planeja e estiliza um narrador como se colocado informalmente diante de amigos para lhes contar e confidenciar, sem subterfúgios e escrúpulos, os fatos e emoções que viveu [...]. O leitor, projetado pelo narrador, é concebido como alguém que fala como ele e que conhece ou precisa conhecer o contexto dos fatos narrados.

Desvendando seus amores ou os amores alheios, o narrador perfaz um quadro que fala da sexualidade nesse tom informal a que já se aludiu. O vocabulário é sintoma da conversação que se estabeleceu. Por isso, as condenações da linguagem chula em Rubem Fonseca foram tecnicamente mal concebidas e pior formuladas. Há autores que buscam o palavreado de baixo calão com o fim deliberado e prévio de escandalizar ou excitar, tendo o leitor em outra conta. O narrador de Rubem Fonseca tem muito respeito por seu interlocutor, vale dizer, por seu leitor. Os palavrões e alusões chulas somente aparecem quando indispensáveis.

Os assaltantes de "Feliz Ano Novo", no conto-título, expressam a sexualidade com termos vulgares, mas o leitor entende que o propósito do escritor é bem diverso das intenções daqueles narradores de pornografias, que escrevem de modo a excitar o leitor. "Eu", Zequinha, Pereba não poderiam expressar-se na língua de Carlos, do "Relatório de Carlos", na de Mandrake, Gustavo Flávio, Paul Morel ou qualquer dos outros narradores cultos que povoam a ficção de Rubem Fonseca. Ocorre, porém, que o uso do palavrão nivela cultos e incultos...

Falar da sexualidade de um outro mirante, eis o grande desafio do narrador da ficção de Fonseca. Posto a narrar nos tempos modernos, ele não pode evitar todo um legado do Ocidente que fala do sexo. Segundo informa Henry Spencer Ashbee, em *Erotika lexikon*, a obra erótica mais antiga veio-nos da Mesopotâmia (Iraque), e é um poema épico: *Epopeia de Gilgamesh*, reunião de histórias soltas, algumas das quais remontam a 3000 a.C. Ali se fala de um caçador que sai à procura de um sátiro chamado Engibu, assim caracterizado: "homem com força de javali, juba de leão e velocidade de ave". O caçador não consegue apanhá-lo e por isso recorre aos encantos de uma sacerdotisa para que ela "enlice Engibu nas teias do amor": "Ei-lo, mulher! Abre teu cinto, descobre teus encantos, para que ele te fareje! Abre tua veste para que ele deite sobre ti; excita-lhe o êxtase, esse trabalho da mulher." (p. 5)

Tal como nas comédias latinas, onde autores como Plauto, Terêncio e outros documentaram o cotidiano de diversas classes sociais, boa parte da ficção de Rubem Fonseca resgata um certo modo de tratar o desejo no Brasil contemporâneo e não limita seu olhar às classes mais baixas. Contos como "Passeio noturno — parte I" e "Parte II" ou, sobretudo, o romance *A grande arte*, mostram um constante comércio do desejo, ligando uma classe social a outra. É um mapa do desejo nos tempos do Brasil moderno. Plauto e Terêncio legaram à posteridade o espelho das práticas sexuais de soldados gladiadores, escravos, prostitutas, cortesãs, pequenos comerciantes e de gente mais bem-posta socialmente;

Rubem Fonseca faz um percurso que trafega do alto até a base da pirâmide social. A sua obsessão com a presença do amor erótico nas narrativas não é inovadora na literatura moderna, mas o modo como ele trata a questão, articulando um Don Juan que sai à cata de mulheres e de desvendar ou cometer crimes, revela, por certo, um novo mirante. Indagar as razões da censura à sua obra não pode limitar o analista às circunstâncias epocais da proibição. Nem sempre, nem em todo lugar o sexo foi tabu. Babilônios, egípcios e gregos não viam tantas inconveniências na sexualidade, e nos tempos que correm ainda é possível encontrarem-se sociedades selvagens onde a sexualidade não tem a carga repressiva que pesa sobre nós.

Foi o legado da cultura judaica, aliado ao do cristianismo, que passou ao Ocidente diversos procedimentos de proibição, cerceamento ou controle da sexualidade, a começar pela própria nudez. A *Bíblia*, em minuciosas disposições, presentes sobretudo no Deuteronômio e no Levítico, trata-a como grande problema. "Não descobrirás a nudez de tua mãe, de teu pai, de tua irmã, da filha de teu pai, da filha de tua mãe, do filho do teu filho, da filha de teu filho, da irmã de teu pai, da irmã de tua mãe", eis o rol das recomendações. Mais minucioso do que a *Bíblia* só o manual dos confessores que o Concílio de Trento ensejou, onde o confessor é instruído a que o confitente descreva em pormenores os pecados contra a castidade. Os outros pecados, basta relatá-los; mas a libido deve ser devassada no ato da confissão.

A repressão sexual ganhou em São Paulo seu principal ideólogo e mentor, sobretudo nas diatribes contra a mulher, pois em suas epístolas misturou em rol de proibições, marcadamente vinculadas à sexualidade, a um ideário machista, herdado da cultura hebraica, que põe a mulher num segundo plano, em inteira submissão ao homem. O discurso de Paulo sugere que evidentes sintomas de homossexualidade — se não explícita, pelo menos latente — presidem a obra que escreveu.

O narrador da ficção de Rubem Fonseca, emérito fornicador, não cessa de proclamar sua notória heterossexualidade, o que, segundo estudos apoiados na psicanálise, revelaria neste Don Juan uma luta desesperada contra certa homossexualidade latente. Don Juan está sempre provando para si mesmo que não é homossexual.

Ao fim e ao cabo, o narrador de Rubem Fonseca exalta o indivíduo num momento histórico em que ele foi negado, pois os tempos em que vivemos apresentam a onipotência dos sistemas: econômicos, políticos, sociais. Como Deus, o indivíduo está morto. A ficção de Rubem Fonseca é uma luta aberta contra essa concepção, desde o primeiro livro. Para a massa passiva que aceitou ser governada por sistemas, ele reserva ofensas como "legumes", "ananás", "abacaxis". "É melhor morrer de paixão do que vegetar como abacaxis numa estufa de ananases", dirá o narrador em "O cobrador".

Mas se, como diz Frederick R. Karl,

[...] a morte de Deus não resultou em euforia mas em estratégias sérias para lidar com tal morte [...], em estratégias que implicam exaltar palavras como *nihil, nul, nada* [...] como se o nada possa ser vencido por meio do ego, dos sentidos, de sensações, de anseios pelo absoluto no íntimo,[7]

a negação do indivíduo levou os escritores a outras estratégias narrativas.

Os narradores da literatura moderna movem-se entre Marx e Baudelaire. O primeiro viu o homem como "trabalhador alienado" e o segundo viu o escritor como "marginal". "A solução para Marx é alterar a ordem social", diz Frederick R. Karl, mas "Baudelaire procurou caminhos para o artista no interior da ordem existente". Acrescenta: "Incapaz de deslocar-se em direção às explicações sociais e políticas de Marx, Baudelaire viu-se capturado por paradoxos."[8]

[7] KARL, Frederick R. *O moderno e o modernismo*. Rio de Janeiro: Imago, 1985, p. 77.
[8] *Ibidem*.

O caminho da alienação nos tempos modernos teria, pelo menos, duas vias: o trabalho e as drogas. A terceira via é a das sexualidades patológicas, sintetizadas na pornografia. Em Rubem Fonseca, a opção do herói problemático é uma opção erótica. Daí sua obsessão com a busca do prazer, na forma de um relacionamento amoroso entre homem e mulher, por mais instável que seja, e da confidência como reflexão.

A inovação da ficção de Rubem Fonseca no que seria um panorama da literatura brasileira começa pelo fato de este escritor não evitar uma questão central para todas as sociedades e todas as culturas: a sexualidade é um problema. Outros escritores ou evitaram o tema ou evitaram certas formas de tratá-lo, daí a crítica procedente do narrador de *Feliz Ano Novo*, irritado com os escritores do passado que evitavam descrever o ato amoroso ou o camuflavam através de mil subterfúgios linguísticos, de que a metáfora e o eufemismo como técnicas literárias são bons exemplos.

Enquanto Deus e o indivíduo forem dados como mortos ainda insepultos, a ficção pode usá-los como referências, ainda que seja para negá-los. Mas uma vez feito o enterro, a narrativa precisa de outras estratégias.

O romance nasce dando lições, arrogante e lúcido. E já *The Canterbury tales* e o *Decamerone*, de Chaucer e Boccaccio, respectivamente, passam a moral das histórias, o ensinamento, os modos reprováveis de comportamento. A trilogia sobre a sexualidade ocidental, porém, somente ficaria completa depois de Sade. Chaucer, Boccaccio, Sade — eis um dos percursos do sexo no Ocidente. Não foi à toa que um dos maiores cineastas deste século, Pier Paolo Pasolini, deu-se o trabalho de filmar as três obras. Estamos doentes, eis o diagnóstico dos três "médicos"; mas o último deles, Sade, já apresenta um quadro desesperador. Se os dois primeiros ainda apresentam um tom de comédia, este já nos dá uma visão aterradora de tragédia.

O narrador problemático de Rubem Fonseca encontra certamente similares na prosa de ficção moderna, sendo parente de personagens de Dostoievski, Tolstoi, Flaubert, Wilde. Mas seus impasses aumentaram.

A Igreja deteve o poder de explicação durante muitos séculos, e ao fim a narrativa de ficção pagava seu tributo à religião na forma de uma ideologia narrativa onde a luta do Bem contra o Mal tivesse um desfecho plausível, isto é, aceito pelo poder. Com o advento do materialismo, Satã cede seu lugar às estruturas sociais. Mas o fim do século XX apresentava aos humanistas (categoria que engloba os escritores) uma realidade diversa. A dialética tornou-se um modo insuficiente de contemplar o mundo?

À semelhança dos físicos, que descobriram que a existência contínua é apenas um sonho, já que o elétron não é um fenômeno contínuo no espaço, o narrador da ficção de Rubem Fonseca descobriu o amor descontínuo e tido, por isso, como ilegítimo ou herético, ou ainda, nos termos dos vetos que lhe foram impostos, obsceno, indigno, ofensivo à moral e aos bons costumes. O herói problemático realiza-se plenamente por breves momentos numa companhia eventual, num ato amoroso marcado por transgressões as mais diversas. É verdade que o romance europeu do século XIX, especialmente na segunda metade, já deslocara a felicidade sexual, que passou do casamento para o adultério; mas as ousadias narrativas do período ainda eram limitadas por certos códigos institucionais, que continuavam excluindo os transgressores, algumas vezes, e muitas vezes, se não estavam na condição de excluídos, estavam na posição de excluídos, migrando assim de uma condição de classe para uma posição de classe, de acordo com a nomenclatura urdida por Pierre Bourdieu em *A economia das trocas simbólicas*.

O narrador de Rubem Fonseca deslinda todos os crimes que se propõe investigar, mas não consegue entender os motivos de certos abandonos de que é vítima. Ao fim de "Relatório de Carlos", ele não sabe por que razão Norma o abandonou, trocando-o por João Silva, se tudo o que ela queria, ele lhe dera.

A mulher quer segurança; eu dei segurança, comprei para Norma o apartamento em que ela residia; dei joias; dei roupas; dei móveis; dei objetos de arte; dei livros; dei ações da companhia de cerveja; dei terrenos em Teresópolis. A mulher quer amor: dei amor, fi-la uivar como uma gata, rapsodiei, acendi vulcão, amansei volúpias, jurei, servi, escrevi (versos), exauri. Mulher quer diversão: dei diversão, levei-a a ver o Rio, encontrar recantos de sombra e encanto, descobrir fachadas antigas, praias virgens onde tomamos banhos nus; mostrei-lhe a aurora e onde era o pôr-do-sol; a sombra da árvore numa manhã de maio; dei-lhe viagens pelo Brasil, banho de cachoeira, passeio de jangada, comida típica, folclore, hotel de luxo. Mulher quer se refinar: refinei-a, mostrei-lhe as Duineser Elegien, a arte dos bosquímanos, teorias econômicas, Freud e Toynbee. Commedia Dell'Arte e Wittgenstein, tragédia grega e astronáutica, Chardin e Pound, coisas que fariam dela uma estrela nas conversas de coquetel. Fiz para ela uma assinatura da *Connaissance des Arts*. Tinha tudo, não tinha tudo?[9]

Apesar de ter dado a Norma, sua amada, segurança, amor, diversão e refinamento, coisas que supõe ser tudo o que a mulher pode querer, o narrador termina o conto, já abandonado por ela, sugerindo que o suicídio pode ser uma saída, ao citar Epictetus e fechar "Relatório de Carlos" com o dístico famoso do filósofo: "A PORTA ESTÁ ABERTA" (p. 117).

O herói problemático, que narra suas peripécias amorosas, não é necessariamente do sexo masculino, mas sim o mesmo "eu" de tantas outras narrativas. Em "Lúcia McCartney", está oculto numa voz narrativa feminina, a da própria Lúcia. José Roberto é muito semelhante a Carlos. Ao abandonar Lúcia McCartney, faz a ela o mesmo que Norma fizera a Carlos. Vejamos como ocorre o fechamento do conto:

> Querido José Roberto. Não posso viver sem você, quero ficar perto de você, pode ser como empregada ou cozinheira ou engraxate ou lavadeira

---

[9] *A coleira do cão*, p. 80.

ou tapete ou cachimbo ou cachorro ou barata ou rato, qualquer coisa da sua casa, você não precisa falar comigo, nem olhar para mim. [...] Quando penso em José Roberto um raio de luz corta o meu coração. Ilumina e dói. Às vezes penso que minha única saída é o suicídio. Fogo às vestes? Barbitúricos? Pulo da janela? Hoje à noite vou à boate.[10]

Nos dois contos, o narrador levanta a hipótese do suicídio: para esquecer Norma, Carlos vai ao encontro de uma garota de programa; para esquecer José Roberto, a menina de programa, que é Lúcia McCartney, sai para ir à boate. São saídas típicas de um herói problemático, que sabe onde está a felicidade, mas não pode ir buscá-la. Ao mesmo tempo, tem certeza de que não a encontrará lá aonde vai. Está posto um problema sem solução.

O narrador da ficção de Rubem Fonseca é um camaleão que se adapta à realidade que quer mostrar a seu parceiro, o leitor. Mas não há realidade alguma, a não ser a que ele próprio constrói e apresenta através de um artifício: a sua narração. Ele pode ser um bandido, como em "Feliz Ano Novo"; um jornalista, como em "Corações solitários"; um jogador de futebol como em "Abril, no Rio, em 1970"; um alto executivo, como em "Passeio noturno — parte I" e "Passeio noturno — parte II"; um escritor, como em "Agruras de um jovem escritor", *O caso Morel*, *Bufo & Spallanzani* e "Intestino grosso"; uma garota de programa, como em "Lúcia McCartney"; um detetive, como em *A grande arte* etc. O narrador está disfarçado em todos os livros, mas é sempre o mesmo. Desconstruído — como Derrida chegou a propor como possibilidade de leitura —, este narrador é reunificado apenas na cabeça de quem leu todos os livros. Então, seu retrato pode ser refeito e apresentado de corpo inteiro, uma vez demolidos seus disfarces ou adaptações. A proclamada unidade do sujeito recebe, na narração de Rubem Fonseca, um conjunto de sérios golpes. Os

[10] FONSECA, Rubem. *Lúcia McCartney (contos)*. Rio de Janeiro: Olivé Editor, 1969, p. 44.

impulsos contraditórios do homem, que os filósofos pré-socráticos (quase todos eles poetas) mostraram há mais de dois mil anos, presidem a formação desses vários narradores, afinal reunidos, para efeito de análise, num só: o "eu" de tantas narrativas de Rubem Fonseca. Este narrador, presente ao longo de todos os seus textos, lembra outros narradores modernos, como o de *Lord Jim* e *Heart of darkness,* de Conrad; o de *Ulysses,* de Joyce; o de *Eumeswil,* de Ernst Jünger.

A única realidade que nos apresenta é construída por ele. Mas isso ainda diz pouco: na verdade, a única realidade é o próprio narrador, já que ele é a condição sem a qual nada mais há no texto. Em outras prosas de ficção, ao contrário, uma terceira pessoa onisciente ou limitada em seus poderes de narrar acaba determinando as realidades narrativas. Há personagens que entram ou saem da narração apenas mediante sua autorização, explícita ou implícita. Vários dos eventos podem vir da boca de personagens coadjuvantes. Nas narrativas de Rubem Fonseca isto é quase impossível, tal a centralização dos poderes na persona do narrador, que é sempre protagonista dos eventos. As exceções, talvez, sejam aqueles contos em que ele, o narrador, funciona como um roteirista de cinema, que dispõe não apenas os personagens, mas sobretudo a fala deles, como em "A coleira do cão" e "O conformista incorrigível", ainda que, no primeiro caso, o roteirista possa ser identificado como o Vilela, personagem principal do conto.

Postas as alternativas — relatar ou descrever —, não há dúvida de que o narrador da ficção de Rubem Fonseca fez sua opção pela primeira, elegendo como mirante de observação não apenas um olho que se afasta, no tempo e no espaço, para melhor decifrar, mas também uma estratégia que caracteriza a ficção moderna: o narrador é um dos personagens; ao narrar, ele presentifica os eventos, quaisquer que sejam eles, onde e quando tenham ocorrido. O leitor acaba tendo uma perfeita ilusão da realidade, pois a verossimilhança foi deslocada para o interior da narrativa, de acordo com normas literárias intrínsecas.

Esta ilusão da realidade pode ser logocêntrica, na medida em que cabe finalmente ao *logos* fazer baixar o "claro raio ordenador", mas não será necessariamente verossimilhante. Ou, por outra: a verossimilhança agora é interna.

Assim, crimes perversos e sexualidades tidas por ilegítimas são examinados a partir de muitos mirantes, todos eles, porém, controlados e regulados por um narrador todo-poderoso. O olho narrativo de Rubem Fonseca é um olho panóptico. Desvendando os crimes, este narrador lança mão de recursos lógicos, racionais, mas utiliza-se igualmente de uma vasta experiência, através de seus próprios percursos ou ainda ao contar com a parceria de amigos quase totalmente fiéis, como o Wexler de *A grande arte;* o Vilela de tantos contos policiais; o Raul, que trabalha na Delegacia de Homicídios e que comparece tantas vezes para colaborar nas investigações, fornecendo informações preciosas.

Quando, porém, o que está em questão não é mais o desvendamento de um crime, mas o entendimento de uma paixão, o recurso logocêntrico falece em seus poderes, e resta ao herói problemático uma inconformidade atroz, talvez sua dor mais pungente: ele não consegue desvendar seu próprio enigma. Penso que uma estratégia interessante de análise consistiria em levar o narrador de Rubem Fonseca ao divã. Sobretudo o Mandrake de *A grande arte*. Quem sabe ele forneça ao analista pistas esclarecedoras a respeito de sua obsessão por amar tantas mulheres e desvendar tantos crimes. Há algo recorrente nas buscas desse Don Juan moderno que destrói mulheres em seu caminho do mesmo modo que, sendo detetive, destrói assassinos, desmascarando-os. Provavelmente, ele se comporta nos dois casos como detetive. O que busca nas mulheres que tanto procura? Provas sucessivas e eternamente insuficientes de que ele não é homossexual? Que suas heresias sexuais estão circunscritas aos inumeráveis adultérios cometidos?

De todo modo, a opção por relatar, ao invés de descrever, fez do narrador da ficção de Rubem Fonseca um dos mais modernos da literatura brasileira, sobretudo por sua recusa a explicações maniqueístas e a mensagens simplórias que poderiam estar embutidas no desfecho das narrativas. O narrador, este herói problemático, faz com o leitor uma escrita cooperativa e uma leitura em parceria. O leitor torna-se narratário; o escritor também é leitor, tal como, principalmente em *A grande arte,* ele se apresentou. Tal atitude, ele somente poderia adotar narrando, e não descrevendo. Narrar ou descrever, eis a questão tão bem resolvida por Rubem Fonseca em toda a sua ficção. Este é, aliás, o principal impasse dos escritores contemporâneos. Já o era para os modernos, mas de lá para cá o impasse só se acentuou, uma vez que a tecnologia possibilitou a emergência de várias práticas que, aproveitadas com talento por outras artes — como o cinema, o teatro, o vídeo —, conferiu à ficção uma função primordial: a de narrar. Qualquer descrição será supérflua se não tiver função decisiva na narrativa. As grandes descrições do romance dos séculos XVIII e XIX estão anacrônicas. Os grandes painéis são desnecessários, ainda que possíveis, evidentemente. Mas o grande objetivo primeiro da ficção contemporânea é narrar, e não descrever. Outras artes, como o cinema e o vídeo, arrebataram da literatura não este poder, mas a função. Tornou-se redundante descrever em literatura, a não ser nas estritas necessidades da narração e nelas inserida a descrição como parte decisiva dos eventos.

O manuscrito e o palimpsesto
A arte de matar, amar e escrever

Estas são palavras de Sheringford Holmes na novela *Um estudo em vermelho*, livro de estreia de Conan Doyle, publicado originalmente nas páginas de *Strand Magazine*, nos finais do século XIX: "Na meada incolor da vida, corre o fio vermelho do crime, e o nosso dever consiste em desenredá-lo, isolá-lo e expô-lo em toda a sua extensão."

Com o nome logo mudado para Sherlock Holmes, o personagem ficou tão conhecido que hoje a criatura é muito mais célebre que o criador. Sir Arthur Conan Doyle considerava o romance policial um gênero menor, e muitas das histórias envolvendo Sherlock Holmes e o Dr. Watson foram escritas a contragosto para atender aos desejos do público. Doyle dava importância a outros projetos literários, considerados mais refinados, e por isso dedicou-se a obras como *A companhia branca*, *As aventuras de Miquéias Clarke, Escudeiro heroico* etc.

Passou a impor preços altíssimos para as narrativas onde brilhavam a inteligência e a capacidade descomunal de fazer deduções de Sherlock Holmes. De nada adiantou. Os editores cobriam as exigências do autor. Irritado, Doyle matou o personagem em

1893, mas dez anos depois obrigou-se a ressuscitá-lo. Quando Doyle morreu, em 1930, Sherlock Holmes estava tão famoso que até se dizia uma frase que ele jamais pronunciara em todos os seus livros: "Elementar, meu caro Watson."

Há algumas semelhanças entre a literatura de Arthur Conan Doyle e a de um brasileiro chamado José Rubem Fonseca, Zé Rubem, para os amigos, ou apenas Rubem Fonseca, para seus milhares de leitores, espalhados por mais de dez línguas. Não é meu propósito aclará-las. Os leitores de romances policiais têm certos prazeres secretos que costumam fruir à sorrelfa. Mandrake e Sherlock têm muita coisa em comum. Watson, o companheiro de Sherlock, e Wexler, o sócio de Mandrake em *A grande arte*, também.

As diferenças são, porém, mais fascinantes. Trezentos e setenta dias antes daquele fatídico 15 de dezembro de 1976, Rubem Fonseca, num debate patrocinado pela revista *Visão*, ao analisar as relações entre o escritor e o Estado, dizia: "Se tivesse que pedir alguma coisa, pediria que nos deixasse escrever em paz."

Não foi atendido, como se sabe. Em 15 de dezembro de 1976, o ministro da Justiça Armando Falcão proibia não só a publicação e circulação de *Feliz Ano Novo*, como determinava também a apreensão de todos exemplares postos à venda. Rubem Fonseca não se conformou e levou a União aos tribunais, exigindo reparação. Treze anos depois, o processo estava no então Tribunal Federal de Recursos, em grau de apelação. *Feliz Ano Novo* era, pois, ainda o único livro proibido no Brasil, já que o governo Figueiredo, que liberou quase todos os livros até então censurados, encontrou o de Rubem Fonseca *sub judice* e nada pôde fazer.

A censura, porém, não impediu o êxito do Autor junto aos leitores nem seu prestígio junto à crítica, no Brasil e no exterior. Quatro anos depois de *Feliz Ano Novo*, Rubem Fonseca, que até então publicara um único romance — *O caso Morel* —, publicaria seu quinto e último livro de contos, *O cobrador*, cujo conto-título, vencedor de um célebre e prestigiado concurso literário nos anos 70 (o da revista *Status*), fora igualmente proibido de aparecer na imprensa.

Desde então, publicou diversos romances, enquanto os livros de contos seguiram sendo reeditados. A curiosidade está em sua opção por uma narrativa entendida como policial — se bem que seja mais fácil enquadrar nesse gênero *Bufo & Spallanzani* do que *A grande arte*. O mais lido dos dois, no Brasil, era *Bufo & Spallanzani*, lançado em 1985, depois superado por *Agosto*, que, lançado em 1990, liderava a lista de seus livros mais vendidos, seguido de *Bufo & Spallanzani* e *A grande arte*, conforme informação obtida com o Autor em 10 de maio de 2009. *Bufo & Spallanzani* é um romance que se apoia num enigma inicial, como todo bom romance policial: quem matou a milionária Delfina Delamare, que aparece assassinada dentro de um carro, no Rio? O detetive não é mais o Mandrake culto, refinado, fornicador, amante de lindas mulheres, apreciador de vinhos e charutos. É Guedes, intuitivo como Mandrake, mas de hábitos diferentes. É ele quem procura o escritor Gustavo Flávio, possivelmente uma brincadeira de Rubem Fonseca para aludir a Gustave Flaubert, como já fizera antes com o personagem Nathanael Lessa num dos contos de *Feliz Ano Novo*, uma dupla homenagem, certamente, a Nathanael West e a Ivan Lessa.

A grande arte tem um enredo mais complexo. Um assassino desenha com uma faca a letra "P" no rosto de cada vítima. Se o problema do leitor fosse apenas descobrir o assassino, de parceria com o sagaz Mandrake, a coisa seria simples. Muitos outros assassinatos, porém, sem nenhum "P" desenhado no rosto das vítimas, e sem o cuidado artístico de matar com faca, vão ocorrendo e os enigmas se multiplicam. Surge a figura impagável de Camilo Fuentes (cuja morte é desnecessária, segundo informação obtida de uma conversa com Rubem Fonseca), perseguido por Mandrake no trecho Bauru — Santa Cruz de la Sierra. Aparece, também, um dos melhores personagens literários de toda a sua ficção, o anão José Zakkai, ou Nariz de Ferro, dono da boate Lesbos, criatura digna de um Michelângelo Fonseca. "Parla", então, Zakkai: "Ou eu morria ou me tornava esta maravilha". Em *A grande arte*, a chave central dos enigmas é o esclarecimento do que está por detrás do conglomerado Aquiles, misto de banco, financeira, entreposto de contrabando, agência de corrupção etc. A história só pode ser contada porque Mandrake lê uns certos "Cadernos" deixados por Lima Prado. ("Um manuscrito, naturalmente", como diria Umberto Eco).

Nos Estados Unidos e na Europa — e isso parece ser válido para o Brasil também — aumentam continuamente os gastos com viagens, televisão etc., enquanto o percentual atribuído aos gastos com a literatura está diminuindo cada vez mais. É uma tendência universal. A leitura (de literatura) é uma atividade elitista.[1]

Palavras de José Rubem Fonseca. Segundo relatórios da Unesco, o mundo lê cada vez mais, mas não literatura. A prosa de ficção está cada vez mais elitista. Rubem Fonseca, porém, é lido cada vez mais. Aqui e no exterior.

Pistas e curiosidades sobre o homem Rubem Fonseca há muitas. Não convém explorá-las. O que o leitor precisa, encontrará nos livros. De que valerá saber que os gatos apresentados com tanto cuidado em *A grande arte* são antigos amigos do Autor? Que em seu sítio, nos arredores do Rio, há um gavião que ele não deixa ser morto, apesar de a ave volta e meia atacar com fúria as galinhas, porque, como nos disse ele, "é preciso proteger o gavião, ave já rara, e galinha não falta, é produzida em série nas incubadeiras"?

As histórias curtas de Rubem Fonseca vieram sempre cheias de enigmas; porém, no curso das travessias diversas que empreendiam os leitores, era sempre possível observar alguns sinais que indicavam as fontes de sua ficção, duas delas bastante evidentes: um olhar atento às complexidades sociais que deflagravam a violência e o erotismo, em proporções nunca vistas em nossa prosa de ficção, e o espelho da história iluminando tudo o que era narrado. Em alguns livros, mais do que a história, o contexto cultural era

---

[1] *Visão* de 10 de novembro de 1975, p. 10.

chamado a refletir e explicar as intrincadas ações de seus personagens. Em *O caso Morel*, o apelo é dirigido à arte, na tentativa de encontrar, nas produções artísticas aludidas no romance, a explicação para os desatinos dos protagonistas da violência. Ou, também, à ciência, como é o caso das eruditas considerações do delegado Vilela, personagem que volta e meia comparece à ficção de Rubem Fonseca, às vezes com o mesmo nome, outras vezes com nomes diferentes, mas sempre com a mesma ambição pernóstica de explicar eruditamente o que investiga.

Os versos de Maiakovski, que Boris Schnaiderman, em matéria publicada no *Jornal da Tarde* de 27 de setembro de 1980, viu mesclados nos juízos de vários personagens, à semelhança de um curiosíssimo intertexto, fizeram-se acompanhar, em *A grande arte*, de um repertório descomunal. Escritores, artistas, cientistas, filósofos, psicólogos etc. — uma fauna vária é referida no romance. Exemplo: Nariz de Ferro, apelido do mais fascinante personagem do romance, o destemido José Zakkai, cita Plutarco, Aristóteles, Freud, com a mesma displicência que dedica à distinção entre insetos e homens.

E o outro lado da moeda, a que se refere Moacir Amâncio em artigo da *Folha de S. Paulo* de 10 de abril de 1980, pode ser visto realmente sem muita dificuldade, bastando para isso contemplá-la com atenção. A moeda é, com efeito, transparente. A modo do famoso dito de um personagem de Guimarães Rosa — "comprar e vender são ações que às vezes dão no mesmo" —, viver e morrer fazem parte do jogo da *Grande arte*, o jogo da sobrevivência. E matar insetos ou homens é uma questão de necessidade e de oportunidade, como diria Nariz de Ferro. Aliás, com toda certeza José Zakkai deve achar prioritário eliminar homens, pois esses são capazes de jogar gasolina sobre mendigos e incendiá-los. Já as baratas, com as quais conviveu durante muito tempo, morando num bueiro, o máximo incômodo que causam é uma beliscada nos lábios de quem dorme ou uma lasquinha tirada de seus dedos.

As poções de aforismo que Nariz de Ferro ministra a seus interlocutores — em doses homeopáticas ou cavalares, dependendo da necessidade — não foram preparadas somente nas suas leituras, não se apoiam em grandes escritores. Às vezes, o achado é dele próprio, como este:

"Não sofro nem jamais sofrerei, e sabe por quê? Porque, além da vocação e da aptidão, os homens, alguns homens, nem todos, nascem com uma força indestrutível. Sabe quem disse isso? *Eu* disse isso!" (p. 227) [2]

A um atônito Fuentes, bandido a serviço dos grandes magnatas dos tóxicos, a quem convida para ser seu aliado, diz também:

A guerra é mais antiga do que o homem [...] Estudei a guerra entre os animais e entre os homens, entre os selvagens, entre os gregos, entre os pagãos, entre os religiosos. Quando chega a hora da guerra, quem não tem aliados é destruído. Sempre. (p. 227)

Nos livros anteriores a *A grande arte,* predominavam as análises microscópicas dos atos de violência, o *close* dos personagens. Neste, Rubem Fonseca, que tem utilizado com frequência recursos cinematográficos em suas narrativas, recua a câmara e dá um plano geral da sociedade brasileira, antes apresentada em *flashes* terríveis em que o congelamento da cena escolhida e apresentada só fazia aumentar o tom da denúncia social por causa do exaustivo exame do quadro — jamais cansativo para o leitor, dada a multiplicidade de ângulos da análise e o domínio da ferramenta do escritor.

Seus bandidos são estetas perfeitos na arte de matar, como os que usam facas sofisticadas neste seu segundo romance, porque o escritor, antes de criá-los, já sabia utilizar-se muito bem de sua ferramenta, que lhe permite, à hora que bem entender, cortar o tema que quiser, aproveitar o que melhor lhe aprouver.

[2] FONSECA, Rubem. *A grande arte.* Rio de Janeiro: Francisco Alves, 1983.

Não era uma ferramenta como as outras. Era feita de material de qualidade superior e o aprendizado de seu ofício muito mais longo e difícil. Para não falar no uso que dela fazia o seu portador. Ele conhecia todas as técnicas do utensílio, era capaz de executar as manobras mais difíceis. (p. 7)

A abertura do romance, acima citada, dá logo o prefixo de quem acabou de ser sintonizado pelo leitor. A metáfora é absolutamente legítima: Rubem Fonseca sabe tanto de seu ofício como Mandrake do dele, como Hermes sabe usar suas facas etc. É um verdadeiro especialista. Seu aprendizado também deve ter sido longo e difícil. É certo, porém, que valeu a pena. Para ele e para seus leitores.

A grande arte é ainda um livro para escritores, sobretudo para aqueles que leem pouco, que são muitos. A intuição, a imaginação, por mais poderosas que sejam, não dispensam o recurso de conhecer o terreno onde se pisa. A leitura pode evitar também que se tente escrever, desjeitosamente, o que já foi escrito. E permite contar o que já foi contado, com competência. Como se sabe, somos fadados a repetir tudo, pois tudo já foi dito. Rubem Fonseca não escapa dessa norma universal. Tampouco a ignora. Repete-se há vários anos (neste livro, vários assassinatos e outros atos de violência são reiterados), mas em nenhum momento se repete da mesma maneira, conta do mesmo modo ou narra da forma que já narrou. Original e surpreendente essa sua capacidade de inovar o modo como nos narra os enredos imaginados! Isso é literatura. A forma é que dá o conteúdo, o *como* é narrado é que dimensiona *o que* narra. O resto está na crônica policial dos jornais e... de muitos outros livros.

José Zakkai, vulgo Nariz de Ferro, o anão pernóstico, inteligente e malandro, faz todo o livro girar em redor dele. Nem o charme e a astúcia de Mandrake conseguem superar este mito de homem/bicho, homem/máquina, que mata com a mesma competência e pertinácia com que vive. O Autor, ao criá-lo, andou à beira de um abismo. Como escolheu a caricatura, qualquer vacilação o levaria a um desastre. E se fosse menos ousado na carpintaria, melhor dizendo na escultura, correria o risco de fazer apenas mais um anão como tantos outros que infestam textos ditos literários. Não vacila, porém, em nenhum momento, e temos então essa maravilha negra. Como, aliás, Michelângelo Fonseca reconhece ao ordenar: "Parla, Zakkai!", e Nariz de Ferro diz: "Ou eu morria ou me tornava essa maravilha." (p. 148)

O Autor é pródigo em deixar as coisas para o leitor completar. Rubem Fonseca, ao escrever, deve supor um interlocutor inteligente, culto, atento. Tem, pois, em muito boa conta a gente para quem escreve. Parece que é tido em muito boa conta também pelos que o leem. Lantejoulas e afagos mútuos não são fundamentais para o estabelecimento dessa empatia tão importante que se forma entre autor e leitor, mas não atrapalham em nada. Além do mais, o personagem mais importante deste romance é o leitor. Bom e arguto leitor é quem lê, decifra e interpreta o caderno cheio de anotações estranhas e metafóricas. Desse leitor nasce o escritor que vai tudo recontar, o narrador de *A grande arte*.

O expediente narrativo é semelhante em *O caso Morel*. Lendo o romance escrito por Paulo Moraes (que está com a cela cheia de livros, pois lê muito), Vilela descobre que o autor era inocente e verdadeiras eram as palavras que Paulo Moraes/Paul Morel mandou gravar na aliança de Heloísa/Joana.

Um autor que lê, um leitor que escreve — eis um ícone à espera de decifração. Essa figura comparece também às narrativas curtas de Rubem Fonseca. Não é, então, somente na relação autor/obra/público que Rubem Fonseca se entende às mil maravilhas com seus leitores; no interior de sua ficção o mesmo diálogo tem sido muito proveitoso.

Autor e leitor estão no mesmo barco, no mesmo livro, na mesma moeda, que é transparente. O espelho acendeu sua própria lâmpada, como queria Yeats. Agora, é possível ver tudo *através de*. As diferenças são dadas pelo lugar escolhido pelo leitor para contemplar o espelho e a moeda.

Literatura não é espelho, escritor não é fotógrafo, mas há um Brasil refletor e refletido em *A grande arte*. Onde está a realidade? É a do espelho? De que lugar este espelho consegue refleti-la? Qual é a cara, qual é a coroa dessa moeda? Ora, diz Gottfried Benn que "a realidade efetiva não existe para a literatura; existe apenas o poder transformador do escritor que cria outros mundos". À semelhança de seu dito, conta Rubem Fonseca: "Às vezes interpretei episódios e comportamentos — não fosse eu advogado acostumado, profissionalmente, ao exercício da hermenêutica." (p. 8)

O narrador de *A grande arte* é um caso *sui generis* em nossa prosa de ficção, embora não seja muito original em relação ao narrador de outro romance do Autor. Refiro-me a *O caso Morel* e às indefectíveis descobertas de Vilela, o erudito delegado de polícia, que acaba por certificar-se de que Paulo Moraes, posto atrás das grades, era, em verdade, inocente. Ocorre também que, *in casu*, não se está atribuindo ao Autor dos dois romances uma suposta falta de originalidade. O que se busca é tipificar o narrador apresentado, já que, ao serem delineados seus contornos, a história narrada faz-se mais clara, e ilumina alguns escuros da prosa de ficção de Rubem Fonseca, através de um procedimento complexo, qual seja, o de fazer emergir o palimpsesto, camuflado entre redes de enredos que se cruzam, misturados a ditos, provérbios e um sem-número de declarações de personagens que funcionam como indicações de interpretação.

Assim, quando o narrador alude a uma proveitosa hermenêutica que faz sobre os "Cadernos de anotações de Lima Prado", reitera o procedimento utilizado em *O caso Morel* para descobrir ou produzir a verdade. É lendo que Vilela consegue inocentar Paulo Moraes, através do deslindamento de uma espessa teia de tramas que se cruzam, envolvendo os setenta e dois personagens do romance. O livro que Paulo Moraes escreveu é lido por Vilela, e é essa leitura atenta, feita por um leitor especial, que interpreta o que lê à luz de sua formação clássica, que possibilita produzir a verdade. Entretanto, Vilela, erudito e suavemente pernóstico, dublê de advogado e delegado de polícia, sabe dosar o que aprende nos livros com o que ouve das pessoas, fazendo desses dois sentidos proveitosas vias de acesso ao centro das questões que quer esclarecer.

Nos "Cadernos de anotações de Lima Prado", Mandrake haverá de esclarecer não somente os assassinatos que povoam o romance, mas muitas outras questões que o narrador vai pendurando no livro desde as primeiras páginas. Mas, assim como em *O caso Morel*, os esclarecimentos fundamentais são obtidos com a indispensável ajuda de pessoas que falam, que confiam, que fazem confidências. Uma cliente que diz na butique de dona Laura/Cila/Osvalda que Messina — o nome da butique — nada tem a ver com o nome da proprietária, fornece um dado importante para o quadro que Mandrake está montando. Faz isso sem saber, claro, mas Mandrake sabe o que deve fazer — eis a diferença. O detetive que indaga está armado diante de uma interlocutora que não sabe de nada e, por isso mesmo, está à sua disposição, põe seu discurso a serviço dele. Ele aparenta estar falando de amenidades e chega até a fingir-se de bobo, de desjeitoso arrivista ou novo-rico que vai ao lugar errado. Afinal, está procurando um vestido para sua mulher "meio gordinha", e as duas, a dona da loja e a cliente (do clã da "gente fina e nobre" de *Feliz Ano Novo*, com certeza), sorriem com desdém, já que "gordinhas não compravam na Messina" (p. 40).

E assim, porteiros, garçons, prostitutas e outras pessoas que "a sociedade considerava descartáveis" (p. 7) somam seus depoimentos aos que Mandrake ouve da "gente fina e nobre". De posse dessas revelações, o arguto leitor, em que se transforma o detetive no correr das ações, saberá interpretar o que lê. E, então, poderá escrever. O herói é o escritor, tal como em *O caso Morel*, mas esse escritor, personificado na figura do narrador, precisou de "um aprendizado de seu ofício muito mais longo e difícil" (p. 7) à semelhança do exímio manejador da faca que marca o rosto de suas vítimas com a letra "P".

Há toda uma coreografia de gestos triviais, mas bem estudados, aliada a certos usos e costumes de Mandrake, como o cuidado em escolher seus charutos e seus sócios, que contribui para estofar o personagem com enchimentos de um repertório clássico. Mandrake é parecido, na exterioridade, com um personagem do filme *Casablanca*. Em alguns traços lembra até mesmo o estereótipo de vários personagens representados pelo ator Humphrey Bogart, o Rick de *Casablanca*. A diferença é que, no filme, o personagem foi esculpido sem nenhum roteiro prévio, e o Mandrake de Rubem Fonseca vem sendo trabalhado há muitos anos. Sua estreia já ocorrera antes em narrativas curtas, e o Autor nunca fez segredo disso. No volume de contos intitulado *O cobrador*, esse personagem, com várias das características que depois consolidaram sua figura, aparece dando o título a um dos contos.

Mandrake tem um acabamento perfeito. Não se esqueceu das diatribes de seus antigos professores jesuítas contra a mulher, a sexualidade, e a favor da ascese, mas relembra-as apenas para melhor saborear os prazeres da carne, que ganham em refinamento exatamente por causa dessas proibições. O Mandrake de Rubem Fonseca é um homem em busca do prazer que, para ele, pode estar condensado no verbo fruir. Saborear charutos, degustar bons vinhos e pratos refinados, amar mulheres atraentes, associar-se a inteligentes profissionais, deslindar crimes memoráveis, descobrir assassinos sofisticados e implacáveis — seu prazer dilui-se entre esses dominantes que povoam sua ficção, tanto nos contos como nos romances.

Não falta a Mandrake o toque exótico, estudado pacientemente antes de lhe ser conferido. O que os roteiristas de *Casablanca* realizaram no calor da hora, por pressão do tempo limitado das filmagens, Rubem Fonseca prepara sem pressa em seu "atelier de metamorfoses".[3] No caso, o repertório inclui mistério, suspense, discussões frívolas, provérbios óbvios, fugas, perseguições, grandes paixões etc., mas é preciso não confundir esses disfarces todos com o enredo verdadeiro. O seu livro discute o poder. Mandrake não quer descobrir apenas quem é que mata as mulheres com todos aqueles requintes que levam o crime a ser executado como uma obra de arte. Mandrake quer saber quem é que manda, quem tem o poder, quem fica impune e por quê.

---

[3] Título de uma obra do escritor alemão Günther Grass.

O repertório descomunal de ingredientes clássicos — mistério, paixão, ou o que o valha — apanha um sem-número de leitores interessados num bom romance policial, que afinal encontram. A leitura não pode, porém, parar aí; pelo menos, não para o analista interessado em desvendar a sua arte ou produzir textos que contribuam para um exame sério do ofício desse escritor tão significativo e tão polêmico.

Em *Casablanca*, a mulher é posta como medianeira entre dois homens, com desfechos surpreendentes; mas o final de *A grande arte*, exatamente por ter sido planejado com vagar e, sobretudo, com competências específicas que os roteiristas improvisados de *Casablanca* não tinham, pode ser de melhor qualidade e adequar-se esplendidamente ao enredo todo, como peça perfeita. No triângulo armado em *Casablanca*, ninguém sabia de antemão com qual dos dois homens a mulher iria ficar. A cena de Ilse partindo com Victor, enquanto Rick e seu amigo chefe de polícia dão a entender que se engajarão na Resistência, não fora preparada por nenhum dos que trabalharam na fita. Nem mesmo o diretor a conhecia. Foi tudo improvisado; por isso o desfecho melodramático e ridículo do filme. Em *A grande arte*, ainda que o repertório retome um estofo presente no filme em questão, o final é preparado com muita antecedência por mãos hábeis que manejam "uma ferramenta" que não é "como as outras", mas é "feita de material de qualidade superior", sendo o "aprendizado de seu ofício muito mais longo e difícil" (p. 7).

A metáfora está posta. Bom bandido/bom amante/bom narrador. Matar, amar e escrever. Qualquer dos três ofícios será realizado com refinamentos estupendos. Em *Feliz Ano Novo* já se pode notar esse cuidado com a arte de matar. No conto-título, que abre a coletânea, um dos personagens quer obter, com uma metralhadora — cujas virtudes não cessa de apregoar —, um efeito formidável: quer que o alvejado grude na parede (p. 15). No caso, os bandidos matam para viver e deixam clara essa opção. Mas não vivem para matar; daí o refinamento de uma metáfora esplêndida.

Se matar é condição para viver, que ambas as ações sejam realizadas em grande estilo. No caso, os atos em si mesmos, morrer e matar, são revestidos de uma roupagem filosófica. Misturando aforismos, clivados por atrapalhos do cotidiano, os bandidos declinam uma especial condição de vida: para viver é preciso matar. Quem se encarrega de justificar o violento modo de viver desses personagens é o bom amante. Através desses procedimentos criminosos, dessas transgressões que violam um conjunto de proibições, os bandidos encontram curiosa via de acesso à fruição da vida como ela deve ser vivida. Com muito dinheiro no bolso, um belo carro, vestindo roupas da moda, "cheirando bem", é que eles têm acesso à boa comida, às mulheres lindas.

Curiosa é a opção narrativa que leva à justificação dessas medidas extremas. Com efeito, os personagens transgressores não se explicam. Essa tarefa fica por conta do narrador, quase sempre em primeira pessoa. Ele é bandido, também, às vezes mesclado de policial, advogado, detetive ou "gente fina" mas igualmente transgressor, e está posto para dar explicações ao leitor. Tem grande poder de persuasão, tal a qualidade dos argumentos arrolados. Essa vertente da ficção de Rubem Fonseca custou-lhe a condenação adicional, agregada aos autos do processo que moveu contra a União. O juiz Bento da Costa Fontoura viu nesse procedimento uma "apologia da violência".

As persuasões, no caso, não são obtidas através de elucubrações lógicas, manifestações de preceitos, ou à moda das intervenções do Autor, tão caras ao romance dos séculos XVIII e XIX, mas sobretudo através de fraturas sociais expostas, *in medias res*, sem a ajuda de outro recurso que não seja o de espelhar, mostrar, ainda sem manifestar compaixão, essa devidamente escondida, como atitude profunda, marca indelével do ficcionista Rubem Fonseca. Não é difícil verificar na ficção desse Autor, mergulhado nas profundezas da sociedade de seu tempo, o trauma da compaixão e o desespero diante da impotência de alterar a realidade que o cerca. Daí servir-se da literatura como ferramenta de trabalho, como arma de luta, correndo o risco de manejar desjeitosamente o próprio instrumento artístico. É difícil e penoso para Rubem Fonseca, assim como para escritores como Dostoievski, Camus, Wilde e, entre os brasileiros, Aluísio Azevedo, Amando Fontes, Graciliano Ramos, Adelino Magalhães — apenas para citar alguns exemplos como indicadores de um quadro de referência — abster-se, escrever com isenção diante de situações assim pintadas.

Na ficção de Rubem Fonseca, narrador e Autor mesclam-se em seus juízos, conforme se pode verificar exemplarmente no conto "Intestino grosso", pela autoentrevista desse Autor que não dá entrevistas a ninguém, não faz declarações, prefere viver numa espécie de clandestinidade em relação aos meios de comunicação social. Nesse conto, não é difícil estabelecer o palimpsesto de Rubem Fonseca, deslindando os contornos do que suponho compor forte vertente do pensamento do cidadão Rubem Fonseca, aliado à concepção muito peculiar que ele tem da literatura de um modo geral, da sua forma literária em particular.

Em *A grande arte*, a persuasão pode vir depois de um flagrante como o que segue transcrito. É quando Mandrake vai à procura de um suspeito da morte de uma das mulheres, o garçom Gilberto:

> O lixo eram restos de comida, em dois latões tão grandes como barris de petróleo de onde exalava um fedor nauseabundo. Levaram os latões para a entrada lateral do restaurante, que dá para a rua Teófilo Otoni. Vários miseráveis estavam esperando. Os homens empurraram as mulheres com truculência, enfiaram os braços dentro dos latões e tiraram as melhores partes, os restos de galeto, as sobras de bife e outras carnes semidevoradas. Depois de encherem seus sacos plásticos foram embora. (p. 20)

A partilha do sinistro espólio não termina aí. Depois que os homens desfrutam da primazia de recolher as melhores sobras do lixo, outros personagens completam a exploração, conforme se verifica a seguir:

Então as mulheres e as crianças retiraram o que ficou, legumes esmigalhados, arroz, massas pastosas. Dos latões, depois de revirados pelas mãos ávidas dos rapinadores, tresandava um fedor ainda mais repugnante. Àquela hora, nos fundos dos outros restaurantes da cidade, outras matilhas de destituídos colhiam os restos dos repastos servidos aos que podem pagar. (p. 23)

Entretido a contemplar esse repugnante quadro social, Mandrake se esquece do tal garçom, conforme relata depois a seu sócio Wexler: "Fiquei olhando os caras apanhando o lixo e quando dei conta ele havia sumido" (p. 23). Os dois passam, então, a algumas considerações rápidas, mas não desimportantes para o analista do romance. Mandrake tenta expandir as reflexões de Wexler na linha de uma preocupação social, deixando entredito ao leitor, no espaço desse diálogo, que há alguma ligação entre "restos pobres do banquete alheio", "ninguém assobiando nas ruas" e os crimes narrados na crônica policial dos jornais. Mas Wexler não lê as páginas dedicadas aos fatos sociais. Mandrake explica-lhe então o quadro, recorrendo, porém, a outros meios, que o levam além das fronteiras do social *tout court*. Com efeito, comentando os assassinatos, ele diz:

> Êxtase estupefaciente é o momento em que o sádico atinge o zênite da afetividade. Ou o nadir do sentimento? O apogeu, o perigeu, os vértices invertidos da paixão. Que tal? O sadismo é uma perversão micropolítica. (p. 24)

A narrativa torna-se mais complexa quando o crime não pode ser explicado apenas pelas desordens sociais. Não fosse assim, a narrativa de Rubem Fonseca não romperia os limites do naturalismo. Mata quem tem fome, o bandido mata para viver, mas mata-se também "gratuitamente", isto é, ocorrem assassinatos que não têm nada que ver com os fatos imediatos. Daí espalhar na narrativa questões mais fundas para seus leitores. Sabe ele que foi lido por muitos como um ficcionista escandalizado com a pobreza, a miséria e as desordens socioeconômicas de um típico país subdesenvolvido. Mas essas reflexões de Mandrake, aliadas às alusões de crimes famosos ocorridos em países desenvolvidos, parecem advertir o leitor de que a via de interpretação não é a do naturalismo. "Os dois assassinatos estavam ligados. O comportamento não é lógico e o crime é humano" (p. 27).

E Mandrake ainda critica o policial Raul, para quem

> a lógica era uma ciência cuja finalidade seria determinar os princípios de que dependem todos os raciocínios e que podem ser aplicados para testar a validade de toda conclusão extraída de premissas. Uma armadilha. (p. 27)

Essas reflexões de Mandrake levam seu sócio Wexler a adverti-lo de que, afinal, são advogados, e "nosso objetivo não é heurístico, a verdade não nos interessa, o que importa é defender o cliente" (p. 29). Wexler é um pragmático, ou, como ele diz, "realista". Mandrake, não. Acha mesmo que "ser realista" é uma maneira de alienar-se, de "justificar o comodismo, as pequenas ações e omissões indignas que os homens cometiam diariamente" (p. 29-30).

São declarações como essas de Mandrake que permitem estabelecer os contornos do narrador, vinculando-o a uma figura cujo perfil poderia ser este: mais ou menos 50 anos, culto, de larga experiência nos mecanismos do poder, sobretudo na área comercial e policial. E o narrador é um criador, ou, mais especificamente, um escritor. Sua marca maior é uma indignação violenta diante dos desmandos que o cercam, da miséria que presencia, da fome, da falta de condições mínimas para o povo, num país rico; é viver com um mínimo de dignidade, sem passar fome, sem morar em bueiros, sem ter de buscar restos de comida nos lixos da cidade.

Tal como foi dito a propósito do narrador de *Feliz Ano Novo*, revelado de corpo inteiro no conto "Intestino grosso", aqui também está a chave do enigma: o narrador é porta-voz do Autor. As ideias que defende são as mesmas esposadas pelo cidadão Rubem

Fonseca, sobretudo pelo escritor Rubem Fonseca, que é quem interessa no deslinde dessas páginas. Compare-se, para tanto, o rol de intervenções do narrador ao expor suas considerações sobre a sociedade de seu tempo, sobre as pessoas que o cercam, sobre os problemas que presencia e vive, com o que o cidadão Rubem Fonseca arrola na defesa que fez diante do Ministério Público, visando a reparação dos danos causados pela censura à sua obra. Rubem Fonseca sempre se recusou a dar entrevista. Tampouco lamenta o seu ofício. De modo que, paradoxalmente, foi proveitoso para o analista verificar que o próprio escritor admite que "absorve a realidade social, devolvendo-a em cenas, diálogos, personagens". Indignado, utiliza como quadro de referência o país de seu tempo e a partir desse mirante constrói sua ficção. Está dito pelo próprio escritor mas foi preciso esperar um indesejável e nefasto processo censorial para termos as palavras do cidadão Rubem Fonseca comentando seu ofício.

Uma outra questão, não menos relevante, que aparece nas declarações iniciais do Autor, é o fato de aludir aos prêmios literários, ainda que apenas para argumentar, certamente, já que nenhum prêmio ensina a escrever e muito menos vai tornar o livro mais vendido, como todos sabem. Até pode se dar o contrário, como de fato tem ocorrido entre nós: o livro proibido é que passa a ser procurado, e não o premiado. Vejam-se, para efeito de exemplos sumários, as altas tiragens que passaram a ter os livros de José Louzeiro, Ignácio de Loyola Brandão e do próprio Rubem Fonseca. Não há caso de altas tiragens movidas por prêmios literários brasileiros. Mas a alusão do Autor aos prêmios busca legitimar sua ficção e dar-lhe o álibi de não pornógrafa. Chega a dar como condição de não ser pornográfico o fato de suas obras anteriores terem sido agraciadas com prêmios literários. Foi má lembrança, por vários motivos, dois em relevância: primeiro, porque os prêmios não poderiam servir como argumentos no exame de uma ficção — há prêmios equivocados, o que não é o caso de Rubem Fonseca, que certamente mereceria muitos mais do que os que lhe foram atribuídos. Mas não se pode recorrer a este aspecto decorativo, meramente coreográfico de um livro, para defendê-lo de uma pecha como a que lhe foi imputada. O livro há de defender-se por seu conteúdo, vale dizer, por si mesmo, por aquilo que está escrito, não pelo que outros acharam dele, por insuspeitos que fossem. E, segundo, não fora *Feliz Ano Novo* o premiado, de modo que aí foi dado um motivo adicional para quem quisesse condená-lo, como de fato veio a ocorrer, já que o juiz Bento Costa Fontoura não deixou de sustentar sua sentença no fato de haverem sido premiadas as obras anteriores e não a que estava em questão.

É este mesmo Rubem Fonseca que utiliza Mandrake como *alter ego*, conforme já fizera com Paul Morel, em *O caso Morel*, Gustavo Flávio, em *Bufo & Spallanzani*, e o comissário Vilela em tantos contos. Mas é sobretudo através do exame comparativo dos juízos emitidos por esses personagens e por um outro, absolutamente recorrente, a figura central de sua ficção, uma vez que é a que narra em primeira pessoa — o "eu" de tantos contos e romances — que se pode comprovar tal afirmativa. Um inventário das falas desses personagens é suficiente para aclarar a questão. Percebe-se, além do mais, uma coerência discursiva na evolução de sua prosa de ficção no que diz respeito a essas falas, a ponto de os enunciados das figuras citadas formarem um contexto ordenador das diversas falas dos outros personagens.

Há, porém, outras recorrências na obra de Rubem Fonseca, muito mais importantes para o analista, uma delas em especial: o papel decisivo que o narrador dá à literatura, tanto a quem lê, quanto a quem escreve, de que *A grande arte* dá amostras das mais importantes.

Dois livros, entre outros, citados em *A grande arte*, são importantes para compor o enredo. Um deles é *Retrato de família*, que dá título à segunda parte do romance. É de autoria de um certo Basílio Peralta, e foi publicado em 1949.

> O livro foi um fracasso de vendagem e de crítica, não tendo tido sequer uma breve recensão crítica na imprensa. A família Lima Prado

deixara de ser importante. A nova burguesia industrial criara outros clãs mais poderosos e atraentes. Como houvesse na época crise de papel, os milhares de exemplares foram vendidos a peso para serem reprocessados. (p. 172)

O outro é *Vademecum do combate individual à faca,* de um tal Joaquim Araújo, "um anônimo professor de esgrima do Clube Ginástico Português, no Rio de Janeiro", que, "tendo uma pequena tiragem de quinhentos exemplares", teve sua edição extraviada, dela sendo conhecido apenas um exemplar, "que foi parar na estante de um major do Exército, chamado Manoel Alberto Vilela Monteiro".

Há aqui vários registros a fazer. O primeiro deles é que os dois livros e autores são inventados. Joaquim Araújo será, muito sintomaticamente, o pseudônimo utilizado por Rubem Fonseca para concorrer ao Prêmio Status de Literatura, o mais importante prêmio literário da América Latina nos anos 70, pelo seu valor em dinheiro, então o mais elevado. O livro de Joaquim Araújo servirá de base para as referências, indispensáveis no romance, ao combate à faca, cujo deslindamento é essencial para a compreensão do romance e onde mais se poderá notar o cuidado artesanal de Rubem Fonseca em tecer uma narrativa em tudo fiel e refinada. Como já reconheceram especialistas na matéria, o combate à faca é ali descrito com minúcias nunca vistas — a velha paixão de Rubem Fonseca pelo detalhe, o que, aliás, caracteriza o romance policial, pois são os detalhes, que passam despercebidos pela maioria dos leitores, as peças essenciais que o detetive utiliza para o esclarecimento dos crimes.

Quanto ao *Retrato de família,* ele será peça essencial ao deslindamento dos enigmas centrais de *A grande arte,* juntamente com os "Cadernos de anotações de Lima Prado", como esclarece o narrador:

Os livros e os cadernos chegaram às minhas mãos na mesma ocasião. Sem eles eu não conseguiria saber tanto sobre o banqueiro — suas relações amorosas, suas transações financeiras — incluindo aí, é claro, o Escritório Central. (p. 172)

Rubem Fonseca dá ao leitor e ao escritor papéis de destaque em seu romance. É lendo, como vimos, que Mandrake decifra o principal enigma de *A grande arte*. É escrevendo, mesmo publicando em edições das quais se salva só um exemplar, que o escritor contribui para deslindar certos mistérios sociais. E está pronta a homologia. Os heróis do romance são o escritor e o leitor.

A semente dessa proposta narrativa já se podia antever num romance mal digerido pelo público, mas foi despercebida por quase toda a crítica brasileira, exceto Fábio Lucas, que viu bem a questão, justamente desse ângulo. Refiro-me a *O caso Morel*, em que o herói é o escritor Paul Morel, que vai parar na cadeia por um crime cometido, no livro dentro do livro, por Paulo Moraes, sendo certo que o escritor, ao matar a companheira, não cometera crime nenhum à luz dos seus elevados juízos éticos, pois estava tentando experimentar situações-limites, à moda de um cientista, que não pode ser culpado por matar coelhos ou ratos em laboratório. Quem lê o livro escrito por Paul Morel é seu amigo Vilela, um comissário de polícia, o delegado que tenta tirá-lo da prisão, onde, aliás, Paul Morel escreve o seu livro.

Em *A grande arte*, essa antiga e boa ideia volta à cabeça de Rubem Fonseca e ele dá o tal salto qualitativo, o pulo do gato, agora mesclando escritor e leitor num plano neutro, no grau zero da escritura, já que não os envolve diretamente no enredo, mas os faz participar à distância, iluminando as ações dos outros personagens, estes, sim, diretamente envolvidos nos crimes, corrupções etc.

Dizer de *O caso Morel*, *A grande arte* e *Bufo & Spallanzani* que são apenas romances policiais é submetê-los a uma redução tão drástica que impede o analista, e mesmo o leitor comum, de perceber sutilezas na ficção de Rubem Fonseca que o distinguem de numerosos escritores empenhados em fabricar uma literatura previamente destinada a agasalhar-se sob o rótulo de romance policial. Podem-se encontrar semelhanças entre Rubem Fonseca e Georges Simenon, mas será mais difícil emparelhá-lo a Agatha Christie. Com efeito, o essencial na ficção de Rubem Fonseca não é a descoberta do assassino, através da atuação do detetive.

As origens do romance policial apresentam uma absolvição implícita, quando não aberta, aos chamados bons bandidos como Robin Hood, Til Eulenspiegel, Fra Diavolo ou Rinaldi Rinaldini. O público sempre sentiu forte atração, quando não embasbacada admiração, por narrativas onde despontam esses "bons bandidos", mormente aqueles que roubam dos ricos para dar aos pobres.

A partir da divulgação desses bandidos-ícones é que os primeiros escritores de romances policiais teceram suas narrativas. Destacam-se, entre esses precursores, Edgar Allan Poe, Arthur Conan Doyle, Emile G. Gobirieau, Maurice Leblanc.

O detetive tornou-se tão marcante e importante que os leitores passaram a identificar os livros não mais por seus autores, mas pelos personagens que criaram, a ponto de Sherlock Holmes parecer o criador, e não a criatura, de Arthur Conan Doyle. Há uma extensa galeria de outros detetives famosos de romances policiais, como Auguste Dupin, personagem de Edgar Allan Poe; Philip Marlowe, de Raymond Chandler; Sam Spade, de Dashiell Hammett; Hercule Poirot e Miss Marple, de Agatha Christie, e Maigret, de Georges Simenon.

Os romances policiais passaram a tratar os crimes como negócios. Dificilmente os negócios foram tratados como crimes, e daí resulta o cerne da ideologia que a maioria deles destila. O indivíduo perde para a organização, perde para a sociedade, perde para o Estado, porque sua transgressão é punida, já que descoberta pelo detetive. O transgressor não tem saída, o crime não compensa etc.

Evoluindo para a espionagem, o espião, no mais das vezes, cumpriu a função que estava reservada, na estrutura do romance em sua etapa anterior, quando era estritamente policial e não de espionagem, ao assassino ou ao bandido. Isto é, o vilão não é mais o assassino, mas o espião. Entretanto, em suas origens, o romance de espionagem não foi assim. *The spy*, de James Fenimore Cooper, publicado em 1821, não apresentava o espião como vilão e sim como herói. Seguem-se *England's peril* e *The invasion*, de William Lee Queux, publicados respectivamente em 1899 e 1910; *The riddle of the sands*, de E. Childers, 1903; *39 degraus*, de John Buchan, 1915. Que escassez, se compararmos com a explosão ocorrida após a Segunda Guerra!

Mais tarde, o romance dito policial ou de espionagem melhorou muito de qualidade com as publicações de Eric Ambler, John Le Carré, Graham Greene, Deleighton, D. M. Simmel, Morris West e Victor Canning ou Cruz Smith, autor de *Parque Gorky*.

A massificação do romance policial de que Rubem Fonseca veio a ser um beneficiário — pois muitos dos seus leitores chegaram à sua ficção por esta via de acesso, bastando para tanto comparar as tiragens dos outros livros com as de *Agosto*, *Bufo & Spallanzani* e *A grande arte* — foi obra das editoras Penguin Books e Simon & Schuster, que passaram a produzir livros de entretenimento para as Forças Armadas na Segunda Guerra. Faz algumas décadas que o total de romances policiais em língua inglesa ultrapassou a marca de um bilhão de exemplares vendidos. No período que vai de 1945 a 1980, foram vendidos dez bilhões de romances policiais em todo o mundo, a grande maioria em língua inglesa, seguida a uma distância média por publicações do mesmo gênero em francês, espanhol, alemão e japonês, nessa ordem.

Os autores mais vendidos anualmente, segundo diversas estimativas, nem todas confiáveis, são Agatha Christie, com 500 milhões de exemplares; Edgar Wallace, Georges Simenon e Jerry Cotton, com 300 milhões; Mickey Spillane e Alistair MacLean, com 150 milhões; e Ian Fleming, Frederic Forsyth e San Antonio, com 100 milhões.

Não se pense que o romance policial sempre destilou a ideologia da classe social dominante, ou que, por pertencer à literatura popular, tenha tido em suas origens uma qualidade inferior. Ou que o fato de esses heróis-bandidos terem sido transformados em vilões, ao tempo em que, em recursos análogos, os vilões passaram a heróis, foi obra de um longo percurso que adaptou a literatura dita popular, no sentido de mais consumida, aos padrões de comportamento impostos pela burguesia. Com a explosão da criminalidade, sobretudo nos Estados Unidos, após a Segunda Guerra Mundial, o romance policial passa a espelhar uma realidade social violentíssima que, entretanto, é cada vez mais bem suportada pelo leitor e, em outro plano, pela própria sociedade.

A criminalidade urbana teve, nos Estados Unidos, dois apogeus epocais: os anos 10 e os anos 40. Com o fim da Lei Seca, o crime organizado precisa trocar de ramo, porque os lucros advindos do comércio ilegal das bebidas alcoólicas é abruptamente interrompido com a liberação da bebida. O crime organizado passa, então, a operar com o comércio das drogas, monopolizando-o. É curioso salientar que o jogo, a prostituição e a agiotagem, também atividades ilegais, não foram monopólio do crime organizado. A droga, sim. O negócio expandiu-se tão rapidamente que ao final dos anos 30 esse comércio movimentava vários bilhões de dólares. Só no ano de 1938 o lucro líquido foi da ordem de 1 bilhão de dólares.

Não apenas nos Estados Unidos, mas na Europa também, o fim da Segunda Guerra devolve à sociedade suas sobras. Milhares de soldados, sem outra qualificação profissional que não a de matar, agora desmobilizados, voltam à vida civil. Corrompidos, viciados, sujeitos às amarras do tráfico de drogas, quando não traficantes muitos deles, tentam sobreviver na nova realidade.

Misturam-se, então, muitos outros tipos de problemas que vão engrossar o caldo, como o surto imigratório de famílias negras e pobres que afluem às cidades americanas, onde sofrerão vários tipos de preconceito, sendo o racial o mais evidente deles.

Não é preciso muito esforço de imaginação ou dedução para perceber que esses fenômenos são como que transplantados dos Estados Unidos e da Europa para o Brasil, ressalvadas, evidentemente, as diferenças inevitáveis.

Vamos aos traços comuns. O inchaço das grandes cidades demorou a ocorrer no Brasil, e a Segunda Guerra Mundial chega a seu fim antes que em nosso país a vida nas grandes metrópoles estivesse com problemas tão graves. Mas, em nosso país, a discriminação racial aliou-se a outros problemas, e as aglomerações urbanas refletiram, em proporções jamais vistas, o amplo espectro da situação. Negros compuseram grandes faixas de trabalhadores mal-remunerados, subnutridos e excluídos do circuito escolar — quando a ele conseguiam chegar, ainda nas primeiras séries. O sistema escolar, a propósito, mereceria um capítulo à parte como máquina organizada para expelir os filhos de trabalhadores, sobretudo dos mais pobres. Juntem-se a essa situação os menores abandonados, analfabetos, subnutridos e desempregados, e teremos largas faixas da população sem outra saída que não a dos pequenos crimes, praticados por essa juventude excluída.

Roubos de carros, assaltos a transeuntes, roubos de joias nas ruas, arrombamento de residências e tráfico de drogas vão compor as atividades principais dessa economia clandestina. Agrava-se ainda mais o quadro se considerarmos que em nosso país os ricos pagam poucos impostos porque conseguem ludibriar o Estado, e assim, ao invés da assistência governamental, temos o abandono geral dessas faixas da população. Considere-se ainda o nível de corrupção a que chegaram os poderes públicos e temos o caos instaurado. O grande capital não paga impostos. Os médios e pequenos empresários, aliados aos trabalhadores, são os que pagam por todos. O caso mais típico é o do imposto de renda, em que, virtualmente, o único cidadão incapaz de esquivar-se à cobrança é o assalariado, porque a sofre na fonte.

É, porém, com a vitória da instalação do capitalismo no Brasil, obtida com o golpe de 64, que a situação a que aludo toma as cores completas. Isso vem a ocorrer somente nos anos 70. A liquidação ou o isolamento da luta armada, alternativa que, esgotados os limites legais, restou ao golpe dentro do golpe, com a edição do AI-5, em 1968, resultou no sucesso do novo modelo. Rapidamente as grandes cidades brasileiras tornam-se insuportáveis. Há vários índices dessa deterioração, que não é meu propósito aclarar. Registro o óbvio para que o caso Rubem Fonseca possa ser compreendido num contexto maior, exatamente o que lhe deu origem, e, ao estender o quadro, permitir que se avalie a proibição dos outros livros e todas as outras proibições que vitimaram a chamada cultura brasileira.

O Estado autoritário pode ser desmascarado na análise desse novo tipo de relação que deflagrou com o escritor. Evidentemente, se minha área de estudo fosse o cinema, ou o teatro, ou a música popular, e não a literatura, ainda assim seria possível levar adiante a mesma tarefa. Com efeito, o Estado autoritário não tinha em seus arsenais ideológicos um discurso já elaborado que permitisse camuflar melhor a ideologia que destilava.

No calor da hora, em nome da defesa da moral e dos bons costumes, articulou-se a proibição das manifestações culturais. Como é óbvio, ocupo-me do que ocorreu no terreno da literatura, perseguindo uma especificidade que não pode faltar num trabalho dessa natureza. Assim, depois de escamotear as primeiras razões da proibição de *Feliz Ano Novo*, uma vez levada aos tribunais, a União dirá que não foi bem assim, houve um engano, Rubem Fonseca não ofendia a moral e os bons costumes, concordando com a perícia que ela mesma encomendou, executada por Afrânio Coutinho. Pois, envergonhada do anacronismo, não quis perfilar-se ao lado dos censores de Joyce, Oscar Wilde e tantos outros e, sobretudo, não quis admitir a proibição de ideias e formas de expressão literárias com as quais nações desenvolvidas conviviam muito bem. Foi preciso, então, lançar mão de outra acusação: a de que o livro proibido fazia a apologia do crime e do criminoso.

Foi aí que o Estado errou pela segunda vez. E é aí que pode ser desmascarado. Não se queria na verdade proibir tal ou qual livro. O que se instaurava era um modo de tratar o escritor. Se livre da pecha de que a pornografia poderia ser prejudicial à sociedade — e não o era, dado que com ela as nações desenvolvidas conviviam muito bem —, por que, então, manter a proibição das centenas de outros livros censurados pelo mesmo motivo? Vários são os motivos que podem atestar que não era este o caso. Alguns deles podem ser vistos nas outras alegações da censura, como a de que atentavam contra a chamada Segurança Nacional, que para protegê-la tinha até mesmo um diploma legal específico: a Lei de Segurança Nacional. Tampouco a Lei de Imprensa pôde disfarçar a questão verdadeira. Recordemos que ambas são dos anos 70. Afinal, não se pode dizer que *Feliz Ano Novo*, de Rubem Fonseca, *A ditadura dos cartéis*, de Kurt Mirow, *Autoritarismo e democratização*, de Fernando Henrique Cardoso, ou *Aracelli, meu amor*, de José Louzeiro, ou ainda *Em câmara lenta*, de Renato Tapajós, e vários outros, pudessem ter suas proibições amparadas pelos mesmos critérios. Foi preciso inventar esses critérios.

Mas de todos os motivos citados, o argumento final em favor do desmascaramento do Estado autoritário vem da própria obra de Rubem Fonseca que nasce ao final dos livros de contos: o seu romance *A grande arte*, num primeiro momento, e *Bufo & Spallanzani*, dois anos mais tarde (1985), ambos editados pela Editora Francisco Alves.

Com efeito, caso a infração de Rubem Fonseca tivesse sido a apologia do crime e do criminoso, os dois romances deveriam, por coerência da parte do Estado, ser postos fora de circulação. É evidente que *A grande arte* tinha mais motivos para atrair a fúria censória: pelo conteúdo do livro e pela data de publicação, 1983, em plena ditadura militar. *Bufo & Spallanzani* já chega no alvorecer da Nova República, com a atenuante de que seu conteúdo tem uma carga diversa do romance anterior, fixando-se mais como entretenimento do que em contestação ideológica, como ocorre em *A grande arte*. Ou, dizendo melhor, é diferente: *Bufo & Spallanzani* permite uma leitura inocente, ao passo que *A grande arte* a impede.

A grande arte é, pois, o romance policial tardio em nosso país. Para um capitalismo tardio, uma expressão literária tardia. Não havia condições para *A grande arte* antes dos anos 70. As demolições que aludem à violenta especulação imobiliária não poderiam aparecer antes disso. O cenário urbano seria muito diferente e não ensejaria o aparecimento dos habitantes que passaram a povoar a ficção de Rubem Fonseca a partir de *A grande arte*. As falcatruas que se escondem por trás da organização identificada como Aquiles Financeira só poderiam ser inseridas num romance como *A grande arte*, que, como sói acontecer na ficção de Rubem Fonseca, tem o seu tempo e o seu lugar: anos 70, Rio de Janeiro.

Os indicadores de uma economia de escalas, exercida através de conglomerados, estão presentes em *A grande arte* e revelam essa nova fase do capitalismo brasileiro, que economistas e sociólogos classificaram como tardio. (Deve ser por isso, em parte, que nossa literatura sofre uma evolução tardia e que o romance policial quase repete os modelos de romances norte-americanos dos anos 40 a 60.) A parte do livro em que está mais explicitado este novo tipo de economia é o capítulo três da segunda parte, intitulado "Retrato de família".

O personagem que desenha um enigmático "P" no rosto das vítimas que assassina chega ao seu local de trabalho:

> Thales de Lima Prado chegou às nove horas da manhã, como costumava, ao prédio da Praça Pio X, no centro da cidade, ocupado pela Aquiles Financeira. O Sistema Financeiro Aquiles era integrado pelas seguintes empresas: Banco Aquiles S.A., Banco Aquiles de Investimento S.A., Aquiles — Crédito, Financiamento e Investimentos, Aquiles Crédito Imobiliário S.A., Aquiles Corretora de Câmbio e Valores Mobiliários S.A., Aquiles Distribuidora de Títulos e Valores Mobiliários, Aquiles Companhia de Seguros Gerais S.A., Aquiles Participações e Administração S.A., Aquiles Administração de Imóveis S.A., Aquiles Agro-Florestal S.A., Aquiles Turismo S.A., Aquiles Hotéis S.A., Aquiles Processamento de Dados S.A., Aquiles Mineração S.A. Várias empresas do grupo participavam, minoritariamente, do capital de dezenas de outras companhias comerciais e industriais. (p. 179)

É no meio deste cipoal que o detetive Mandrake deve encontrar a "meada incolor da vida" e verificar onde "corre o fio vermelho do crime" para cumprir seu dever de bom detetive, que "consiste em desenredá-lo, isolá-lo e expô-lo em toda a sua extensão", como já dissera Sherlock Holmes em *Um estudo em vermelho*.

Da "Teoria do consumo conspícuo", seu conto de estreia, Rubem Fonseca evoluiu para o autor de uma "escala Richter do crime", primeiro nos contos de *Feliz Ano Novo* e, mais tarde, nos romances.

Está traçado o seu percurso de escritor.

Literatura e poder
A luta entre o Escritor e o Estado nos tribunais

Aparecem resumidas no processo as alegações da ré, no caso a União, que, obrigada em juízo, teve de dar as razões da censura, feita com uma simples canetada do Sr. Armando Falcão, ministro da Justiça. São quatro as alegações consideradas pelo juiz:

a) "que o livro em apreço fere, de modo brutal, preceitos éticos de qualquer sociedade estruturada, pois a linguagem vulgar adotada e os próprios temas dos contos procuram demonstrar a perversão e a maldade que se obtêm pelo estudo de diversas camadas sociais, e que chega a causar repugnância ao leitor mais aberto a ideias".

b) que, pior ainda do que o linguajar indecoroso, é a mensagem apresentada e transmitida, em cujo contexto se faz "a apologia do crime e do criminoso".

c) que o direito de emissão de pensamento está condicionado ao respeito à moral e aos bons costumes e que "ao órgão estatal encarregado da censura compete, com exclusividade, interpretar aquilo que em cada momento histórico constitui a moral do homem médio" e que esse ato da censura seria imune ao controle judicial.

d) que nada tem contra a pessoa do Autor, que o que está em questão e, sobretudo, a restrição à coletânea de contos, nos quais a ré viu como mais grave a mensagem, cuja "ideia chega a chocar mais do que o linguajar sórdido, sem embargo da constância com que este é empregado no texto".

O andamento do processo contou ainda com perícias realizadas por Afrânio Coutinho, indicado pela União, e por Francisco de Assis Barbosa, indicado pelo Autor. Colheu-se também o depoimento de Rubem Fonseca, as partes debateram na presença do juiz e, somente após tudo isso, foi prolatada a sentença.

Na leitura da sentença, vê-se que a questão da "apologia do crime e do criminoso" será capital para a condenação, pois, no entender do juiz, o que está sob "crime" e "criminoso", no caso, é o fato de o Autor abrigar nas páginas que produz "personagens portadores de complexos, vícios e taras, com o objetivo de enfocar a face obscura da sociedade na prática de vários delitos, sem quaisquer referências a sanções, fazendo ainda o escritor largo emprego da linguagem pornográfica". Ora, atendidas essas alegações, quantos livros de Rubem Fonseca ficariam livres? Quantos livros da literatura brasileira poderiam permanecer expostos "em todo o território nacional" sem sanções? E ainda se pode perguntar com todo o espanto do mundo: há algum romance europeu, sobretudo da segunda metade do século XIX a esta data, que passaria incólume por esses crivos? Desconsiderou-se uma obviedade: a arte, não apenas a literatura, elegeu a face obscura do ser humano e da sociedade como um tema-matriz, uma ideia geradora de inúmeras reflexões, uma obsessão total e permanente.

Quanto à chamada "livre emissão de pensamento", o juiz faz uma digressão, dizendo que "os ordenamentos jurídicos dos povos cultos do Ocidente têm proclamado, com maior ou menor vigor, o direito subjetivo público de livre emissão do pensamento" e que no Brasil esta tradição vem desde os tempos da Constituição Política do Império, mantendo-se ao longo da "conturbada fase republicana". Logo a seguir, o mesmo meritíssimo aduz que a "vigente Carta Magna indígena" — de passagem, é bom sublinhar a ironia subliminar à República, opondo a respeitável "Constituição Política do Império" às desprezíveis "conturbada fase republicana", "Carta Magna indígena" etc. — "garante a liberdade de expressão, fazendo restrições, porém, às letras e às artes inclusive, a essa proclamada liberdade ao reafirmar que não serão toleradas as exteriorizações contrárias à moral e aos bons costumes".

A seguir, são aludidos alguns casos de impetração de mandado de segurança nos anos 70, que visavam garantir a chamada "liberdade de expressão" a autores como Plínio Marcos, Chico Buarque de Hollanda, Ruy Guerra e Robert Alley, entre outros. O de Plínio Marcos, por causa de seu texto de teatro *Abajur lilás;* o de Alley, impetrado pela Editora Civilização Brasileira, por causa da proibição do livro *O último tango em Paris,* curioso livro, já que não foi nele que Bernardo Bertolucci baseou-se para fazer o filme de mesmo nome e sim o autor do livro é que se baseou no filme para escrevê-lo. E, finalmente, o de Chico Buarque e Ruy Guerra, pela peça de teatro *Calabar, o elogio da traição,* que foi proibida como uma espécie de vingança da censura; esta, no princípio, liberou o texto, fez os empresários gastarem uma fortuna na encenação, ensaios, contratação de atores e tudo o mais, e somente depois a proibiu, com o fim manifesto de prejudicar financeiramente os autores, levando-os a perder a chamada "liberdade de expressão" por uma via arbitrária tipicamente surrealista e latino-americana.

Certamente, não será nenhuma surpresa lembrar que nos anos 70, ao tempo em que se proibiam livros como os de Rubem Fonseca, negavam-se também as seguranças impetradas nos tribunais, sobretudo no Tribunal Federal de Recursos, como ocorreu em todos os casos que acabei de nomear. As razões são quase sempre as mesmas, norteando-se quase todas pelo poder discricionário do Executivo, já que a censura é feita *a posteriori.*

No caso do mandado impetrado pela Editora Civilização Brasileira, por exemplo, o relator foi o ministro Moacir Catunda, que, nos estertores do governo Médici, em 06 de dezembro de 1973, assim se pronunciou a certa altura de seu voto:

A portaria ministerial, autorizativa da apreensão, representa o desfecho do processo administrativo que concluiu por que *O último tango em Paris* traduz niilismo, em matéria de literatura, perniciosa aos padrões morais comuns e aos bons costumes, desprocedendo, desse modo, a alegação de que será produto de puro arbítrio.

É interessante registrar que no Tribunal Federal de Recursos lançava-se mão de um argumento arbitrário para justificar a arbitrariedade. O reclamante aparecia com um mandado de segurança que visava garantir uma norma constitucional, e os decisivamente responsáveis pelo cumprimento da Constituição — já em última instância, porque no Tribunal Federal de Recursos — retrucavam com pareceres e votos sempre favoráveis ao poder discricionário, vale dizer, ao Executivo, dando-se ainda o refinamento de emitir opiniões pessoais como avalizadoras do ato censório. Do contrário, como entender que um ministro do Tribunal Federal de recursos utilize como argumento para o ato censório o fato de ele, ministro, achar determinado livro "niilista", "pernicioso aos padrões morais e aos bons costumes"? Ora, ele pode achar o que quiser, mas está lá para fazer cumprir a lei. E, no caso, ela fora efetivamente desrespeitada, transgredida, pois não há nenhuma lei proibindo livros "niilistas", e é apenas sua a opinião de que tal ou qual texto é "niilista".

Tudo é ainda mais complexo quando se sabe que é o Executivo quem nomeia os ministros de nossos tribunais. O Judiciário sofre essa terrível intromissão do Executivo. A opinião pública já se acostumou a ver transferidos, aposentados ou punidos disfarçadamente os juízes que votam em desacordo com os objetivos do Executivo num dado processo. De todo modo, há que se registrar o *nonsense* do argumento utilizado. Resta dizer que o voto do ministro Catunda foi acompanhado pela unanimidade de seus pares.

No caso da proibição da peça teatral de Chico Buarque e Ruy Guerra, esclareça-se que foi o cantor e compositor quem impetrou o mandado, sendo relator o ministro José Néri da Silveira. Em 16 de maio de 1974, já no governo Geisel, portanto, a famosa Corte denegou a segurança, agora não mais por unanimidade, mas por maioria de votos. Em destaque, no voto do relator, registre-se o seguinte: "os diálogos são ofensivos à dignidade e interesses nacionais"; "simples leitura da obra revela a existência de passagens e expressões verbais censuráveis"; "é censurável também a forma segundo a qual retratam figuras e episódios assinalados da nacionalidade brasileira".

Mais uma vez valeu a *opinião* do ministro sobre o texto lido, não a aplicação desta ou daquela lei. Como dizia mestre Guimarães Rosa, "pão ou pães é questão de opiniães", e o recurso ao Tribunal não resultou em outra coisa: dominou a opinião de um dos ministros da Casa, em cuja companhia a maioria de seus pares votou, não mais sequer com a interpretação da leitura feita, mas apenas com a interpretação de um colega.

Como quem leu o texto da peça *Abajur lilás,* de Plínio Marcos, não foi o mesmo que decifrou os "Cadernos de anotações de Lima Prado", não se pode esperar a mesma argúcia, nem, é claro, a refinada interpretação. Assim, o relator, ministro Márcio Ribeiro, levou seu voto à apreciação do plenário do Tribunal Federal de Recursos em 30 de outubro de 1975, conseguindo "denegar a segurança" por maioria de votos. Destaque-se em seu voto: "Apenas nos casos extremos de evidente erro da censura poderá ser feita sua revisão pelo Judiciário". Segundo o ministro, não era o caso. Além do mais, no mesmo voto declarava o seguinte: "Na falta de conceito legal ou doutrinário preciso do que é pornográfico, obsceno ou contrário à moral e aos bons costumes, decorre ampla margem de discricionariedade às autoridades administrativas", e que o recurso ao Judiciário só se faria em "casos extremos", o que, segundo a sua *opinião,* não era o caso de *Abajur lilás.* Isto é, o caso extremo parece não existir, já que a proibição de um livro ou espetáculo jamais constituiu para os ministros em questão um "caso extremo". Será que "caso extremo" deveria ser considerado um fato que fosse além da proibição, digamos, a prisão do autor pela autoridade discricionária, ou mesmo a morte do autor na cadeia, como ocorreu com Vladimir Herzog?

Resumindo, pode-se afirmar que, nos casos examinados, além da *opinião* do relator, nem sequer a da Corte como um todo prevalece como argumento fundamental. E essa opinião é condicionada pelo tipo de Executivo no poder. Seriam sinais de maior flexibilidade dos juízes o fato de no governo Médici as condenações e denegações de segurança serem assumidas por unanimidade e, já no alvorecer do governo Geisel, elas serem mantidas apenas por maioria? Registre-se, ainda, que os juízes admitem que o Poder Judiciário pode controlar o ato censório, ainda que "em casos extremos", como referiram. Parece também, do que se pode depreender de seus pronunciamentos, que esposam a ideia de que o valor estético de uma determinada obra não a "imuniza contra uma eventual valoração de cunho ético-jurídico" que venha a justificar a censura, como admite o juiz Bento da Costa Fontoura na sentença prolatada em primeira instância, no Rio de Janeiro.

Há alguns pontos, porém, nos quais tanto a sentença do juiz quanto as alegações dos advogados de Rubem Fonseca são concordes. É o tópico referente à "intenção do autor", ora grafado "intenção do artista", "intencionalidade da obra literária" e quejandos. As duas partes admitem que a intenção do escritor é irrelevante, não somente no caso específico em julgamento, mas também em toda a tradição literária dos chamados "povos cultos do Ocidente".

A propósito, encontram-se na sentença do juiz certos trechos muito esclarecedores a respeito dessa desvinculação entre autor e obra, depois de publicada. Vejam-se as amostras a seguir, colhidas na sentença em referência:

> A intenção do artista é irrelevante, porque uma obra de arte, como tal, tem de ser completa, a ponto de dispensar explicações adjacentes. Em se tratando de literatura, o leitor não tem de indagar do literato a mensagem que ele quis transmitir.
> [...] Despicienda se mostra, por isso, qualquer pesquisa sobre o real objetivo perseguido em sua elaboração. A criatura (obra) não se confunde com a pessoa de seu criador (artista) e, uma vez concluída, passa a subsistir independentemente dele.

Trata-se de aforismos dos quais dificilmente se pode discordar. O que é de se estranhar é justamente o fato de o poder que profere esse discurso ser o mesmo que solicita perícia sobre a obra e o Autor, a ponto de embutir nas questões o seguinte quesito: "O Autor revela-se homem morigerado em seus hábitos sociais e familiares?" Ora, pede-se uma perícia sobre o Autor, não sobre a obra.

Admitamos que o autor de um determinado livro seja um homem cujo perfil é contrário aos padrões estipulados e subentendidos no item "homem morigerado em seus hábitos sociais e familiares". Mudaria o livro de significação? Seria condenável por causa da condição de seu autor? Quantos escritores da grande literatura universal passariam incólumes por um crivo deste? E, caso não passassem, como de fato é de supor que não passariam, suas obras deveriam ser banidas do convívio dos justos para não corromper leitores incautos, que haveriam de ler os livros negligenciando o estudo da vida de seus autores?

Essa contradição do juiz não foi explorada pelos advogados de Rubem Fonseca, limitando-se eles a concordar que a intenção do Autor seria irrelevante. Teriam, porém, farto material para acrescentar aos autos, caso enveredassem pela crítica a essa contradição, pois não haveriam de faltar exemplos de como a intenção do autor é irrelevante nas duas direções, isto é, nem a má intenção é capaz por si mesma de obter o resultado nefasto que ambiciona com um livro de performance insuficiente, nem a boa intenção por si só garante o êxito do que na obra se intenta.

Outro ponto vulnerável da sentença é o que diz respeito aos enredos dos contos, utilizados à saciedade, não mais para condenar o livro como erótico, obsceno ou imoral, mas para reprovar seu conteúdo, cujos malefícios maiores estariam sintetizados na "apologia da violência" e "sugestão de impunidade". Para tanto, o juiz resumiu cada um dos cinco contos que escolheu como "mais significativos dentre os quinze que integram a coletânea".

Equívoco maior não poderia haver, em se tratando de leitor culto, pois é óbvio que a leitura apenas do enredo não pode, de maneira alguma, dar a significação do que é narrado. Imaginemos o mesmo juiz julgando a obra de Shakespeare. Quais das obras do grande dramaturgo não seriam passíveis de condenação por "atentar contra a segurança do Estado", com sua galeria de personagens perversos, cheios de "complexos, vícios e taras", ostentando sua "face escura" e lutando pelo poder, para isso não se importando se matam os irmãos, o pai ou a mãe?

Como se não bastasse o enredo ser via de acesso insustentável para averiguar-se a significação de um texto, o juiz ainda escolhe, a seu prazer, apenas cinco dos contos incluídos na coletânea, e a partir do enredo dessas narrativas, passa a julgar. Note-se que julga a partir do enredo que ele mesmo constituiu. E enredo, para ele, conforme se depreende da leitura da sentença, é o arrolamento de um amontoado de frases, quando não seriam necessárias mais do que duas ou três, ou talvez uma só sentença que resumisse o conto. Mas não. Demora-se numa descrição detalhada dos contos, como no enredo de "Feliz Ano Novo", que dá título ao livro, resumido, como vem a seguir, com grifos aditados para o desfecho, instância a que ele dá grande valor na significação do conto.

> Para melhor apreciação da matéria, apresenta-se um resumo de cada um dos contos mais significativos, dentre os quinze que integram a coletânea.
> 'Feliz Ano Novo': o conto dá título ao livro. Na véspera do Ano Novo, três assaltantes se reúnem no apartamento de um deles, onde fumam maconha, bebem cachaça, imaginam assassinar policiais e acabam por arquitetar um assalto a uma residência qualquer. Entrementes, um se masturba. Munidos de armas de fogo, saem para a rua e furtam um carro, no qual rumam para São Conrado. Escolhida a casa a ser assaltada, interrompem a festa que ali se realizava e, sob a ameaça das armas, obrigam os vinte e cinco circunstantes a se deitarem no chão, amarrando-os. Iniciam o saque. No andar superior, um dos assaltantes assassina a dona da casa, que se negara a manter relações sexuais com ele. Uma mulher idosa acaba morrendo de susto. A seguir, outro assal-

tante defeca sobre a cama, e os três voltam a se reunir no andar térreo, onde passam a comer e a beber, enquanto fuzilam dois homens, pelo prazer de ver seus corpos ficarem grudados na parede de madeira, por força dos tiros. Ao final, uma garota é estuprada no sofá, não sem antes receber murros no rosto. Eles se retiram, retornando ao apartamento, após o que um abandona o automóvel em uma rua deserta de Botafogo. Os diálogos estão prenhes de palavras de baixo calão, tais como, *v. g.*, fudidão, porra, boceta, xoxota, punheta, bronha, puta, cu etc. Atente-se para o desfecho, *in verbis:*

'Subimos. Coloquei as garrafas e as comidas em cima de uma toalha no chão. Zequinha quis beber e eu não deixei. Vamos esperar o Pereba. Quando o Pereba chegou, eu enchi os copos e disse, que o próximo ano seja melhor. Feliz Ano Novo.'

Vê-se que o juiz buscou destacar ações censuráveis, como as pinçadas:

a) os assaltantes fumam maconha;
b) os assaltantes imaginam assassinar policiais;
c) os assaltantes arquitetam um assalto a uma residência;
d) um assaltante se masturba;
e) os assaltantes estão portando armas;
f) os assaltantes roubam um carro;
g) os assaltantes, sob mão armada, obrigam os 25 cidadãos, que estão festejando o *réveillon* numa casa rica, a se deitarem no chão, amarrando-os;
h) os assaltantes saqueiam a residência escolhida;
i) um dos assaltantes assassina a dona da casa, por esta se negar a manter relações sexuais com ele;
j) uma mulher idosa acaba morrendo de susto;
l) um assaltante defeca sobre a cama do casal;
m) os assaltantes fuzilam dois homens apenas para verificar se a arma utilizada é de fato eficiente;
n) uma garota recebe murros no rosto e é estuprada no sofá;

o) os assaltantes falam palavrões como fudidão, porra, boceta, culhão, xoxota, punheta, bronha, puta, cu etc.
p) os assaltantes festejam o "Feliz Ano Novo".

E daí o escândalo de não se registrar nenhuma punição no curso de enredo pontilhado por ações tão reprocháveis. Além do mais, é de se estranhar que os leitores-críticos, como o magistrado, neguem à literatura o direito de narrar o que de fato existe na sociedade. Alguém poderá negar que as ações delineadas nos enredos de *Feliz Ano Novo* repetem-se com frequência em nossos dias? Assaltos como o que é narrado no conto-título do livro repetem-se aos milhares em situação muito semelhante, ou seja, no *réveillon*.

Também o elenco dos ditos palavrões é posto em relevo para que fique justificada a censura. Ora, se os chamados palavrões ali reunidos estão na boca de todos, seria uma hipocrisia querer atribuir ao escritor a perversão de havê-los inventado para deleite próprio. Ele apenas os recolheu, utilizando-os para compor a linguagem dos personagens que seu *fiat* criador fez surgirem. É lógico também que procurou adequar a linguagem à classe social dos tipos inventados. Afinal, eles são marginais, por isso sua fala haverá de estar marcada de marginalidade, e o palavrão, neste caso, não é somente legítimo, como até indispensável. O escândalo do juiz é apenas a ponta de uma hipocrisia, como se sabe. E não é uma hipocrisia brasileira. Como diz Michel Foucault:

> Trata-se, em suma, de interrogar o caso de uma sociedade que desde há mais de um século se fustiga ruidosamente por sua hipocrisia, fala prolixamente, de seu próprio silêncio, obstina-se em detalhar o que não diz, denuncia os poderes que exerce e promete livrar-se das leis que a fazem funcionar.[1]

---

[1] FOUCAULT, Michel. *História da sexualidade: I — A vontade de saber*. Rio de Janeiro: Graal, 1977, p. 14.

Seguindo a linha traçada, de efetuar a exegese do livro a partir do estabelecimento do enredo de cada um dos contos escorçados, prossegue o juiz com o resumo do conto "Passeio noturno — parte I", para ele capitulado nos seguintes itens:

a) um maníaco homicida, pai de família e homem de negócios, costuma passear à noite, sozinho, em seu possante Jaguar preto, por ruas escuras;
b) nestes passeios atropela e mata suas vítimas, sem deixar vestígios no carro;
c) na ação desse conto, ele atropela e mata uma mulher, lançando o corpo ensanguentado para cima de um muro baixo de uma casa de subúrbio;
d) depois, retorna para o seio de sua família como se nada tivesse acontecido, tranquilizado.

O trecho do conto escolhido para exemplificar o dolo é, como sói acontecer nas análises que faz o magistrado, exatamente o desfecho, assim transcrito:

> Examinei o carro na garagem. Corri orgulhosamente a mão de leve pelos paralamas, os parachoques sem marca. Poucas pessoas, no mundo inteiro, igualavam a minha habilidade no uso daquelas máquinas. A família estava vendo televisão. Deu a sua voltinha, agora está mais calmo? perguntou minha mulher, deitada no sofá, olhando fixamente o vídeo. Vou dormir, boa noite para todos, respondi, amanhã vou ter um dia terrível na companhia.

"Passeio noturno — parte II" repete o enredo anterior. A diferença é que desta vez a jovem atriz de cinema, que é atropelada e morta, vê o rosto do seu assassino enquanto conversam num restaurante do Leblon. Para atropelá-la, o assassino obriga a moça a desembarcar antes de chegar à frente do edifício. "Como no conto anterior", prossegue o juiz, "depois, tranquilizado, ele retorna para o lar, como se nada de anormal tivesse acontecido". É transcrito o trecho que o meritíssimo considera o desfecho do conto:

> Bati em Ângela com o lado esquerdo do paralama, jogando o seu corpo um pouco adiante, e passei, primeiro com a roda da frente — e senti o som surdo da frágil estrutura do corpo se esmigalhando — e logo atropelei com a roda traseira, um golpe de misericórdia, pois ela já estava liquidada, apenas talvez ainda sentisse um distante resto de dor e perplexidade.
> Quando cheguei em casa minha mulher estava vendo televisão, um filme colorido, dublado. Hoje você demorou mais. Estava muito nervoso?, ela disse. Estava. Mas já passou. Agora vou dormir. Amanhã vou ter um dia terrível na companhia.

O terceiro conto escolhido para demonstrar a apologia da violência e o elogio da impunidade é "Nau Catarineta", inspirado em antiga xácara lusitana, "cujo tema foi também tratado pelas literaturas orais de outros povos de tradição marítima". O enredo é tipificado do seguinte modo:

a) José, descendente do imediato da Nau Catarineta, Manuel Matos, namora a doce e adocicada Ermelinda Balsemão;
b) no dia em que completa 21 anos, José leva a namorada para jantar na lúgubre casa onde reside com as quatro tias e a governanta;
c) durante o jantar, José não toca na comida, pois tem uma missão a cumprir;
d) depois, José e Ermelinda fazem amor no sofá da biblioteca;
e) José envenena a namorada;
f) as velhas tias proclamam o seu orgulho;
g) o corpo da moça é preparado para ser devorado por José.

Com muita pompa e cerimônia, José cumpre sua missão antropofágica, conforme o estabelecido no "Decálogo secreto do tio Jacinto".

Como excerto do desfecho foi escolhido o seguinte texto:

Não pusemos muito tempero para não estragar o gosto. Está quase crua, é um pedaço de nádega, muito macio, disse tia Helena. O gosto de Ermê era ligeiramente adocicado, como vitela mamona, porém mais saboroso. Quando engoli o primeiro bocado, tia Julieta, que me observava atentamente, sentada, como as outras, em volta da mesa, retirou o Anel do seu dedo indicador, colocando-o no meu. Fui eu que o tirei do dedo do teu pai, no dia da sua morte, e guardava-o para hoje, disse tia Julieta. És agora o chefe da família.

Não se pode deixar de registrar que o objetivo dos resumos e das transcrições dos desfechos parece ser o de demonstrar ao suposto interlocutor — os possíveis leitores da sentença — a retidão da censura, como quem dissesse: apresentando histórias como essas, como é que a censura não haveria de proibir um livro como *Feliz Ano Novo*? E note-se também que o juiz escolheu mais um conto em que não há sanção contra quem mata. Não há punição contra o executivo que mata mulheres indefesas. Não há punição para os assaltantes. Não há punição para o moço que realiza seu ritual antropofágico.

No último conto resumido pelo juiz há um tema mais complexo e de especial predileção dos poderes censórios em qualquer tempo, que é o das sexualidades tidas por ilegítimas ou heréticas. Nesse particular, cumpre assinalar que os personagens de Rubem Fonseca realizam melhor o amor e tornam-se plenamente felizes apenas no ramo das sexualidades clandestinas, como o adultério, a homossexualidade etc. Não é nenhuma novidade literária em sua ficção, como de resto não é igualmente novidade em toda a ficção contemporânea, o cultivo do tema do adultério. Ainda no século XIX, se reuníssemos os romances que não apresentam este tema, a prosa da ficção do período seria limitada a poucos títulos, vez que ele ocupa boa parte da produção literária do romance europeu dos séculos XVIII e XIX. Porém, a homossexualidade, masculina e feminina, já é um tema bem mais recente na prosa da ficção do período, ao menos na forma desabrida com que vem sendo tratada na modernidade.

O conto intitulado "74 degraus" terá sido, decerto, dos cinco arrolados pelo juiz, um dos que mais o escandalizou. O resumo do conto, por ele preparado, está posto assim:

"74 degraus": Sem motivos revelados, duas lésbicas, Teresa e Elisa, mulheres elegantes, assassinam um homem, Pedro, desertor do Exército e amigo do finado marido de Teresa. Pouco depois, para assegurar a ocultação do primeiro homicídio, elas assassinam Daniel, marido de Elisa, o qual acabara de chegar e procurava saber o que havia dentro do malão, onde elas tinham posto o corpo do primeiro. Não há testemunhas e a narração se faz em crescendo, através das vozes subjetivas, partindo de maldades menores e culminando com os dois assassinatos, ambos perpetrados mediante cabeças das vítimas, que, abaixadas, de nada desconfiaram.

As ações do enredo escolhidas para pôr em relevo a ousadia da narrativa são as seguintes, com efeito:

a) Teresa e Elisa, mulheres elegantes e lésbicas, assassinam um homem;

b) o homem assassinado é Pedro, desertor do Exército e amigo do finado marido de Teresa;

c) Teresa e Elisa escondem o corpo de Pedro numa mala;

d) Daniel, marido de Elisa, chega em casa e quer saber o que há naquele malão;

e) Teresa e Elisa, para assegurar a ocultação do primeiro homicídio, matam também Daniel;

f) as duas mortes foram causadas por pancadas nas cabeças das vítimas, indefesas, por não desconfiarem de nada;

g) não há testemunhas, e tudo, na narrativa, indica que não haverá como incriminá-las.

Como se vê, outra vez o que está em destaque são as chamadas "apologia da violência" e "sugestão de impunidade". Outra vez foi escolhido um conto cujo enredo demonstrasse a ausência de punição para o culpado — ou culpadas, no caso. O agravante deste conto é o fato de as duas assassinas serem lésbicas.

Note-se que, dos cinco contos escolhidos pelo magistrado para demonstrar sua tese — os contos viriam acompanhados da "apologia da violência e sugestão de impunidade" —, este é o único que traz em relevo a marca das sexualidades tidas por ilegítimas. Com efeito, as duas mulheres matam para ficarem sozinhas, para desobstruir o caminho de sua satisfação sexual.

O desfecho deste conto — sempre o desfecho é utilizado pelo juiz como prova cabal da significação que ele empresta ao enredo — é apresentado assim:

(Teresa)
73 Eu senti uma sensação boa, quando batia nele, eu disse para Elisa. Ela também achou bom, mas me disse que estava com medo.

(Elisa)
Pergunto a Teresa o que vamos fazer com os corpos e ela me diz que vamos colocar no carro de Daniel e deixar tudo numa praia deserta. Depois voltamos para casa, jantamos, e mais tarde eu começo a telefonar para hospitais, para a polícia, dizendo que o meu marido não veio me apanhar na casa da minha amiga.

(Teresa)
74 Quando o Pedro esteve comigo no sítio ninguém o viu. Nós não tínhamos cara de assassinas. Nunca seríamos descobertas.

(Elisa)
Então é fácil matar uma ou duas pessoas. Principalmente se você não tem motivo para isso.

Resumindo as leituras feitas pelo juiz nos cinco contos temos:
"Feliz Ano Novo"
a) quanto à apologia da violência:
• os assaltantes, sob mão armada, saqueiam uma residência;
• a dona da casa é assassinada por se recusar a manter relações sexuais com um dos assaltantes;

- chocada com o quadro que se lhe apresenta, uma velhinha morre de susto;
- os assaltantes fuzilam dois homens apenas para verificar o poder de fogo de uma arma nova;
- uma garota recebe murros no rosto e é estuprada;

b) quanto à sugestão de impunidade:
- os assaltantes não são punidos por nenhum dos atos praticados e elencados no item anterior. Outros delitos que ocorrem no conto — fumar maconha, defecar na cama da casa saqueada, falar palavrões etc. — também não são punidos;
- nenhum dos assaltantes sofre sequer um arranhão e não são perseguidos pela polícia;
- de posse do saque, bebem reunidos, comemorando um "Feliz Ano Novo".

Esta é a leitura do enredo feita pelo douto juiz. Vejamos, agora, as ações do mesmo conto, limitando-nos ainda ao enredo, que ele se esqueceu de enumerar. São as seguintes:

- o assaltante Bom Crioulo é referido como assassinado por policiais com "dezesseis tiros no quengo" (p. 10);
- o assaltante Vevé é referido como estrangulado por policiais (p. 10);
- o assaltante Minhoca é referido como torturado por policiais até a morte e depois jogado no Guandu (p. 10);
- o assaltante Tripé é referido como metralhado por policiais até "virar torresmo" (p. 10).

Além do mais, estando com fome, os assaltantes, contudo, não se arriscam a recolher as comidas das macumbas porque são supersticiosos.

Frango de macumba eu não como. (p. 10)
De manhã a gente enche a barriga com os despachos dos babalaôs, eu disse, só de sacanagem. Não conte comigo, disse Pereba. Lembra-se

de Crispim? Deu um bico numa macumba aqui na Borges de Medeiros, a perna ficou toda preta, cortaram no Miguel Couto e tá ele aí, fudidão, andando de muleta. (p. 9)

Os itens agora arrolados dão uma visão bem diversa daquela que procura "sugestão de impunidade". Demonstram também que a chamada "apologia da violência", que o douto magistrado viu apenas funcionando a favor dos assaltantes, é praticada pela polícia: "A barra tá pesada. Os homens não tão brincando" (p. 10). Após essa consideração dos assaltantes, é feita rápida e atroz enumeração de assassinatos praticados pela polícia.

Os assaltantes não ficam impunes sequer das superstições que têm, que os obrigam a deixar de lado a farofa e as galinhas das macumbas por motivos religiosos.

Em suma, o juiz recolheu do enredo apenas aqueles lances que sustentavam sua tese, esquecendo-se dos que comprovariam uma tese contrária. É claro que não podemos admitir que um conto possa ser lido apenas pelo enredo e daí extraída a totalidade de suas significações, ou ao menos a dominante. Mas queremos demonstrar que, mesmo aceitando-se a leitura apenas pelo enredo, aí também ela é equivocada tecnicamente.

"Passeio noturno — parte I"
a) quanto à apologia da violência:
• entediado, o executivo chega em casa e sai para matar algum popular indefeso. No caso, mata uma mulher. Volta, diz que está mais calmo e vai dormir;
• sua família também está num tédio atroz, mas ninguém mais mata ninguém. Ele vai dormir porque "amanhã" vai "ter um dia terrível na companhia". A violência não lhe traz nenhuma gratificação, não lhe resolve nada, tanto que, no outro dia, tudo indica que ele fará o mesmo, isto é, matará outra pessoa. Fica claro no conto que essa arte de matar, utilizando o automóvel, é uma prática de seu cotidiano. Mas o enredo não pode ser encarado como apologia da violência. É preciso forçar demais a interpretação — e

assim mesmo, limitando-se apenas ao enredo — para ver no ato de matar alguém por atropelamento um alívio de certa angústia, um problema resolvido.

b) quanto à sugestão de impunidade:

De fato, não há qualquer alusão a punições, mesmo porque, da forma como está constituído o enredo, não há a possibilidade de se descobrir o assassino. Destaque-se que o impune não é um homem pobre; é um homem rico, de classe social bem diversa daquela que abriga os assaltantes do primeiro conto.

"Passeio noturno — parte II"

a) quanto à apologia da violência:

Vale o que foi escrito a propósito do conto anterior, já que o enredo é muito semelhante.

b) quanto à sugestão de impunidade:

Não há, igualmente, nenhuma referência a sanções, muito embora a tensão desta Parte II seja maior, em virtude de a mulher escolhida para ser atropelada e morta jantar e conversar com o assassino, conhecer seu rosto, seu carro etc. O personagem sente este perigo e repassa-o ao leitor, mas consegue um "final feliz" para seu objetivo.

"Nau Catarineta"

a) quanto à apologia da violência:

O assassinato de Ermelinda Balsemão, realizado por envenenamento, não pode configurar crime que leve à apologia da violência, já que José, o que mata a moça, não o faz por raiva, motivo escuso, assalto ou qualquer outro delito. A morte da moça está fora do plano das sanções porque é parte de um ritual, "acima das leis de circunstância da sociedade, da religião e da ética [...]" (p. 104).

b) quanto à sugestão de impunidade:

Esta narrativa não pode ser incluída no mesmo nível das outras, em que os assassinatos são feitos com outros fins, ou com fins de outra natureza. José não mata para roubar, saquear, prejudicar ou o que quer que seja. Mata apenas, esgotando-se a ação numa coreografia familiar, aceita por determinado grupo social, travestindo-se de um ritual litúrgico. Poder-se-ia punir a antropofagia como rito ou como necessidade? Os viajantes daquele avião que caiu nos Andes não confessaram que comeram os próprios colegas de bordo? Foram punidos por este ato? Poderiam ser? De forma alguma.

"74 degraus"
a) quanto à apologia da violência:
• antes de ser morto com pancadas na cabeça, Pedro esganou Teresa no quarto;
• Pedro espanta-se com a chegada de Teresa à sala, onde ele está com Elisa: "A mulher está viva!" (p. 129). Ele pensou que a tivesse matado;
• Pedro deixa o quartel para "vir ficar perto" do marido de Teresa "quando ele se acidentou";
• Alfredo, o marido de Teresa, era o "ídolo" de Pedro, "desde que ganhou as Olimpíadas";
• quando o seu "ídolo" e amigo morre, Pedro quer voltar para o quartel, mas então "eu já havia sido processado como desertor e me escondi na fazenda onde meu pai é um velho peão".

De modo que, para caracterizar Pedro como desertor, o juiz "esqueceu" este "pequeno detalhe" da vida dele, que deixa o Exército para amparar um amigo no leito de morte.

Não há, de outra parte, uma apologia da violência. Teresa e Elisa livram-se de Pedro e Daniel, matando-os. E ficam as duas juntas, homossexuais que são. Destaque-se que as duas não são da mesma classe social dos personagens de "Feliz Ano Novo". São ricas e elegantes, e sua condição social é dada pelos cavalos caros, a decoração da casa etc. O desfecho é, no caso, claro: "É tão fácil matar uma ou duas pessoas. Principalmente se você não tem motivos para isso" (p. 130-1).

b) quanto à sugestão de impunidade:
De fato, não há nenhuma referência a sanções. Tudo indica, no enredo, que ficarão impunes, já que os assassinatos são realizados sem testemunhas.

O juiz escolheu um terço das narrativas do livro proibido e viu em todas elas "sugestão de impunidade" a transgressores diversos. Extraiu essa "sugestão de impunidade" a partir de destaques do enredo de cada uma delas. De fato, ela ocorre em três das cinco narrativas escolhidas, sendo restrita em "Feliz Ano Novo" ao assalto; há claras evidências, nos diálogos dos assaltantes, de que a impunidade não é uma constante. Como se vê, foi necessário desprezar referências explícitas, presentes nas falas dos personagens do conto-título, para elencar tal narrativa neste rol. A "sugestão de impunidade" de fato ocorre, mas em grau restrito no enredo. Em "Nau Catarineta", como se viu, não é possível tipificar seu enredo como uma evidência de "sugestão de impunidade". Quanto à "apologia da violência" como forma de resolução dos conflitos, ela ocorre claramente só em "Feliz Ano Novo", dentre os contos arrolados. Assim, temos que:

a) aceitando os critérios do juiz para julgar os enredos escorçados, nas cinco narrativas escolhidas há "apologia da violência" e "sugestão de impunidade";

b) retificando os critérios e melhor ajustando-os ao desenvolvimento das narrativas, acolhendo todos os atos do enredo e não só os escolhidos, constatamos "apologia da violência" apenas numa das narrativas, exatamente a do conto-título, e vamos encontrar "sugestão de impunidade" em três das narrativas por ele escolhidas para exemplificar sua leitura.

Nos dois terços restantes do livro[2] — obviamente, a maior parte, reitere-se — o quadro é o seguinte:

a) aceitando os critérios do juiz, temos a "apologia da violência" apenas em um dos dez contos examinados — "O outro" —, e

---

[2] "Corações solitários"; "Abril, no Rio, em 1970"; "Botando pra quebrar"; "Dia dos namorados"; "O outro"; "Agruras de um jovem escritor"; "O pedido"; "O campeonato"; "Entrevista"; "Intestino grosso".

verificamos "sugestão de impunidade", ainda seguindo os critérios do magistrado, somente nessa narrativa;

b) retificando seus critérios e melhor ajustando-os ao desenvolvimento global das narrativas — não mais no escorço sumário dos enredos — *não* encontramos a figura da "apologia da violência" em nenhum dos dez contos examinados. E a "sugestão de impunidade" é constatada apenas em "O outro".

Portanto, no conjunto das narrativas reunidas no livro proibido, acolhendo-se os critérios do juiz, temos a ocorrência de "apologia da violência" em cinco narrativas e "sugestão de impunidade" em seis narrativas.

Conclusão: mesmo trabalhando com os critérios com os quais operou sua leitura do livro proibido, o juiz, caso examinasse toda a obra, e não apenas um terço dela, chegaria a interpretações — embora rudimentares e redutoras, como são todas as interpretações baseadas em quantificações — bem diferentes e em desacordo com a leitura da obra constante da sentença prolatada.

Examinados todos os contos, ainda sob os crivos instituídos pelo juiz — "apologia da violência" e "sugestão de impunidade" — e ajustando seus critérios ao desenvolvimento total dos enredos, e não apenas a um sumário dos atos do enredo de cada conto, teríamos que ocorre "apologia da violência" em dois contos do livro e "sugestão de impunidade" em quatro deles.

Isto posto, temos uma interpretação equivocada, dados os critérios utilizados, tanto na hipótese de acolher-se a dupla de critérios escolhidos pelo juiz quanto na hipótese de retificá-los e ainda assim aplicá-los aos contos todos do livro, com o fim de verificar a ocorrência dos dois itens que lhe são imputados. No primeiro caso, a "apologia da violência" seria registrada em menos de 34% das narrativas. E a "sugestão de impunidade" seria restrita a exatos 40% dos contos.

Na segunda hipótese, a situação fica ainda mais difícil para quem quiser condenar a obra, já que é constatada a "apologia da violência" apenas em menos de 14% das narrativas, sendo que a "sugestão de impunidade" ocorrerá em menos de 27% da coletânea.

Por último, resta lembrar que a "apologia da violência" combinada com a "sugestão de impunidade" ocorre tão-somente em uma das narrativas, segundo os critérios do juiz, retificados por nós para abranger todo o desenvolvimento de cada conto e não apenas a parte do enredo escolhida para amostra. Utilizando-se os critérios dele *tout court*, essa aliança das duas categorias ocorreria em seis das narrativas e seria, ainda assim, minoritária no conjunto dos quinze contos que compõem o livro proibido.

Assim sendo, resta-nos reiterar que a leitura do magistrado é equivocada, mesmo respeitados os critérios que ele próprio instituiu.

Há ainda a questão da sexualidade, da suposta obscenidade dos contos de *Feliz Ano Novo* e do erotismo que impregna sua ficção como breu, questões olvidadas na sentença em nome de um desvio de interpretação tomado pelo magistrado que prolatou a sentença, que preferiu justificar esses temas e a forma desabrida com que são tratados na obra do Autor optando por acrescentar um outro tipo de pecha, qual seja, a de que o livro proibido teria como inconvenientes máximos essas duas alegações: "apologia da violência" e "sugestão de impunidade" para aqueles que praticam transgressões ao longo dos enredos.

Ora, a sexualidade tem sido tema inconveniente aos poderes censórios em qualquer tempo. Na ficção de Rubem Fonseca esse tema desdobra-se em sexualidades tidas por ilegítimas, para usar expressão advinda das leituras de Michel Foucault, e apresenta-se ainda mais incômodo para o exame da autoridade censória, já que os grandes amores na obra desse Autor são vividos à margem da sanção das normas morais que regulam a prática sexual, manifestando-se como poder microfísico das grandes normas que regem o corpo social.

A leitura dos censores, obcecados por encontrar justificativas para uma proibição já feita, sem que necessitassem declinar nenhum motivo, apressada como foi, fez com que esquecessem certas obviedades da ficção moderna e contemporânea e, leigos no tema, descambassem com grifos e notas que poderiam ser razoáveis numa Real Mesa Censória de alguma nação em tempos da Inquisição, mas que vindas à tona nos anos 70 perturbavam muito mais aqueles que as indiciavam do que propriamente o indiciado.

"Eu inventei apenas as palavras. As perversões já existiam."[3] O personagem que está seguro de sua inocência, quando pronuncia essas palavras, espelha uma verdade que os censores não quiseram reconhecer.

A proibição de tantos livros na Velha República constituiu-se numa atrapalhada e descomunal violência do Estado, exercida contra o escritor e a sociedade, na medida em que, interditando tantos autores, impediu os cidadãos de comporem livremente sua dieta de leitura.

Mas registro que será engano concluir que as proibições se deveram exclusivamente a desvios de um autoritarismo epocal. Espero ter demonstrado que a ditadura militar, regime que amparou e promoveu tantas proibições, no que diz respeito, especificamente, aos livros que de algum modo despertaram a ira da censura pela forma como se ocuparam de temas adscritos à sexualidade, não fez muito mais do que lançar mão de um arsenal de normas posto à disposição do Estado, normas essas que pressupõem uma vigilância severa sobre as expressões literárias da sexualidade. Com efeito, os atos da sexualidade parecem ser menos importantes do que sua expressão, já que sobre eles não se faz marcação tão rigorosa. O que causou maior escândalo talvez não tenham sido tanto os atos proibitivos em si mesmos, mas sobretudo a forma como foram praticados, ao serem dispensadas as formalidades legais.[4]

---

[3] O caso Morel, p. 79.

[4] A entrevista concedida pela atriz Marília Pêra a Norma Couri para a revista Playboy (nº 146, 1987, p. 2) dá uma ideia do método de censura antes da "abertura": "Só fui tomar conhecimento da censura com a porrada que levei

Rubem Fonseca pode desapontar alguns leitores, como desapontou os censores encarregados de encontrar em seu texto as razões da proibição, *a posteriori*, por motivos muito semelhantes aos que levaram às proibições de Henry Miller, D. H. Lawrence, Gustave Flaubert, Joyce e tantos outros: não se nega que personagens, temas, falas e comportamentos existam. O que se nega, na essência, é sua expressão, interditada ou banida por camuflagens diversas: não é necessária, não é conveniente; certas coisas podem ser feitas, mas não devem ser ditas e, muito menos, escritas.

No caso da literatura, a questão da proibição indica ainda outras polaridades, que apontam para uma noção anacrônica de literariedade. Nega-se o estatuto literário a uma obra que trate das sexualidades de um modo que jamais se emprega para desqualificar obra diversa que se ocupe de questões menos polêmicas. Pode-se, com efeito, depreciar este ou aquele livro, mas quando a obra em exame trata de sexo fora dos cânones autorizados para sua expressão, negar-lhe estatuto específico é sempre a estratégia mais à mão e mais rapidamente sacada pelos poderes censórios em qualquer tempo.

Nesse particular, nem sempre os escritores mantêm a coerência artística. Flaubert vacilou diante dos tribunais franceses, ao contrário do que certos estudiosos nos querem fazer crer, e acabou sendo enredado por alguns dos pressupostos teóricos aludidos por seus acusadores, que davam a literatura como um instrumento

---

em *Roda viva*, em São Paulo, em 1968. [...] Abri a porta e me deparei com um monte de atrizes, nuas, sendo arrastadas e apanhando daqueles homens bonitos da plateia. Eles agarravam a cabeça de quem passava e batiam contra a parede. Tentei trancar meu camarim, mas eles invadiram tudo, e com soco inglês quebraram minha caixa de maquiagem, a mesinha, o espelho. Voou caco para tudo quanto foi lado. Aí me forçaram a passar por um corredor polonês – eles iam batendo com o cassetete – e fui parar de calcinha e sutiã na frente do teatro Ruth Escobar. [...] Depois do massacre fui entender o que era a "Roda viva", o CCC (Comando de Caça aos Comunistas), o país onde vivia. Fui presa no II Exército junto com a Ruth Escobar, ouvia berros horrorosos a noite inteira, não entendia por quê. Eles queriam informações de gente do teatro, Augusto Boal, Plínio Marcos, da própria Ruth. E eu, que não tinha nenhum envolvimento, passei a ter."

pedagógico. É triste observar, mas no calor da luta o medo às vezes consegue alguns resultados e os censores logram obter muitos avanços. Estrategicamente, ao admitir uma função didática para a literatura, quem recua é o escritor. A ele não cabe educar ninguém. Tal obrigação é do Estado, através de seus aparelhos destinados especificamente a este fim. Os ensinamentos porventura extraídos da leitura de uma obra literária jamais podem ser objetivos principais de um escritor. Tal suposta aprendizagem pode ser, no máximo, uma decorrência de leitura, e está no âmbito dos poderes de quem lê, não de quem escreve. Mesmo porque, se a escritura permanece sempre a mesma, para todos os leitores em todos os tempos, a leitura varia incomensuravelmente, daí a concepção de obra aberta, sua significação variando sem cessar no tempo e no espaço.

Quanto à concepção de que a censura exercida na Velha República não se constituiu como exceção, mas como norma, tenho ainda a esclarecer que houve certamente uma transgressão legal efetuada não pelo escritor, mas pelos agentes da repressão, que proibiram os mais de 500 livros à margem das formalidades da lei.[5] O autoritarismo epocal, ao realizar tantas censuras, aproveitou-se, entretanto, de uma norma civilizatória, que trata a sexualidade com um olhar cheio de suspeitas, temendo uma energia que pode tornar-se incontrolável em suas manifestações.

Quais as águas que vêm cair no monjolo da repressão? Aquelas concepções que proclamam a liberdade de expressão, mas consideram de mau gosto, isto é, antiliterário, expressar o ato amoroso sem nenhuma metáfora ou alegoria. No Ocidente, de modo geral, e na tradição portuguesa, em particular, a mulher amada, por exemplo, é cantada em prosas e versos cheios de metáforas, eufemismos e outras figuras de linguagem que disfarçam seu senti-

---

[5] Para um exame da censura às expressões artísticas vinculadas à sexualidade, lembre-se a censura exercida a torto e a direito num país democrático como os Estados Unidos, onde, na época de ouro de Hollywood, cenas e diálogos que referiam o desejo foram eliminados dos filmes, como informa Gerald Gardner (*Manchete*, nº 1896, de 20 de agosto de 1988, p. 28 e seguintes).

do verdadeiro. A lírica árabe proclama a beleza da mulher amada elogiando suas ancas, enquanto a portuguesa disfarça no mais das vezes o objeto do desejo referindo olhos, pele, cabelos etc. — desde que do pescoço para cima. Quando muito, desce, cheia de cautelas, até os seios, estando o território do corpo feminino sujeito a delimitações geográficas rigorosas em seus traçados. É neste sentido, e apenas neste sentido, que considerei como norma e não exceção a proibição de autores que tomaram as sexualidades como temas ou subtemas, ou apenas a elas aludiram numa linguagem diferente daquela que deles esperava a tradição.

É evidente que, em períodos discricionários, longe de serem aperfeiçoadas certas conquistas da expressão artística, o autoritarismo epocal esquece os avanços e busca os recuos. Mas a questão não é mais literária, então, e sim política. As proibições servem para mostrar quem é que manda, para ostentar poder, para controlar o corpo social, para infundir medo à coletividade através do acossamento de figuras que são tão distinguidas pela admiração do público ou que se notabilizam e emergem por diversas outras razões de algum modo vinculadas a seu ofício de escritores. Ninguém é intocável, parece ser este o recado do poder à coletividade que quer dominar pela força.

De todas as insuficiências deste livro, que não são poucas, uma me preocupa em particular. Ao relê-lo ainda outra vez, percebo que uma vertente foi pouco explorada: examinar os autores proibidos como grandes moralistas, como efígies postas no outro lado da moeda; com certeza, um tema complexo, mas cujas indagações poderiam levar a resultados talvez muito proveitosos para esclarecer as relações da luta pela liberdade contra a repressão. Depois de ler tantas vezes as obras proibidas, especialmente a de Rubem Fonseca, ainda me perturba a epígrafe do livro da autoria do personagem Paul Morel, em *O caso Morel,* assim posta:

> Avertissement. Ce livre n'est pas fait pour les enfants, ni même pour les jeunes gens, encore moins pour jeunes filles. Il s'adresse *exclusive-*

ment aux gens mariés, aux pères et mères de famille, aux personnes sérieuses et mûres qui se préoccupent de questions sociales et cherchent à enrayer le mouvement de décadence qui nous entraine aux abîmes. Son but n'est pas d'amuser, mais d'instruire et de moraliser.[6]

Adianto, contudo, para deixar bem clara minha opinião, que, na hipótese de serem os autores proibidos tomados como moralistas, eles o seriam de um modo oposto àquele exercido por seus censores, evidentemente, e alicerçados numa base ética de outras composições. Pois, entre literatura e repressão, as relações foram, são e serão sempre de conflito, de concepções inconciliáveis.

Para finalizar, um registro atroz: a Velha República constituiu-se no período mais repressivo de nossa história literária e, por uma dessas ironias da história, foi em plena república que as proibições superaram os tristes recordes de proibições, detidos pela Inquisição nos tempos monárquicos.

[6] "Advertência. Este livro não foi feito para crianças, nem mesmo para os moços, muito menos para as moças. Ele se destina exclusivamente às pessoas casadas, aos pais e mães de família, às pessoas sérias e maduras que se preocupam com as questões sociais e procuram travar o movimento de decadência que nos arrasta para os abismos. Seu propósito não é divertir, mas instruir e moralizar."

Documentos

Ação movida pelo Autor contra a União

Petição inicial, deflagradora da ação movida por Rubem Fonseca[1]

Exmo. Sr. Dr. Juiz Federal da Vara

Rubem Fonseca, que também se assina José Rubem Fonseca, brasileiro, escritor e advogado, residente à rua ..., vem propor Processo Ordinário contra a *União Federal*, com base nos fatos e razões de direito que expõe a seguir.

Requer a citação da Ré na pessoa do Sr. Procurador da República, com apoio na Constituição da República, art. 153 § 8º.

Requer prova testemunhal e pericial.

Dá à causa, para efeito de custas, o valor de Cr$ 100.000,00.

Rio de Janeiro, 28 de abril de 1977
Clovis Ramalhete

---

[1] Os documentos aqui transcritos foram obtidos junto ao Ministério da Justiça, 1ª vara Federal do Rio de Janeiro e Tribunal Federal de Recursos.
Por apresentarem erros de ortografia e pontuação, alguns deles foram revisados, a fim de facilitar sua leitura e compreensão.

I. O ato ilegalíssimo

1. O A. é o escritor do livro *Feliz Ano Novo*. Esta sua obra veio a ser objeto de proibição de editar-se, fazer circular e vender, em todo o território nacional. A decisão consta de despacho do Exmo. Sr. Ministro da Justiça, no Proc. MJ-74.310/76 (*DOU*, 17.12.76, p. 16.436).

2. Este ato da autoridade contra a obra do Escritor invoca, mas sem fundamento, "o § 8º do art. 153 da Constituição Federal, o art. 3º do D.-Lei 1.077 de 26 de janeiro de 1970"; e alega, *como motivo*, os exemplares do livro "exteriorizarem matéria contrária à moral e aos bons costumes".

Esta alegação não corresponde à realidade.

3. A proibição de *Feliz Ano Novo* causou espanto. Condenada, logo passou a ser a decisão da autoridade. Em declarações à imprensa manifestaram-se personalidades como o ministro Aliomar Baleeiro; os acadêmicos Afonso Arinos de Melo Franco e Josué Montello; o escritor Guilherme Figueiredo; e o professor Alfredo Lamy Filho, entre outros.

A perplexidade ante a proibição de *Feliz Ano Novo*, e a repulsa a ela provinham de que é errada, inverídica e injusta a alegação de ser obra indecorosa, este livro de contos *Feliz Ano Novo*. Ela ocorreu a um censor de cuja opinião insensata, no entanto, brotou este ato do Ministro de Estado.

4. A *ilegalidade* do ato consiste em que não existe o motivo invocado; e só ele o legitimaria. Em decorrência de não ser existente o fundamento, o ato deve ser dado como insubsistente por sentença; e condenada a União na reparação aos danos que causou ao Escritor com esta ilegalidade.

5. A proibição de circular e vender a obra, seguida da apreensão e sustado o fluxo das suas edições subsequentes já contratadas, tudo inibiu o Escritor quanto ao exercício de sua propriedade autoral. Ela passou a estar sob *esbulho*, dada a *ilegalidade* do ato. Aos casos de *esbulho*, aplica-se o art. 1.541 do Cód. Civil ("Havendo usurpação ou *esbulho* do alheio, a indenização consistirá

em se restituir a coisa, mais o valor das suas deteriorações, ou, faltando ela, *em se embolsar o seu equivalente* ao prejudicado").

A sentença pedida é de nulidade ao ato com a devolução ao A. da sua propriedade autoral; e mais, a indenização pela sustação do direito ao uso, gozo e disposição dela, no período em que lhe esteve esbulhada por ato ilegal da autoridade.

6. Mas não para, então, o dano causado ao A., pois que o Escritor foi ruidosamente apontado à opinião como indecoroso, com dano pessoal à sua reputação. Ora, é "direito moral do autor" a reputação que tenha granjeado (L. 5.988/73, art. 25, n. IV). Tanto que a Lei titula o autor no "direito moral" de ação, para *opor-se* "a atos que de qualquer forma possam [...] *atingi-lo como autor, em sua reputação*". No caso, o dano deste gênero já se encontra constituído pelo ato ilegalíssimo, ora incriminado; e deve ser *arbitrado*, para composição, como requer.

II. Proibição de livro e controle judicial

1. A proibição de manifestação do pensamento constante de certo livro, quando decidida pela autoridade, deve constituir *ato que seja vinculado ao motivo* definido na Lei; sem vinculação a motivo de Lei, o ato fere garantia constitucional (CF, art. 153, § 8º).

No direito vigente, tratando-se sempre de "ato motivado", ele está sujeito ao controle do Judiciário. Este irá além do seu exame formal e externo. Deve ingressar na análise da existência real da motivação do ato; e assim verificar se o ato está em conformidade com a Lei que o determina.

Escreveu Pontes de Miranda em comentário ao § 8º do art. 153, parte final ("Não serão, porém, toleradas [...] publicações e exteriorizações contrárias à moral e aos bons costumes"):

"A aplicação da lei a *esse respeito,* ou o cumprimento de ordem ou mandado da autoridade pública, *não afasta a controlabilidade judicial.*" (Com. à Const. do Brasil-1967/69, t. V, p. 167.)

2. Não se cuida de examinar o mérito do ato em área *reservada* à Administração, qual seja a da conveniência ou a da oportu-

nidade do ato. Trata-se, ao contrário, de comando de lei cogente ("Não serão, porém, toleradas" ..., CF, § 8º, art. 153). Em apreensão de livro, não cabe arbítrio à autoridade. Não lhe incumbe verificar conveniência nem oportunidade, para aplicação de lei que lhe é imperativa (D.-L. 1.077/70, art. 1º). O ato só se legitima se vinculado a *motivo de lei*, realmente existente na obra.

3. Demonstrada assim a natureza de "ato motivado", como sendo a deste, que proibiu o livro *Feliz Ano Novo*, tem-se ainda que, de ser "ato motivado", decorre o pleno exame da legalidade dele pelo Judiciário, como consta na jurisprudência assente.

4. Em célebre aresto de 20.12.44, decidiu em definitivo o exc. Supremo Tribunal:

"A apreciação do mérito interdita ao Judiciário é a que se relaciona com a conveniência ou oportunidade da medida, não o merecimento por outros aspectos que possam configurar uma *aplicação falsa* ou *errônea* da lei ou do regulamento, hipóteses que se enquadram de um modo geral na *ilegalidade*, por indevida aplicação do direito vigente." (STF, *RDA*, 2/687).

Este é manifestamente o caso dos autos. Houve indevida aplicação do D.-L. 1.077/70 ao livro *Feliz Ano Novo*. Ele não constitui "exteriorização contrária à moral e aos bons costumes". É o que demonstra o A., a seguir, com a jurisprudência brasileira e a estrangeira, e com a melhor doutrina nacional e forânea.

5. O Supremo Tribunal tem reiterado este entendimento. Cansativo estender exemplos, vale ainda uma citação apropriada ao caso:

"Pode o Poder Judiciário examinar a fundamentação do ato administrativo e, *diante da insubsistência, invalidá-lo.*" (Ac. de 8.5.64, Rel. min. Godoy Ilha. *Rev. do TFR*, v. 4, p. 64.)

6. Igualmente o eg. Trib. Federal de Recursos acompanha este entendimento, quando examina a adequação à lei, dos atos administrativos *motivados:*

"Ato administrativo. Controle do Poder Judiciário. Limites. Legitimidade. O Poder Judiciário não transborda de suas funções específicas quando *confere a veracidade* e a *qualificação legal* dos motivos do ato administrativo. Apurado que os motivos *não existem ou não se ajustam à lei, o ato não pode subsistir."* (Ap. 32.945-GB. Rel. min. Moacir Catunda. *Rev. do TFR*, abr./jun., n. 75/143.)

7. O motivo alegado pela autoridade para proibir *Feliz Ano Novo não coincide com a realidade*. O ato não pode subsistir, desde que demonstrado o *erro* iniciado por algum censor embuçado nas sombras burocráticas, intelectualmente desqualificado para a tarefa, e que fez brotar a decisão do Ministro de Estado para escândalo da opinião nacional, logo solidária com o Escritor e sua obra, *Feliz Ano Novo*, sem motivo nenhum proibida em todo o território nacional.

III. A proibição de Feliz Ano Novo, *julgada pela opinião*

1. Eminentes brasileiros pronunciaram-se sobre este ato do Poder, de inspiração tão infeliz, e em *erro*.

Declara o min. Aliomar Baleeiro:

"Devo a meu amigo Armando Falcão ter conhecido o *Feliz Ano Novo* de Rubem Fonseca [...] 15 contos em que o autor usa da linguagem real dos diferentes meios sociais que o inspiraram — que não me parece pornografia".

Opinam os acadêmicos de Letras Afonso Arinos de Melo Franco e Josué Montello:

"O livro de Rubem Fonseca é na minha opinião uma obra de valor positivo" (Afonso Arinos, da Academia Brasileira e do Conselho Nacional de Cultura — MEC).

"[...] o livro que tem uma dimensão literária como *obra de arte,* que é precisamente o caso de *Feliz Ano Novo* de Rubem Fonseca. Estou certo de que, se o Ministro da Justiça reexaminar o problema, dará ao processo outra orientação" (romancista Josué Montello, da Academia Brasileira. Do Conselho Nacional de Cultura — MEC).

Também repeliram a errada qualificação oficial de *Feliz Ano Novo* como obra "contrária aos bons costumes" o professor Alfredo Lamy Filho; o teatrólogo mundialmente conhecido Guilherme Figueiredo; Carlos Drummond de Andrade, apontado como o maior poeta do Brasil contemporâneo; e outros:

"Rubem Fonseca retrata em sua obra com tintas fortes, que só o artista consegue captar, as contradições e os dramas de um universo em convulsão. Não foi ele quem criou as neuroses [...]" (Alfredo Lamy Filho, jurista, professor universitário).

"[...] [não fosse a censura] e eu continuaria a ignorar esse excelente escritor patrício" (teatrólogo e ensaísta Guilherme Figueiredo).

"Licença para, na pessoa de *quatro grandes,* Antonio Callado, Darcy Ribeiro, Osman Lins, *Rubem Fonseca,* homenagear todos aqueles que no país mantiveram ativo o ímpeto criador da Literatura Nacional" (Carlos Drummond de Andrade).

2. Tais depoimentos, de todos eminentes representativos da Cultura e das Letras do Brasil contemporâneo, antecipam-se àquela perícia, prevista no ordenamento jurídico dos processos. Só formalmente o A. não a pode dispensar. Desde logo, porém, fica demonstrado *o erro* da invocação do "motivo", para a proibição de *Feliz Ano Novo.* A opinião crítica destes intelectuais, de nível cultural e ético que ninguém sobreleva no Brasil, desde logo deixa provado o *erro de motivo,* na proibição da obra.

IV. O livro incriminado, em substância

1. Que se inicie por fixar que o A., o escritor Rubem Fonseca, mereceu o Prêmio Jabuti, da Câmara do Livro do Estado de S. Paulo; o Prêmio Paraná de Contos, instituído pelo Estado do Paraná no governo Ney Braga, atual ministro da Educação. O Escritor, ora posto fora de circulação com seu livro *Feliz Ano Novo,* no entanto, mereceu do Ministério da Educação e Cultura o Prêmio Coruja de Ouro. E de tudo vai a documentação adiante, que não o permite na galeria dos pornógrafos. Eleva-o aos quadros da melhor literatura brasileira atual. Recebeu ainda o Prêmio do PEN Club e, da Fundação Cultural de Brasília, o Prêmio Nacional.

2. *Feliz Ano Novo* — declara a Editora Artenova S.A. — recebeu três impressões de 10 mil exemplares cada. Foram ondas sucessivas de lançamentos: em outubro de 1975; em fevereiro de 1976; em junho de 1976. E "uma nova edição de 10 mil exemplares estava pronta para entrar em máquina quando o livro teve sua circulação proibida" (17.12.77).

Fica desde logo afastada a questão jurídica da constitucionalidade da "censura prévia", no caso; pois que se trata de censura *a posteriori* pela autoridade.

3. *Feliz Ano Novo* reúne quinze contos. Em anexo, o A. apresenta a "súmula" ou entrecho de cada história, mas apenas para encaminhar a leitura do julgador. Não, porém, para substituir o exame e a apreciação da obra pelo juiz, para conferir a presença ou não do "motivo" que fundamentou sua proibição: ser publicação "contrária à moral e aos bons costumes".

4. Ficcionista, Rubem Fonseca traz nos nervos a condição de absorver a realidade social, e devolvê-la em cenas, diálogos, personagens. Um romancista, disse Balzac, carrega seus contemporâneos na mente; e traçou o painel genial da *Comédia humana*, em que reproduziu, inteira, a sociedade romântica, com suas classes, tipos, sentimentos, ideologias, tudo em relações complexas, retratadas numa multidão de personagens, nobres e plebeus, ricos e miseráveis, sonhadores ou avarentos.

5. Rubem Fonseca inclui-se, no momento literário da América Latina, no surto atual da ficção que ultrapassou as fronteiras do continente, nesta galeria de autores em que Julio Cortázar, García Márquez, Vargas Llosa e outros se ocupam no registro da matéria social feita de tragédia e esperanças, na região; e em que, no Brasil, uma geração anterior de ficcionistas, a do "romance social do Nordeste", nos deu as obras de Graciliano Ramos, José Lins do Rego e outros, já incorporadas à história literária. Contista, Rubem Fonseca é impregnado da realidade como em "O pedido"; mas às vezes volta-se transfigurado de fantástico, como no conto "Nau Catarineta"; ambos em nível de serem antologiados pela

posteridade. No entanto, Rubem Fonseca, na véspera de alcançar nova repercussão internacional para a literatura latino-americana, foi atingido por este ato proibitivo da autoridade, lavrado em *erro*.

6. De fato, *Feliz Ano Novo* acaba de ter lançamento na Espanha, contratado pela editora Alfaguara, de Madrid. A referência à conservadora Espanha afasta de qualquer credibilidade os talentos desse censor burocrata que haja inspirado o ato do Poder Público que fulminou a circulação de *Feliz Ano Novo,* no Brasil: a obra vai ser lida na Espanha, a mais tradicionalista sociedade monárquica do Ocidente.

7. Em substância, na saudação unânime da crítica nacional mais autorizada, *Feliz Ano Novo* é uma *obra literária:* "um belo livro, cruel e violento, sim, com personagens e enredos vivos porque seu autor testemunhou [...] um tempo e uma realidade", julga-o, a famosa contista Lygia Fagundes Telles. "Ele apenas retrata, com a sensibilidade extrema que é o dom do artista", assinala Alfredo Lamy Filho.

Sem assinatura — porque no editorial, coluna da opinião oficial do periódico —, o *Jornal do Brasil* manifestou-se sob o título "Limiar do ridículo", a propósito de *Feliz Ano Novo:*

"Um País pode ir mal de censura, pode estar mal de Ministros, mas quando está mal de Torquemadas, até suas fogueiras ardem mal". (*Jornal do Brasil,* em Editorial, 8.1.77.)

V. Censura e história

1. O trágico está em verificar que, na História, tantas vezes se vê a estátua suceder à forca. A sociedade tem alternado julgamentos e remorso.

A história da censura alonga-se por milênios, e veio trocando de objetivos. No começo, por séculos ela perseguiu heréticos; foi quando deuses governavam, por trás dos homens. Depois acusou pensadores políticos e artistas sociais, assim que o Estado liberal cimentou sua ideologia; e proibiu outras. Nos dias atuais, entretanto, as leis, os governos e os juízes passaram a se ocupar com o obsceno. Os heréticos? Sócrates, Jesus, Galileu. Os sociais e políticos? Ao lado de outras, a imensa fila literária, de Baudelaire, Flaubert, Dostoievski, sombras gloriosas, iluminadas até hoje, mas já esquecidos os nomes de seus juízes. Os censores atuais do obsceno? E ouvem-se gemer e protestar um James Joyce, ou um Lawrence malditos ou perseguidos. Calcados pela ignorância poderosa com a proibição ética, livraram-se dela pela força da própria genialidade. Ela os havia tornado videntes dum mundo a nascer.

2. Conclui-se que sempre, depois da censura, logo vem a tolerância, e quanto às mesmas questões dantes perseguidas. Certos padrões do censor de hoje, sobre "obsceno", estarão obsoletos dentro de vinte anos. Tal é a velocidade com que se está modificando o *pudor*, como recebido dos vinte anos anteriores.

VI. A imoralidade na jurisprudência sobre Letras. Critério

1. Para o julgamento de *Feliz Ano Novo*, que se releiam julgamentos de acusação análoga feita a outros escritores no Brasil, na Argentina, nos Estados Unidos. Juízes distanciados e servindo a ordens jurídicas diversas, contudo, acabaram reunidos pela uniforme aplicação do Direito. Eles já assentaram normas do relacionamento de moral e literatura. Abriram caminho ao julgamento de *Feliz Ano Novo*.

É significativo constatar que, afinal, um magistrado brasileiro, uma corte argentina e um pretor norte-americano, em épocas diversas e desconhecendo, um, a sentença do outro, no entanto, todos os três construíram a *mesma* doutrina para a aplicação da norma. E lograram apartar o "imoral" da "obra de arte", a partir da aplicação de igual *método*, ou *critério hermeneuta*.

2. No Brasil, quando da edição em português do romance de Victor Margueritte, *La garçonne*, o editor respondeu a processo; e o livro esteve sob julgamento. A sentença de absolvição, assinou-a o magistrado Vieira Braga, mais tarde integrante do Tribunal do Distrito Federal, então no Rio de Janeiro.

A sentença liberou o livro pois entendeu que o *objetivo* buscado pelo escritor não consistia em conduzir o leitor à degradação; mas em refletir a realidade social que estudava.

"O romance incriminado evidentemente não desperta no homem normal a curiosidade malsã, característica sobre que iterativamente insiste a jurisprudência francesa; não excita e impele o leitor ao vício e à degradação, *nem por outro lado foi com este "objetivo" escrito,* pois na copiosa bagagem de Victor Margueritte tudo concorre para demonstrar justamente o contrário, e, diga-se de passagem, um *livro de arte não deve ser sumariamente julgado por uma palavra, uma frase, um episódio mais ou menos lúbrico,* mas pelo sentido de beleza encerrado *na sua complexidade* [...] Ao escritor, cientista, filósofo, moralista, romancista ou literato é *impossível recusar inteiramente* a independência para desenvolvimento do seu estudo ou criação, tanto na substância quanto na forma." (Sentença citada, como *leading case,* por Nelson Hungria, que a adotou como doutrina. *Com. Cód. Pen.,* v. VIII, p. 320-2.)

3. Na sentença daquele que viria a se revelar um dos maiores magistrados de sua época, Vieira Braga, encontram-se fixados os *critérios* (que os juízes americanos denominam tests, na apreciação de tais casos). O *primeiro:* o *"objetivo" buscado* pelo escritor, que distingue o criador de obra de literatura, o artista, do escrevinhador *que visa diretamente o obsceno* ou o erótico. O critério *teleológico* é amplamente estudado pelos juristas italianos nos delitos contra o pudor público; e inspirou Vieira Braga. E o *segundo:* deve o juiz *não dar ênfase ao detalhe,* mas tomar a *obra* como um todo, ante seu *fim artístico.* O *terceiro: a contrário sensu* do primeiro, a obra não impele ao vício mas resulta em mera fruição pelo leitor, no contato com o temperamento do criador.

4. Tal como o juiz Vieira Braga ao julgar *La garçonne,* quando buscou o *objetivo do escritor* e desprezou enfatizar detalhes, antes tomando-os como do todo da obra, também, em *Feliz Ano Novo,* os críticos, ensaístas e ficcionistas brasileiros, acima referidos, ressaltam o *"objetivo"* de Rubem Fonseca: o de fixar a realidade so-

cial de hoje. E entendem que as cenas ou os diálogos integram a verdade que o escritor busca, em sua parte.

Aqui fica a jurisprudência brasileira.

5. *Na Argentina:* A Cámara de Apelaciones de Buenos Aires, decidindo sobre igual acusação ao romance de Victor Margueritte, decidiu que:

"tratándose de una obra extensa y complexa por definición, *sólo de su conjunto* puede deducirse si se trata de una producción *'destinada'* a herir el pudor público, o de la expresión de ideas o nociones científicas, filosóficas o simples conceptos de arte y de belleza. Por conseguiente, la existencia dentro de un libro, de episodios licenciosos, aún cuando parezcan excesivos, no puede servir, por si sola, para calificar la obra de obscena, *si la 'finalidad' ideológica del mismo,* del género de la obra con relación a esos episodios, de la forma sincera de la expresión artística y de la propia posición, a veces, del autor, en las letras o en el arte, surge, sin dificultad, que se trata de una obra de ciencia, de estudio o de poesía".

6. A sentença da Corte de Buenos Aires (publicada em *Fallos,* t. II, p. 450 e segs.) integrou-se nos critérios de interpretação para a aplicação da lei penal, no delicado tema de apartar o "imoral" do "artístico". E de tal modo esta sentença representa o pensamento jurídico argentino, que ela se vê transcrita por inteiro no *Tratado de Derecho Penal* de um dos maiores penalistas do continente, que é Euzebio Gómez (*Tratado de Derecho Penal,* 1940, v. 3, p. 232-3), tal como a de Vieira Braga, por Nelson Hungria.

7. Ambos os arestos adotam a doutrina *teleológica da obra,* para o julgamento. Tal como os críticos brasileiros veem *Feliz Ano Novo,* também a Corte de Buenos Aires assevera a licitude do desenvolvimento do tema pelo escritor, quando não tenha por "finalidad ideológica" ferir o pudor público, mas sim a "expresión de ideas", em "forma sincera de expresión artística".

Na jurisprudência argentina, este *leading case* adota o critério *teleológico,* para identificar o pornógrafo grosseiro e apartá-lo do escritor social.

8. *Nos Estados Unidos:* Admirável a humildade do *justice* Woolsey ao decidir o caso "Estados Unidos *versus* um Livro intitulado *Ulysses*". A obra era acusada de obscenidade pelos oficiais aduaneiros. Não cabe aqui a exposição nem da competência quase judicial desses funcionários, nem a da lei de tarifas postais, que nos Estados Unidos ensejam censura disfarçada. Vale surpreender, porém, um grande juiz confessando sua dificuldade em entender Joyce e a necessidade de guiar-se pelos críticos para alcançá-lo. Afinal, o *justice* diz que apreendeu a obra e o criador, graças aos intérpretes e analistas literários. E deu-se por habilitado para julgá-lo.

Exemplar magistrado esse, que honra o ofício de homens que julgam homens. Ei-lo julgando Joyce e seu *Ulysses,* acusado de obsceno:

> *Ulysses* não é um livro fácil de ler e menos ainda de compreender. Muito porém se tem escrito, a título explicativo, sobre ele, e para ter melhor compreensão do seu conteúdo, é conveniente ler-se alguns desses livros, que podem ser considerados satélites. De qualquer maneira, o estudo de *Ulysses* representa uma tarefa pesada.
>
> III. Não obstante, o prestígio do livro na literatura mundial constituía uma garantia prévia do tempo que lhe devia dedicar, *para determinar em primeiro lugar qual era a essência do seu conteúdo e qual o 'propósito' com que havia sido escrito.* Quando se alega que um livro é obsceno, deve determinar-se primeiramente *se a intenção de seu autor foi a de escrever uma obra pornográfica, quer dizer, destinada a explorar a obscenidade.*
>
> Se chegarmos à conclusão de que esse livro é pornográfico, estarão justificadas as medidas que se tomem contra ele. Mas em *Ulysses,* não obstante a rudeza pouco comum com que foi escrito, não encontro traços do sensualismo. Em consequência, sustento que não é um livro pornográfico. (*Bill of rights reader. Leading constitucional cases,* de Milton R. Konvitz, Cornell University Press).

9. Tal como o juiz brasileiro Vieira Braga e tal como a Corte argentina, também o *justice* Woolsey adotou o critério teleológico.

Se o *"objetivo"* buscado pelo escritor foi obscenidade, o livro será contrário à moral. Mas se a *finalidade* procurada foi outra, como, por exemplo, a de retratar a realidade social à volta, trata-se então de "obra literária" cujo desenvolvimento exige liberdade criadora na linguagem, no detalhe, nas cenas.

10. Aí ficam estes exemplos de decisão judicial. São representativos da consciência jurídica universal, com o mesmo critério de distinguir da "arte", o "obsceno". Esta é a questão do caso de *Feliz Ano Novo*, dita "obra de arte" pelos homens de letras de alta reputação, mas condenado, por "contrária à moral", por um censor anônimo pendente da árvore burocrática e aprovado pelo Ministro da Justiça.

VII. O obsceno, na doutrina jurídica

1. Não só a Jurisprudência Comparada, mas também a melhor doutrina em âmbito internacional já cristalizou *critério* para a aplicação de lei repressora do *obsceno,* em objetos ou escritos; e sabe-se separá-lo da *arte*. Como visto nas decisões, no Brasil, na Argentina e nos Estados Unidos tal critério recomenda que o julgador pesquise o *"objetivo" pretendido pelo criador da obra.* Ou criar "obra de arte" é a finalidade; ou o "obsceno" *em si mesmo* animou a intenção do autor.

2. Numa coleção de estampas que figure "posições" para a cópula, a "finalidade" de tais gravuras é *obscena,* segundo os padrões da moral corrente. Mas a condenação não decorre do tema. Não é a representação do coito, o tema, que se condena nesses desenhos grosseiros. Porque a conjunção carnal também é tema em *Leda e o Cisne.* E é guardada em museus. Tintoretto reclinou Leda em leito suntuoso, nele recebendo o Cisne em que Zeus se transformara. O ato sexual, o tema de ambas as criações. Mas a "obra de arte" animou os criadores das inúmeras representações de Leda e o Cisne, na iconografia isenta de condenação.

3. A obscenidade *instrumental,* como detalhe, e posta na obra de arte *não* é punível; mas a obscenidade buscada como *"objetivo"*

em si, esta é punível — doutrina Manlio Mazzanti em *L'osceno e il Diritto Penalle* (Dott. A. Giuffré, Milão, p. 162).

Também em Alfonso Palladino (*La tutela penale del pudore*, Giuffré, p. 47) lê-se que:

> La tutela quindi delle legge è volta salvaguardare la libertà dell'arte o della scienza nel loro valore intrinseco, nel loro manifestazioni più alte e nobili di spressione, *anche* se l'oggetto d'inspirazione e di tratazione ha carattere osceno.

E eis Tintoretto legitimado por criminalistas eminentes (como se o precisasse).

4. A isenção da arte até gerou certa doutrina, a saber, a da sua natureza *amoral*, ou a de que, tratado por ela, o tema logo se *purifica*.

Neste sentido é que Manzini fala da "prevalenza di idee" ou dos "sentimenti artistici",

> per cui l'elemento osceno rimane sopraffatto, e, per cosi dire, *purificato* [...] della venerazione letteraria o artistica, formatosi attraverso i secoli i divenuto parte essenciale della civiltà odierna. (V. Manzini, *Diritto Penale italiano*, v. VI, p. 601.)

5. Como entender, a não ser assim, que a Bíblia não ofende o pudor?

6. A arte literária purifica o tema, por mais veemente que seja a imoralidade dele, tal como no submundo de Dostoievski, de bêbados e viciados, prostitutas, assassinos, neuróticos e jogadores. Em *Crime e castigo*, Raskolnikov justifica o latrocínio, o enredo sugere a arquitetura do "crime perfeito", e o baixo mundo de São Petersburgo abre as sarjetas de pus em torno dum criminoso tornado herói trágico aos olhos do leitor fascinado pelo genial escritor. Raskolnikov, quando foge dele próprio, vai à taberna, encontra o pai de Sônia, um pobre diabo bêbado, que narra entre humilhado, tolerante e furado de remorsos, a própria decadência e a da mulher,

e a prostituição da filha que entre névoas ele diviniza e lamenta. Trata-se de uma das páginas mais densas de arte, na ficção de todo o mundo nestes duzentos anos. Como, no entanto, acusá-la de *imoral?* Como não ver nesses subterrâneos humanos e nesses frangalhos da sociedade, a não ser a imensa arte de Dostoievski, feita de piedade, dores sociais e revolta? — "L'elemento osceno rimane sopraffatto, e, per cosi dire, *purificato"!* — assinala Manzini.

VIII. O caso judicial de Feliz Ano Novo

1. No caso presente, o A., escritor do livro *Feliz Ano Novo,* obra de circulação proibida no País, traz ao processo sua pretensão de controle judicial da existência, ou não, do motivo deste ato do Poder Público. Trata-se de *ato motivado,* que se vinculou à hipótese definida em lei, e pelo ato referida, mas cuja existência na obra, o A. contesta, a crítica literária contesta.

2. O caminho encontra-se aplainado. A opinião autorizada sobre o mérito literário desta obra chega a este pretório pelas vozes mais eminentes do Brasil. Trata-se, em *Feliz Ano Novo,* de obra literária cuja acusação de "contrária à moralidade" até causou espanto.

3. Como assinalou Maurice Garçon, a função do juiz de obra de literatura, trazida ao Tribunal por contrária à moralidade, não é a de crítico de arte. Cabe-lhe apenas a aplicação do Direito, mas não a avaliação qualitativa, ou quantitativa, dos talentos do Escritor *(La Justice contemporaine — Les procès de Mocurs à propos de la littérature,* Bernard Grasset, p. 527).

4. Para a aplicação do D.-Lei 1.077/70 ao caso de *Feliz Ano Novo,* e operar a investigação da não ocorrência, no livro, de contrariedade à moral e aos bons costumes, outro caminho não há, a não ser o já apontado universalmente pela jurisprudência e pela doutrina, e acima resumido.

À vista de ambas, *Feliz Ano Novo* deve ser declarado "obra de literatura" puramente, de ficção que espelha a realidade do mundo em que vive o seu Autor — que de outras regiões do orbe é que não lhe virá a matéria literária. Verificada assim a inexistência do *moti-*

vo legal da proibição da obra, deve a sentença julgar procedente a ação e declarar a insubsistência do ato da autoridade, por ilegal.

IX. O pedido

1. O A. requer sentença em que seja declarada a insubsistência, por ilegal, do despacho do Proc. MJ-74.310/76, que proíbe a edição, circulação e venda do livro *Feliz Ano Novo* no território nacional — provado neste Processo que o ato foi lavrado sem o motivo de Lei alegado. E que a sentença condene a União a indenizar o A., a dois títulos: 1º) por dano patrimonial, decorrente da ilegal apreensão do livro, suspensão de vendas e proibição da reedição, contratada ou não, indenização pecuniária a ser arbitrada (Cd. Cv., art. 1.059, c/c 1.533 e outros, aplicáveis); 2º) por dano pessoal à reputação do A. granjeada como escritor, e a ser liquidada como no art. 1.547 e parágrafo do Cód. Civil, c/c art. 25, n. IV da L. 5.988/73; condenada ainda a União em honorários ao advogado do A., equivalentes a 20% do valor da condenação.

Requer prova testemunhal e perícia, esta com dois peritos para os fins autônomos e especializados de: 1º) comprovação da ausência do motivo legal alegado para a proibição do livro *Feliz Ano Novo*; 2º) composição de dano ao A., em decorrência do ato da autoridade, ora incriminado.

Dá à causa o valor de Cr$ 100.000,00.

Clovis Ramalhete

Contestação da União à ação movida pelo Autor

Exmo. Sr. Dr. Juiz da 1ª Vara Federal no Estado do Rio de Janeiro — Proc. n. 9.343

J., em termos. Ao Autor.

A União Federal vem *contestar* a ação ordinária que Rubem Fonseca lhe move pelos motivos que passa a expor:

1. Alega o Autor que sendo o escritor do livro *Feliz Ano Novo*, composto de vários contos literários, o Excelentíssimo Senhor Ministro da Justiça aprovando indicação do Serviço de Censura, por entender versar matéria contrária à moral e aos bons costumes, proibiu sua publicação em todo o território nacional fazendo apreender também os exemplares expostos à venda. Fundamentou-se o ato no § 8º do art. 153 da Constituição e art. 3º do D.-L. 1.077 de 26.1.1970.

2. Sustenta o Autor tratar-se de obra meramente literária sem a conotação apontada conforme reconhecida, por personalidades da grandeza dos ministros Afonso Arinos de Melo Franco e Aliomar Baleeiro, dos acadêmicos Josué Montello e Bernardo Élis e do teatrólogo Guilherme Figueiredo.

3. Assim, embora reconhecendo que a Constituição permite a apreensão de obras contrárias aos bons costumes, entende o ato da

autoridade deve estar *vinculado ao motivo* previsto na lei. Inocorrente, no caso, a decisão ministerial constitui flagrante ilegalidade, suscetível de controle judicial. E este, dada a natureza, por vezes sutil, em separar a obra de arte da manifestação puramente imoral, equacionou o problema jurídico sintetizando-o em termos do *objetivo* visado pelo escritor: constatação da realidade objetiva ou ficcionista; apanágio da degradação e imoralidade. No primeiro caso, por mais fortes que sejam as tintas usadas estará à salvo da proibição incidindo plena no outro.

4. No caso dele, Autor, não visou atentar contra a moral e os bons costumes. Apenas, retratou a realidade do submundo criminoso, e deu vezos à ficção.

5. Alega ainda que a medida excepcional prejudicou-o moralmente em seu bom nome de cidadão e escritor, causando-lhe vários prejuízos de ordem material, como impediu uma nova edição de 10 mil exemplares.

6. Por tudo isto, pede que declarada a ilegalidade do despacho do Sr. Ministro da Justiça seja a União condenada a indenizar o Autor: I) por dano patrimonial decorrente da apreensão e proibição da nova edição do livro; II) por dano pessoal à reputação do Autor, como escritor. Condenada ainda nas custas e honorários de advogado.

7. Solicitadas informações ao Ministério da Justiça vieram estas nas seguintes palavras de seu eminente Consultor Jurídico:

> Consoante expôs a parecerista de fls. [...], o livro em questão fere, de modo brutal, os princípios éticos, a moral de qualquer sociedade estruturada, como aquela encontrada no Brasil.
> Não só a linguagem — mantida em grau de inigualável vulgaridade — como os próprios temas dos contos que integram o livro procuram demonstrar o que de perversão, maldade e objeção mais repulsivas se pode obter estudando as diversas camadas sociais. E, frise-se, só o que é raro, excepcional, na obra expõe, causando, ao leitor mais aberto a ideias, repugnância, apenas.

Contestação da União à ação movida pelo Autor   181

8. Disse o parecerista referido:

O livro denominado *Feliz Ano Novo* é composto de quinze contos autônomos e a mensagem pornográfica não é o seu forte. Muito pior que o linguajar indecoroso é a mensagem transmitida pelo Autor. As expressões usadas ferem e o contexto dos contos podem ser equiparados à figura delituosa prevista no artigo 287 do Código Penal (Apologia de crime ou criminoso).

O primeiro conto, exatamente o que dá nome ao livro, retrata a história de três marginais e a mensagem é a seguinte: Três vagabundos se encontram, fumam maconha, bebem, se masturbam, preparam as armas, discutem um assalto, imaginam assassinar e tecem comentários sobre um outro bandido homossexual. Em seguida saem à rua, roubam um carro, assaltam uma residência em festa, amarram as vítimas, estupram e assassinam uma mulher, matam de susto uma velha, tomam das vítimas tudo o que apresenta algum valor, defecam sobre a cama, alimentam-se à vontade, assassinam dois homens, para ver se eles ficariam presos à parede, estupram outra mulher, recolhem alimentos, voltam para casa e vão comemorar um 'Feliz Ano Novo'.

Todos os contos são do mais baixo nível, merecendo algum comentário, por sua bestialidade e pela sua mensagem negativa.

Vejamos um resumo do conto denominado "Passeio noturno": Um desequilibrado mental, homem de negócios, tem o incrível hábito de passear à noite, em seu carro, comprazendo-se em atropelar pessoas e sossegadamente retornar para o aconchego de seus familiares.

9. Por sua vez assinalou o Sr. Chefe do Serviço de Censura: "Instruí o pedido com uma súmula das histórias, que se nos afigura imperfeita, porquanto não deixa transparecer a causa principal da medida proibitiva, qual seja a linguagem utilizada." Não desejou ele, evidentemente, ofender o sentido de decência predominante no Judiciário, daí haver evitado as expressões de baixo calão, tais como as que, a seguir, a título de amostragem, transcrevemos do conto de abertura que dá título ao livro e que podem ser observadas logo nas primeiras linhas:

[...] elas querem mesmo dar a boceta, mas não têm culhão e mostram o sovaco. Todas corneiam os maridos. Você sabia que a vida delas é dar a xoxota por aí?
[...] você acha que as madamas vêm dar pra você? Ô, Pereba, o máximo que você pode fazer é tocar uma punheta [...]

10. A ação é improcedente. Cabendo ao Estado prover a satisfação das necessidades coletivas, na mecânica constitucional da divisão de poderes cabe ao Executivo exercê-la por duas maneiras principais. Através de atos em que sua ação é limitada pela lei, decorrente de "análise e de solução optativa anteriores pelo legislador", onde o "administrador apenas torna efetiva a solução pré-assentada" (Seabra Fagundes). São os *atos vinculados*.

11. "Noutros casos, a lei deixa a autoridade administrativa livre na apreciação do motivo ou do objeto do ato, ou de ambos ao mesmo tempo. No que respeita ao motivo, essa descrição se refere à ocasião de praticá-lo (oportunidade) e à sua utilidade (conveniência). No que respeita ao conteúdo, a descrição está em poder praticar o ato com objetivo variável, ao seu entender. Nestes casos, a competência é livre ou discricionária."

12. Daí concluir o eminente Mestre:

> A propósito de tais atos *não é possível* cogitar de nulidade relacionada com o *motivo*, com o *objeto*, ou com ambos, conforme a respeito de qualquer um desses requisitos, ou dos dois, para deliberar livremente a Administração.

13. A Constituição, no § 8º do art. 153, como é próprio dos povos livres, prescreveu a liberdade de opinião e de edição. Condicionou, porém, o seu exercício ao respeito às regras morais e aos *bons costumes*, ou seja, àqueles princípios basilares de uma sociedade organizada.

14. Intérprete supremo da definição há de ser, necessariamente, o Estado por seu órgão competente. Só este há de saber — atento e sopesando o contexto geral de suas demais atribuições — o que, em determinado momento histórico, constitui a moral comum.

15. Mais não se precisa dizer para evidenciar que o ato de que se queixa o Autor é de natureza eminentemente *discricionária*.

16. E, como tal, imune à apreciação judicial. Em nosso sistema constitucional, malgrado as vicissitudes por que tem passado, os atos discricionários jamais estiveram sujeitos ao *judicial control*.

17. Assim, *d. v.*, não estava a Administração obrigada — embora o tenha feito espontaneamente — a dar as razões de seu ato. Mas serviu para demonstrar o acerto da decisão.

18. Realmente. Nestes dias em que todos os brasileiros procuram se unir na conquista de nosso grande destino, na procura e fixação de nossas instituições, um ato emanado da Censura é sempre recebido com reservas, ainda quando visando a preservação do bem comum.

19. Estaria neste caso *Feliz Ano Novo* pelas palavras dos ilustres literatos trazidos à colação pelo não menos ilustre Autor, um deles, aliás, com insuspeição e responsabilidade, pois coube-lhe, inclusive, sustentar a nova ordem instituída no País.

20. Mas, representariam aquelas manifestações a mesma opinião sobre a moral e bons costumes que tem a consciência coletiva, pela qual, sim, cabe ao Estado zelar?

21. A literatura reflete o momento econômico e social de um povo. Essencialmente mutável, através de teses e antíteses, os movimentos literários se sucedem através dos tempos. Como expressão ou contestação de uma realidade o surgimento de cada um apresentou maiores ou menores celeumas. Abstraindo o Panteísmo e o Parnasianismo, o Realismo e o Naturalismo foram correntes que abalaram, chocaram o *establishment* então vigorante.

22. O último, sobretudo, pela posição anticlerical assumida, na ocasião em que o Clero mais retrógrado era todo-poderoso, causou a maior devastação. Zola, os nossos Eça, Aluísio Azevedo e Júlio Ribeiro, como antes, Balzac, Flaubert, Stendhal, todos foram sem dúvida precursores de novos tempos.

23. Portanto, a criação literária por mais arrojada que seja, mormente quando contestatória das ideias dominantes, há de ser encarada sempre com a simpatia que as criações da *intelligentzia* suscitam: É a nova luz que se acende.

24. Por isso, a proibição de circulação de obras artísticas ou literárias se há de fazer sempre *in extremis*, com a maior cautela. Antes permitir-se publicações chocantes aos padrões da época do que ser lembrados pela História como obscurantistas. Não podemos nos igualar a países totalitários em que as divergências literárias com as ideias dominantes se ressalvam com internações psiquiátricas ou mesmo expulsão do País.

25. Firmadas tais posições, volta-se ao início, ao Autor e seu livro. Não se lhe nega — nem teríamos competência técnica para fazê-lo — o elevado valor literário já demonstrado em outras obras e reconhecido por aqueles que têm, estes sim, autoridade para julgar e nos inúmeros prêmios literários a ele concedidos por outras obras.

26. O que está em jogo é a coletânea de contos englobados no título *Feliz Ano Novo*.

27. Na verdade, como advertiu o Ministério da Justiça, o que mais choca não é o linguajar — já por si sórdido mormente na constância em que é empregado.

28. É a ideia, o *leitmotiv*.

29. A que conduz? Que luz se acende? Que mensagem positiva encerra?

30. Dir-se-á tratar-se de comportamento ou conversas de subgente, tipos patológicos que o ilustre *Autor apenas grafou*. E daí? Haverá necessidade de dar foros de gente a quem não o é?

31. Face ao exposto, reportando-se às informações anexas, espera a União Federal seja a ação julgada improcedente, condenado o Autor nas custas e honorários de advogado.

32. Protesta provar os fatos narrados por todo o meio de provas admitidas em direito.

Rio de Janeiro, 11 de julho de 1977
Sylvio Fiorêncio
Procurador da República

Perícia da União

O erotismo na literatura: o caso Rubem Fonseca

Afrânio Coutinho
Da Academia Brasileira de Letras

Nós vivemos numa civilização erótica. Supererótica. Erotizante. Evidentemente, o erotismo na vida humana é tão velho quanto o próprio homem. Mas em nossa vida social o erotismo transborda da intimidade para a rua. Envolve-nos sob os mais variados aspectos. Foram os próprios costumes que mudaram. Fala-se mesmo numa revolução da moral consequente à abertura larga nos costumes, ou acompanhando-a necessariamente. Filosofias proclamam e advogam o predomínio de Eros sobre Tanatos, das forças de vida contra as mortíferas, como medida salvadora da civilização em risco de destruição.

A impregnação erótica na vida é vasta e profunda. Não há como reagir (e se deveria? E se conseguiria?).

Observe-se o que fazem os novos métodos utilizados pela propaganda comercial. Em primeiro lugar, a exibição do corpo da mulher, quase pelado, como veículo, estímulo, como mercadoria ou incentivo à propaganda de produtos assim envolvidos por uma aura de sensualidade.

Por outro lado, uma falta de recato nos hábitos, máxime da juventude, em que predomina a mais ampla liberdade, até mesmo certa permissividade e licenciosidade, num companheirismo (ou quase promiscuidade) entre os sexos ou numa liberdade à mulher, muita vez fonte de problemas, conflitos, sofrimento.

Gestos erotizantes, lembrando os movimentos do ato sexual, integram a coreografia de um programa famoso de nossa televisão.

A vestimenta das praias, e mesmo fora delas, tem sido reduzida a um mínimo tal que não se faz mister mais qualquer esforço de imaginação para alimentar a fantasia erótica. Quase desapareceu aquele "manto diáfano da fantasia" que, para o grande luso, deveria "cobrir a nudez crua da verdade".

A linguagem rendeu-se, por sua vez, à invasão de um palavreado outrora guardado para situações secretas ou para a boca pequena. Até o pudor feminino foi destruído ante o uso descoberto e geral, pelas modernas gerações, de palavras antes reservadas aos homens. O mesmo ocorre com os jovens e até meninos e adolescentes.

Uma crescente onda de sexualidade invadiu todos os setores da vida em geral e brasileira em particular. Vive-se sexo hoje às escâncaras.

A tal ponto se chegou que são vistos como "quadrados" ou "caretas" os que não se deixam contaminar pelo modismo do "palavrão", forma de exibicionismo "adulto".

Antes de entrarmos no assunto deste trabalho, para sua melhor compreensão, há que estabelecer definições sobre certos termos correlatos ao assunto, usando-se os dicionários comuns:

Erótico, adj. (lat. *eroticus*). Que se refere ao amor lascivo, sensual, lúbrico.
Erotismo, s.m. (gr. *éros, otos + ismo*). Paixão amorosa, amor lascivo, lúbrico (Laudelino Freire).

Eros (gr.). Amor, amar, deus do Amor (equivalente ao deus latino Cupido).
Erotic, erotical. De Eros. Pertencente ou ligado à paixão de amor. Um poema de amor (Webster).
Érotisme (gr. amor). Amor sensual, gosto pelas satisfações sexuais.
Érotique (lat. *eroticus,* gr. *erôticos,* de Eros, amor). Relativo ao amor; que trata do amor; relativo ao amor sensual, à sexualidade. Poesias eróticas, imagens eróticas, gravuras eróticas, literatura erótica, caráter erótico. Na acepção geral, o termo erotismo significa descrição e exaltação do amor físico. Platão distinguiu um Eros superior e um inferior, o primeiro conduzindo ao amor divino e o segundo ao humano. Neste caso, pode tender à libertinagem, à licença, à obscenidade, à pornografia. Há exemplos em todas as literaturas e povos (*Grand Larousse Encyclopédique*).
Obsceno, adj. (lat. *obscenus*). Torpe, oposto ao pudor, impuro, sensual. Que diz ou escreve torpezas ou obscenidade.
Obscenidade, s.f. (lat. *obscenitas*). Qualidade do que é obsceno. Ato, dito ou coisa obscena. Sensualidade.
Obscenamente, adv. De modo obsceno, indecentemente (Laudelino Freire).
Obscène. Ofensivo à castidade ou modéstia; expressando ou apresentando ao espírito ou vista algo que a delicadeza, a pureza e a decência proíbem; impuro; linguagem obscena, pinturas obscenas. Torpe, impuro, imodesto, luxurioso, dissoluto, libidismo, lascivo, impudico.
Obscenidade. Qualidade daquilo que em palavras ou coisas é ofensivo à castidade ou pureza de alma. Atos ou linguagem obscenos ou impuros (Webster).
Obscène, adj. Que fere abertamente o pudor.
Obscénité, s.f. Caráter do que é obsceno: gravuras, palavras, imagens que ferem o pudor (*Grand Larousse Encyclopédique*).
Pornografar (gr.). Descrever pornograficamente; descrever atos ou episódios obscenos.

Pornografia. Tratado acerca da prostituição. Coleção de pinturas ou gravuras obscenas. Caráter obsceno de uma publicação. Devassidão.
Pornográfico. Relativo à pornografia; em que há pornografia.
Pornografismo. Uso de descrições pornográficas ou obscenas.
Pornógrafo. Aquele que trata de pornografia. O que descreve ou pinta coisas obscenas (Laudelino Freire).
Pornographique. Relativo à pornografia, lascívio, licencioso; livro pornográfico.
Pornography. Literatura ou pintura licenciosa; pintura antigamente utilizada para decorar cômodos destinados a orgias das bacanais (Webster).
Pornografia. Tratado sobre a prostituição. Obscenidade de certas obras literárias ou artísticas; publicações obscenas. Dir. Penal: Produção em público de pronunciamentos, gritos, cantos, livros, impressos, imagens, anúncios, correspondências obscenos ou contrários aos bons costumes. Reprimidos pela lei penal como "ultraje aos bons costumes".
Pornográfico. Obsceno (jornal pornográfico).
Pornógrafo (gr. *pornographos*, de *pornê*, prostituída, e *graphein*, escrever). Que escreve sobre a prostituição; que trata de assuntos obscenos; que diz ou faz obscenidades (*Grand Larousse Encyclopédique*).
Pornô. Bras. pop., por pornografia.
Pornofonia. Bras. neol. Palavra ou expressão obscena; palavrão (Aurélio).

Vemos, portanto, que os sentidos dos termos acima coincidem, quanto ao significado, em algumas das principais línguas ocidentais. O mesmo ocorre em outras.

No Brasil, um neologismo de amplo e corrente uso é o substantivo pornochanchada.

Chanchada é "uma peça teatral burlesca, que visa apenas ao humorismo barato" (*Grande Dicionário Brasileiro Melhoramentos*).

Pornochanchada é a chanchada acrescida de forte dose de erotismo e pornografia.

Palavrão ou palavrada (menos usada) é a palavra obscena, grosseira, suja, de baixo calão ou gíria forte, em geral dita de modo reservado, cochichado por homens, e que as mulheres fingem não conhecer ou se recusam a usar.

Um livro dito pornográfico é aquele que descreve situações eróticas, libidinosas, usando linguagem pornográfica ou chula. Pornográfico é ligado essencialmente à sexualidade. No fundo, procura-se um livro pornográfico como excitante de sensações eróticas, portanto, na prática, como um afrodisíaco. Não pode haver um critério valorativo para saber-se, de maneira exata e indubitável, se uma obra é pornográfica, ou mesmo indecente, porquanto, como disse D. H. Lawrence, autor inglês de um romance considerado uma obra-prima de erotismo, "uma obra pode ser pornográfica para um homem e não ser vista por outro senão como uma obra de comicidade genial". E, mesmo o julgamento pode variar de povo a povo.

É interessante mencionar a definição de "livros maus" que um jornal católico inglês deu há algum tempo:

Em primeiro lugar, "livros intelectualmente maus", isto é, aqueles que contestam intelectualmente a Igreja Católica ou o Cristianismo em geral ou contra assuntos sagrados, e que podem enganar pessoas que "não hajam estudado bastante história ou filosofia de modo a detectar neles erros de princípio, fato ou argumentação".

Em segundo lugar, "livros moralmente maus", que induzem o leitor "a maus pensamentos, atos ou desejos", especialmente aqueles que descrevem ou narram em minúcias atos sexuais.

Terceiro, "livros emocionalmente maus", tais como "estórias de amor barato ou romances exóticos" que estimulam o sonho desperto ou o escapismo. (Martin Jarret e C. R. Kerr. *Critical Quarterly,* Inglaterra, Hull, At The University, 3 (2), Summer 1961.)

Vê-se como o pensamento conservador ou mesmo reacionário pode interpretar os fenômenos da vida. De qualquer modo, acerca da pornografia, duas escolas de pensamento se chocam. É o que afirma David Loth:

> De um lado, estão aqueles que acham que a literatura modela a conduta humana; do outro os que pensam que a literatura meramente reflete o que já está na vida. (Loth, David. *The erotic in literature.* Nova York, Julian Messner, 1961, p. 102.)

É curioso perguntar por que uma obra de arte pictórica ou escultural, exibindo o nu feminino ou masculino não é pornográfica, enquanto o é uma fotografia de mulher nua ou a exibição de órgãos sexuais em revista ou descrição do ato sexual em livro.

Mostrar as nádegas ou seios da mulher em banho, num anúncio de sabonete não é pornográfico, ao passo que o é para muita gente um livro que narre momentos eróticos.

São inúmeras as contradições a esse respeito. Lembremo-nos de que a exibição do beijo era proibida em filmes. Atualmente, o beijo mais erotizado(zante) é comum nos filmes e telenovelas.

Não obstante, a respeito de literatura pornográfica, uma distinção se impõe.

De um lado, estão o objeto ou livro ou revista ou folheto ou filme ou peça teatral, pornográficos, de intenção comercial, que, no propósito de vender em grandes quantidades, visa a despertar ou excitar no ouvinte ou leitor sensações libidinosas ou sensuais. Esse tipo constitui o que em inglês se chama *hardcore pornography*. Existem aos montes em todos os países.

Do outro lado, a literatura erótica, de cunho artístico, em grandes obras, muitas delas verdadeiras obras-primas da literatura universal.

Essa distinção é fundamental para a melhor e devida compreensão do assunto. O erotismo licencioso e libertino, pornográfico, está fora da arte — literária ou pictórica.

Devo dizer que às vezes emprego aqui a expressão "obra pornográfica" simplesmente por uma concessão ao hábito, e não porque esteja de acordo com ele para designar todas as obras do gênero. Como crítico literário, para mim a obra de literatura só deve ser apreciada em termos literários, e ela é boa ou má literariamente, não porque ofenda a moral ou porque descreva cenas ou episódios de natureza erótica ou sexual.

Diz Georges Bataille, um dos mais argutos críticos do tema: "A vida oferece ao homem a volúpia como um bem incomparável. [...] A perfeita imagem da felicidade".

La vie propose à l'homme la volupté comme un incomparable bien
— le moment de la volupté en est un de résolution et de ruissellement
—, c'est la parfaite image du bonheur.

Ora, a grande literatura universal incorpora o erotismo e a voluptuosidade desde os primitivos tempos, e também como uma forma de indagação sobre o homem e seu destino, a vida terrena e o futuro. Fôssemos eliminar a literatura que trata do problema do amor e do sexo e a humanidade perderia, certamente, um de seus mais altos instrumentos de busca e resposta sobre sua natureza mesma. E Freud mostrou a importância da sexualidade no desenvolvimento da vida psíquica do homem.

A literatura de cunho erótico sensual ou amoroso é tão velha e espalhada quanto a própria humanidade. A literatura universal é rica em manifestações de sensualismo, erotismo, pornografia.

Na literatura judaica contida na *Bíblia*, é abundante a veia erótica, a começar pelo extraordinário *Cântico dos cânticos*, do Rei Salomão, e em inúmeras outras passagens e estórias do Antigo Testamento.

Dos hindus, é famoso o *Kama-sutra* (c. V séc. d.C.) por Vatsaiana, da Índia Ocidental, escrito em sânscrito e traduzido em todas as línguas, no qual as regras da arte de se amar se misturam com doutrinação religiosa. Kama é o prazer sexual, e o livro é uma amostra de todos os seus segredos.

Entre os gregos, Anacreonte, Teócrito, Calímaco, Luciano, Aristófanes. Os trágicos e comediógrafos tratam de graves problemas ligados à vida sexual. O incesto, por exemplo, é tema de Sófocles em *Édipo-Rei*, do qual derivou inclusive a adoção por Freud do termo "edipiano" para designar o complexo que marca tão fundamente a estruturação da personalidade e está na origem de muitas neuroses. São notáveis, no particular, as peças *Lisístrata* e *As rãs* do comediógrafo Aristófanes, a *Electra* do trágico Eurípedes, o já citado *Édipo-Rei* de Sófocles.

Entre os romanos, Catulo, Tibulo, Propércio, Horácio, Marcial, Juvenal, Apuleio, Plauto, Terêncio são muito realistas, culminando com Ovídio (43 a.C.-17 d.C.) cuja *Arte de amar* é das obras-mestras da lírica amorosa ocidental, bastante livre, extremamente difundida em todo o Ocidente. O *Satiricon* de Petrônio é o mais famoso romance licencioso da antiguidade, em que se misturam prosa e verso para dar um retrato da orgia romana, destacando-se a extraordinária "Ceia de Trimalcião", episódio imortal, de um realismo inigualável, e que a arte de Fellini imortalizou na tela. São dignos ainda de nota as sátiras de Juvenal e as epígrafes de Marcial, as comédias de Plauto, o *Asno de ouro*, de Apuleio, verdadeiras minas de literatura erótica. Nenhuma obra dos romanos, porém, ultrapassa a narrativa de *Satiricon*, de Petrônio, que descreve, com o maior realismo, levando ao extremo, a vida de orgias da população romana do primeiro século da era cristã, não escondendo as mais variadas formas de intercurso sexual e toda a sorte do que se chamariam aberrações sexuais. De qualquer modo gregos e romanos gozaram, sobretudo os primeiros, de grande liberdade em relação ao sexo, sendo que os gregos chegaram a usar figuras e símbolos sexuais como divertimento para a infância.

Apesar do esforço que a autoridade eclesiástica manteve durante a Idade Média, quando instituiu a regra da flagelação como meio de sustentar o ascetismo e a castidade mormente entre o clero, para o final do período — aproximando-se da literatura e pintura mais realista do Renascimento — a resistência foi vencida aos poucos e generalizou-se um relaxamento moral e sexual. Foi neste momento que surgiu a primeira obra-prima moderna da literatura de conteúdo erótico-pornográfico: o *Decamerone* (1371) de Giovanni Boccaccio (1313-75), o qual, em suas próprias palavras, quis descrever "a vida tal como ela é". É uma série de contos e novelas, em que se dão as mãos o sensualismo, a licenciosidade e o realismo, constituindo uma obra-prima sempre louvada e altamente influente nos futuros ficcionistas. A esta obra seguiram-se outras no Renascimento, de caráter pornográfico ou semipornográfico.

Assim, imitando o *Decamerone*, surgiram *The Canterbury tales*, de Chaucer, na Inglaterra, o *Heptameron*, de Margarida de Valois, na França. Mais ou menos da mesma época são *As mil e uma noites*, da Pérsia.

Desta maneira, continua a linguagem explorando realisticamente o erotismo e a obscenidade; à mesma família pertencem *Les cent nouvelles* (1455), escritas por diversos autores, e, como no *Decamerone*, contadas por vários personagens.

Ainda neste período, a obra gigantesca de Shakespeare, possivelmente o maior criador literário de todos os tempos, está cheia de obscenidades, desde palavras até cenas, situações, temas, tanto nas peças teatrais quanto nos poemas líricos. Um editor inglês, defendendo-se da acusação de publicar pornografia, fez uma lista de vinte passagens do bardo que poderiam ser acusadas como modelos de literatura pornográfica, e mais *Venus and Adonis* por completo. Quanto à linguagem é a mais crua possível em todas as suas obras. Não costumava evitar problemas ou cenas menos decorosas.

Continuando o escorço relativo à chamada literatura pornográfica, deve ser citado o humanista italiano do século XVI Poggio Bracciolini (1380-1459), autor de *Facécias* (1438-52).

Em seguida, devem citar-se três grandes: François Rabelais (1494-1553), Pietro Aretino (1492-1556) e Benvenuto Cellini.

Ao primeiro devem-se o *Pantagruel* (1532) e *Gargantua* (1534), logo incluídas na lista de obras proibidas, pelo choque provocado no seio das autoridades bem-pensantes. Uma de suas propostas era a fortificação de Paris por muros compostos de órgãos sexuais femininos por serem mais baratos que pedras. As estórias de Rabelais tornaram-se matéria universal de pornografia.

Aretino ficou famoso por seu *Ragionamenti* (1536-56), enquanto o grande escultor Cellini, em sua autobiografia, relata a sua vida amorosa em termos francos.

Em sua *Vie des dames galantes* (1665-6), o francês Brantome descreve de maneira bastante livre a vida da corte.

A partir do século XVII, essa literatura tornou-se verdadeira onda, em que se destacaram Voltaire, Swift, Diderot, Schiller, Crébillon (filho), Restif de la Bretonne, Parny, Louvet de Courai, Bertini, Domenico Battachi, Andrea de Nerciat, Godar d'Ancour, John Cleland, Alfred de Musset Balzac, George Sand, William Wycherley, Thomas Otway, John Dryden, William Congreve, Richardson, Fielding, Smolett, Sterne, Mark Twain, etc. Aponta-se como o livro clássico da pornografia inglesa o romance de John Cleland, *Fanny Hill, or memoirs of a lady of pleasure* (1749). Nesta reduzida lista, estão alguns dos maiores escritores de todos os tempos. A todos superaram Casanova, com as suas *Memórias cruas*, e o Marquês de Sade, o grande libertino.

Só no século XVIII, na Inglaterra, por influência crescente do puritanismo, é que começa o hábito de substituir palavras chulas por travessões ou pontilhados (Swift, Sterne), hábito devido, sobretudo, à pudicícia da classe média, a qual crescerá assustadoramente no século XIX, a ponto de se tornar o clima dominante sob a Rainha Vitória. A esse moralismo vitoriano deve a Inglaterra várias legislações cerceadoras da liberdade da literatura, ao pretexto de defender "a moral e os bons costumes". Isso não impedia que o país fosse a pátria de uma das obras-primas da literatura erótica: as já referidas *Fanny Hill ou memórias de uma mulher de prazer* (1749), de John Cleland.

Tampouco, a legislação coercitiva devida à *pruderie* vitoriana impediu que as edições pornográficas se tornassem verdadeira torrente durante o século XIX, com ou sem valor literário.

Entretanto, a figura que ficou como protótipo do pornógrafo, na Europa do século XVIII, foi o italiano Giovanni Giacomo Casanova (1725-1798), cujas *Memórias* tiveram ampla divulgação mesmo em edições expurgadas.

O lado, digamos, das perversões sexuais ficou na literatura, ilustrado com a contribuição do conhecido Marquês de Sade (1740-1814), francês, autor de uma série de obras: *Justine, Os 120 dias de Sodoma, Juliette, Os crimes de amor,* entre outras. Dele resultou uma denominação genérica — sadismo — para toda uma galeria patológica ligada ao sexo, muito bem estudada sobretudo pelo psicólogo inglês Heveloch Ellis, na sua obra monumental *Psychology of sex*. O outro expoente do assunto foi o austríaco Leopold von Sacher-Masoch (1836-1895), ao qual se deve a palavra masoquismo, também definidora de outro aspecto da psicopatologia sexual.

Figura não menos importante pela contribuição que deu ao conhecimento dos problemas de natureza sexual foi Jean-Jacques Rousseau, com suas *Confissões,* nas quais exemplificou o problema da flagelação em suas relações com o erotismo e a sexualidade, problema largamente tratado na literatura do século XIX, tendo deixado traços na obra de diversos escritores, como Thomas Gray, Samuel Taylor Coleridge, Charles Lamb Leigh Hunt, Algernon Swinburne.

Também o homossexualismo tem sido tratado pela literatura: Oscar Wilde, Frank Harris, André Gide, Walt Whitman, Baudelaire, Verlaine, Rimbaud, Radclyffe Hall, Charles McGrow Peter Wilvebloov, Roger Cavement. O incesto, além do grande ancestral que é o *Édipo-Rei* de Sófocles, foi reintroduzido na literatura pelo dramaturgo inglês John Ford. Contemporaneamente por Vladimir Nabokov, em seu romance *Lolita*.

Talvez a obra romanesca de maior penetração como realismo erótico tenha sido, modernamente, a do inglês D. H. Lawrence, *Lady Chatterley's lover,* só comparável à de Henry Miller, *Tropic of Cancer,* e à de Frank Harris, *Minha vida e meus amores.* Todas elas não podem ser definidas como pornográficas, mas sim, como obras literárias de alto mérito estético usando elementos eróticos.

No século XIX, Baudelaire, Verlaine, Lautréamont, Rimbaud, poetas maiores na literatura francesa, também cederam ao erotismo, como Théophile Gautier na prosa. A respeito de poesia amorosa, mais ou menos livre, devem citar-se os ingleses Keats, Shelley e o americano Poe.

Nos séculos XIX e XX, a literatura erótica e pornográfica enche as prateleiras das bibliotecas e, o que é digno de nota, escrita por autores de extraordinário valor artístico. Em especial, o romance contemporâneo é o campo maior de expressão.

Assim: D. H. Lawrence, com *O amante de Lady Chatterley* e outras obras; James Joyce, com *Ulysses*, Oscar Wilde, John O'Hara, James Jones, James Goud Cozzens, Grace Metalions, Lilian Smith, Eugene Field Swinburne, Theodor Dreiser, Frank Harris, James B. Cabell, Sinclair Lewis, Upton Sinclair, John Herrmann, Radclyffe Hall, Thomas Mann, Nabokov, Henry Miller, Louis-Ferdinand Céline, Edmund Wilson, Lawrence Durrell, etc.

A lista não poderia ser completa, dada a quantidade de grandes, imortais, obras literárias, que se podem incluir no grupo de eróticas.

De todas aquelas em que o problema do erotismo é exposto com franqueza, a obra-prima, sem dúvida em literatura de alto nível estético, o ponto culminante, é o monólogo interior de Molly Bloom que marca o fim de *Ulysses* de James Joyce. Aliando pensamento erótico a um novo artifício literário conhecido como fluxo da consciência (*stream of consciousness*), Joyce nos deu uma das páginas mais estupendas de toda a literatura contemporânea. O grande gênio do romance moderno excedeu-se na captação de um momento do ato de pensar enquanto pensa para descrever um movimento comum da alma humana.

No Brasil, a literatura tem tido numerosos momentos de manifestação de erotismo.

A começar pelo poeta barroco Gregório de Matos, que, de acordo com a norma da corrente estética a que se filiou, soube unir religiosidade ou misticismo a lirismo fescenino e pornográfico.

Na fase realista naturalista do final do século XIX, na linha do francês Émile Zola e do português Eça de Queirós, os brasileiros não titubearam em desafiar a pudicícia da época, tratando ousadamente de aspectos de fundo sexual, seja em cenas, seja em termos, seja em enredos. É comum entre eles a figura do padre libertino. Assim, entre outros, os romances de Júlio Ribeiro, Aluísio Azevedo, José do Patrocínio, Rodolfo Teófilo, Domingos Olímpio, Adolfo Caminha. A obra-prima de Raul Pompéia, *O Ateneu* (1888), está referta de passagens eróticas. Com Machado de Assis, o caso difere: dado o seu temperamento delicado e comedido, em vez de expor, ele sugere, e nem por isso o erotismo é menos eficaz. Em escritor mais próximo de nós, Adelino Magalhães, a notação erótica e, mais que isso, pornográfica é uma constante.

Pode-se afirmar que não há escritor brasileiro que não haja pago o seu tributo à força de Eros. Depois do Modernismo de 1922, produziu-se uma ainda maior abertura e um alargamento da área de ação do elemento erótico na literatura. Sobretudo depois das modernas inovações de incorporação à literatura de assuntos até recentemente tidos como pouco literatizáveis, como a vida dos instintos, as manifestações corpóreas, as atividades orgânicas inferiores, que foram libertadas da camada de preconceitos seculares.

Tanto a corrente realista, quanto a psicológica, que emprestaram grande contribuição ao desenvolvimento da ficção brasileira, não hesitaram em apresentar o tratamento dos problemas do sexo contribuindo para levá-los a um público sempre ávido de penetrar os seus mistérios.

Em todos os escritores dos últimos cinquenta anos encontra-se uma justa concepção do problema, separando o estético do moral, e acentuando o julgamento sobre o mérito literário, independente do modo como colocam aspectos relacionados com o sexo, a crueza de linguagem e os episódios — em suma sem que se possa, qualquer que seja a corrente estética a que se filiem, definir como pornográfica.

A literatura brasileira, desde Gregório de Matos e Jorge Amado, está cheia de obras de alto nível artístico, em poesia lírica ou ficção, no conto, na novela e no romance, bem como no teatro, que ilustram a história do erotismo ou da pornografia em literatura, em situações, cenas, palavras. Não será mister exemplificar mais, pois um conhecimento mesmo perfunctório é suficiente para mostrá-lo. Condenaríamos Gregório de Matos pela sua poesia fescenina?

Na classificação da literatura em questão, há que distinguir — como já foi dito acima — o que são literatura erótica e literatura pornográfica. As definições dos dicionários não são claras a respeito. Mas na prática, através do conhecimento da produção literária universal, chega-se facilmente a essa distinção. De um lado, a literatura erótica de valor artístico, e do outro a literatura pornográfica, sem mérito artístico, visando apenas a despertar, como um afrodisíaco, o instinto sexual, e sua intenção é sobretudo comercial. É a já mencionada *hardcore pornography*, ou baixa pornografia, denunciada e sempre perseguida pelas autoridades em nome dos bons costumes e da moral.

Menos no grupo artístico, podemos separar obra de conteúdo erótico sem o uso de palavras nem cenas que tornem "visual" o sentido erótico, mas que transudam erotismo ou sensualismo.

Exemplos típicos em nossa literatura podem ser apontados na obra do máximo escritor brasileiro, Machado de Assis. É ele um escritor "limpo" no sentido de que não explora o erotismo por meio de palavras chãs ou cenas cruas, como, por exemplo, Eça de Queirós. Lembramo-nos do conto "A missa do galo". Ressuma sensualidade da primeira à última linha, mas tudo velado, sob forma de sugestão, de atmosfera, de emotividade, de palavras não ditas mas pensadas numa situação equívoca entre um rapaz e uma moça no despertar do sentimento amoroso proibido, convergindo silenciosamente quase que para um "encontro" de duas sensibilidades à flor da pele, que, Machado, fiel ao seu credo estético, não consente que entre em explosão erótica.

Os próprios *Dom Casmurro, Memórias póstumas de Brás Cubas* e *Quincas Borba* são, de ponta a ponta, romances altamente eróticos e sensuais, tratando de problemas de adultério e relacionamento amoroso, sem deixar escapar uma palavra ou episódio que possam enquadrar-se na condenação de ofensivos à moral e bons costumes.

A literatura reflete o meio social em que surge. O *Satiricon* de Petrônio retratou a corrupta e decadente sociedade romana do baixo império. Terêncio e Plauto, dois maiores, expõem, máxime o segundo, a linguagem corrente dos seus contemporâneos, e é nele que aprendemos o palavreado grosso usado pela sua gente. E Shakespeare, e Cervantes?

Seria um desastre igual aos dos incêndios que destruíram boa parte da produção helênica fôssemos queimar todos os grandes livros da literatura humana só porque contêm palavrões e cenas eróticas.

O escritor Rubem Fonseca, desde o seu livro de estreia *Os prisioneiros*, de 1963, impôs-se no Brasil à crítica e ao público ledor como uma figura das mais importantes das letras contemporâneas. Ao primeiro seguiram-se *A coleira do cão* (1965), *Lúcia McCartney* (1969), *O caso MoreI* (1973), *O homem de fevereiro ou março* (1973), e, recentemente, *Feliz Ano Novo* (1975).

É escritor dotado de extrema sensibilidade e argúcia no captar os costumes de sua sociedade, nossa sociedade. Realista, dominando os recursos que a técnica literária mais recente proporciona ao ficcionista, o quadro que nos oferece é muito vivido e sem ambages. Seu instrumento verbal é rico, fluente, natural e denso, uma língua que todos nós, brasileiros, reconhecemos como nossa, a língua que todos falamos, nos corredores, nos salões, nas ruas, uma língua que estamos, os cem milhões de brasileiros[2], transformando, recriando, renovando dia a dia, hora a hora, minuto a minuto, nas fábricas, nas escolas, nas arquibancadas, uma língua que

---

[2] O perito escreveu isso em 1976; hoje somos quase duzentos milhões.

é dos 53% de jovens que a falam, deturpam, recriam, inventam. Por que podemos dizer pô e paca numa sala e não é permitido escrever essas palavras em um livro? Por que a juventude de hoje foi aberta a todos os segredos do palavreado de calão ou gíria e não pode lê-lo num livro? Não vai nisso uma grande dose de hipocrisia ou puritanismo de epiderme?

Os contos de Rubem Fonseca, em geral, expõem casos que poderiam ser retirados do *fait-divers* dos jornais de todo dia. Casos de violência sexual, sedução, assassinatos, roubos, assaltos, exploração da mulher, corrupção policial, problemas da juventude, exploração de menores, traficância de tóxicos, violências de toda a sorte; isso e muito mais é exposto sem reservas pela imprensa falada, televisionada ou escrita, com a maior riqueza de detalhes e informações as mais despudoradas.

Ora, que material mais adequado encontrará um escritor dotado de raro poder de observação, como é comum no artista, para transpor à letra artística mediante o seu imaginário e o seu estilo. É o que faz Rubem Fonseca. O erotismo e a pornografia que ele expõe não são sua invenção, pertencem à vida que o cerca e a todos nós. A violência, a criminalidade, o abuso, o menor abandonado e induzido ao crime, a toxicomania, a permissividade, a libertinagem, não são criações suas, mas estão aí, na rua, nas praias, nos edifícios de apartamentos, nas favelas. Estão nas deficiências ou inexistência do ensino, na indigência que inclui cerca de 70% de uma população abandonada à sua mísera sorte.

Ao colocar esses e outros vícios na sua literatura ele não inventa nada, apenas reproduz, revela, transfigura, o que está ao seu derredor. Isso pode fazer o artista, graças a sua maior acuidade e poder de penetração. Que diferença há entre Shakespeare escrever *whore* e Rubem Fonseca grafar *puta*? Por que essa recusa a registrar em livro as famosas palavras de "quatro letras", quando elas pertencem à linguagem corrente e todo o mundo as enuncia? Já vai longe o tempo em que era proibido aos menores o uso de tais palavras, o que os levava a procurar conhecê-las por todos os meios à disposição. Todos nos lembramos da volúpia com que íamos aos dicionários à cata de definições para certas palavras que ouvíamos ou que nos eram cochichadas pelos mais velhos no colégio. Quem tem razão é Afonso Arinos de Melo Franco: "O problema é distinguir o obsceno do antiestético" (*Jornal do Brasil*, Rio de Janeiro, 19.1.1977).

Os livros de Rubem Fonseca são obra de arte literária no melhor sentido, seja pela sua língua vivaz e franca, seja pelo uso de todos os recursos técnicos da arte ficcional moderna, seja pela segura e arguta visão dos costumes sociais contemporâneos. Não condena, e não é essa a função da arte; expõe. Se são feios os seus quadros, a culpa não é sua, mas de todos nós, da sociedade que não soubemos ainda liberar das mazelas, que alguns julgam inerentes à natureza humana. A arte de todos os tempos as retratou. Mas, em todos os tempos, houve quem brigasse contra a arte porque assim fazia. Uns pretenderam proibi-la na cidade dos homens. Outros procuravam torná-la, ao contrário, instrumento de ensino do bem ou correção do mal. Outros ainda tentaram impedir a circulação de certos livros, sob pretexto de defender a moral e os bons costumes. E muitos foram à cicuta ou à fogueira, julgados corruptores da mocidade ou ofensivos aos bons costumes ou às doutrinas dominantes.

Curioso é que a Igreja, a primeira a instituir a censura de forma organizada e canônica, não empregou a Inquisição, primordialmente, contra as obras pornográficas. O próprio *Decamerone* foi combatido ou expurgado nos pontos em que ofendia a classe sacerdotal. Quanto à Inquisição (Santa diz bem o sentido) visava a combater os hereges e propagandistas de doutrinas falsas ou contrárias aos cânones teológicos estabelecidos.

Não foi necessário aguardar Freud para sabermos a importância do sexo no funcionamento da máquina humana. Sabe o homem desde a mais remota antiguidade a função relevante do erótico no equilíbrio da personalidade. Tampouco se ignoravam as ligações estreitas entre sexo, erotismo e pornografia. A literatura e as artes universais estão plenas, como apontamos, de documentário comprobatório, testemunho eloquente de que a preocupação com o sexo e o erotismo é de sempre e de todos. É recente o combate às expressões artísticas do sexo. Durante a Idade Média, a perseguição e as fogueiras eram dirigidas e reservadas para os heresiarcas, portanto, decorriam de condenações de cunho doutrinário. A punição visava às heresias, e nunca "extravagâncias" de impudicícia ou afrontas aos bons costumes.

Na mesma linha pode-se colocar a Inquisição dos primeiros séculos modernos. A Mesa Censória condenava cristãos por ofensas à doutrina oficial ou então os judeus e os suspeitos de judaísmo.

Durante e depois da Contrarreforma o esplendor da arte barroca nasceu justamente dos seus impulsos doutrinários de combater as heresias luterana e calvinista a coibir a sua propagação pela Europa e, sobretudo, pelas áreas recém-descobertas da América e do Oriente. A arte barroca caracterizou-se por um dualismo da alma atraída pelos polos opostos do Céu e da Terra, de Deus e do Demônio, do Mundo e do Céu, da carne e do espírito. Essa polaridade da arte barroca recorreu demais ao sensualismo, de um lado, e ao misticismo do outro. Os grandes místicos espanhóis da Idade de Ouro, um São João da Cruz, uma Santa Teresa d'Ávila, escreveram páginas que poderiam ter escandalizado a pudicícia contemporânea, não estivessem elas de acordo com a estética e a poética do tempo. O mesmo encontramos nos grandes dramaturgos, um Calderón, um Lope de Vega, um Quevedo, e em poetas como Góngora. Toda a arte de então reflete esse estado dual da alma. E não foi só na Espanha. O maior artista plástico do barroco, escultor, pintor, arquiteto, o grande italiano Bernini, espalhou pela Roma dos papas uma infinidade de obras em que o sensualismo aparece estreitamente aliado ao misticismo.

A maior de suas obras-primas é precisamente a escultura de Santa Teresa d'Ávila, na Igreja de Santa Maria della Vittoria, em Roma. A extraordinária obra do gênio do barroco é um êxtase da Santa em que o elemento erótico e o sensualismo dominam a face e a postura com a mais audaciosa expressão. Sabe-se que Bernini inspirou-se para executar a peça nas próprias obras da Santa, cuja leitura profunda ele fez ao planejar e executar a escultura.

Ela constitui um hino ao Amor, no caso o amor a Deus, mas que não deixa de encerrar uma alta dose de sensualismo, como se fosse amor físico dirigido a um ser terreno.

A doutrina da Igreja não condenaria o amor, pois se o fizesse iria contra um dado fundamental da natureza humana, a seu ver criada por Deus, que assim rejeitaria sua própria obra.

Como ficou dito, foi o "estúpido século XIX", na definição de Daudet, que implantou a censura aos livros e obras de arte sob o argumento de ofensa à moral e aos bons costumes, tendo em vista evitar a corrupção da juventude.

Tinha um grande precedente: Sócrates, o filósofo, fora condenado à morte bebendo a cicuta, por ser julgado um corruptor da juventude mediante as doutrinas suspeitas que pregava.

O próprio Cristo não fugiu a essa acusação, condenado à crucificação pelos donos do poder judaico em virtude das suas ideias, "subversivas" em relação à ordem ideológica dos doutores do Templo. Os cépticos romanos lavaram as mãos, certamente por não compreenderem tamanho fanatismo.

Em ambos, porém, a culpa foi antes decorrente de ofensas à ideologia oficial.

Mas coube à *pruderie* burguesa e vitoriana da Inglaterra decimononista introduzir esse elemento novo — a censura, com a proibição de circularem para o público os livros que fossem considerados ofensivos à moral da classe dominante e que incentivassem os maus costumes. A proibição incluía livros, folhetos, gravuras, que editores interessados em fazer dinheiro espalhavam pelo Reino Unido e daí para o resto da Europa.

Numerosas foram as leis que o Parlamento inglês aprovou e diversos os livros, algumas obras-primas inclusive, que delas foram vítimas. A classificação geral era de livros ou gravuras "obscenos" ou "pornográficos", mediante os quais se degradava o público, sobretudo a juventude. É claro que a atitude ou a moral responsáveis por essas medidas coercitivas não estavam fora de suspeição, pois a sorte de lesões aos bons costumes se permitia à classe dominante, contanto que à socapa, por trás da cortina. Era um moralismo de fachada ou de superfície. A esse puritanismo burguês é que se deve o manto de hipocrisia atirado sobre a literatura. Dele só derivou uma coisa: a chamada pornografia tornou-se clandestina e aí é que se desenvolveu e floresceu à vontade e mais largamente.

Por volta da metade do século XIX, tanto a Inglaterra como os Estados Unidos produziram leis visando à supressão de livros, considerados obscenos. Na Inglaterra, citam-se as leis de Lord Campbell (1857) e de Lord Cockburn (1868), muito importante foi o *Obscene Publications Act* (1859) e, nos Estados Unidos, a lei de Anthony Comstock (1869). Verdadeiras devastações bibliográficas foram feitas em consequência dessas leis. Outras leis, tanto num quanto noutro país, foram promulgadas, o mesmo acontecendo em várias nações: França, Irlanda, Noruega, Suécia, Dinamarca. Em alguns, é ao Correio que compete a apreensão da literatura chamada "pornográfica".

O interessante, em toda essa legislação persecutória, é que ela se dirigia aos contemporâneos, respeitando os clássicos, entre os quais há farta amostra do que se veio a chamar livros de pornografia ou obscenidade. E o que os estudiosos afirmam é que ninguém, homens, jovens ou mulheres, foi influenciado a agir "pornograficamente" por leituras desses livros.

O certo é que o público sabe distinguir a boa literatura daquela puramente pornográfica, intencional e comercialmente visando à exploração dos instintos com o fito único de fazer dinheiro à custa do consumismo e usando-a como afrodisíaco.

Não é o caso de fazer aqui uma história de alta literatura que sofreu as condenações e perseguições de censura. Mas alguns pontos altos merecem referência.

Na Inglaterra vitoriana: *La Terre* de Zola, *Jude the obscure* de Thomas Hardy, *Esther Waters* de George Moore, *The rainbow*, Wo-

men in love, *Lady Chatterley's lover* de D. H. Lawrence, *Ulysses* de James Joyce, *The picture of Dorian Gray* de Oscar Wilde. Na França, *Les fleurs du mal* de Baudelaire, *Madame Bovary* de Flaubert.

Na Inglaterra e Estados Unidos, os dois mais famosos casos judiciários acerca de livros proibidos foram o de Lawrence, *Lady Chatterley's*, e o de Joyce, *Ulysses*. O processo e julgamento do admirável romance de Lawrence, o mais rumoroso, talvez, da Inglaterra, deu lugar à mais aguda polêmica e discussão pública de que se tem memória. O assunto está hoje acessível em livros: *The trial of Lady Chatterley*, ed. C. H. Rolph, Baltimore, Penguin Books, 1961; e D. H. Lawrence, *Sex, literature and censorship*, ed. New York, H. T. Moore, Viking Press, 1953. O veredito final, pronunciado pelo júri a favor da editora Penguin Books, liberou completamente o livro (1959), que havia sido publicado em 1928. Naquele mesmo ano, igual sentença deu ganho de causa ao livro nos Estados Unidos.

Não vem a propósito reexaminar todos os casos judiciários em torno de livros literários (especialmente romances), provocados por autoridades ou julgando-os ofensivos à moral e aos bons costumes. O que importa assinalar é que, tanto a respeito de *Ulysses* de Joyce, quanto de *Madame Bovary* de Flaubert, ou *Mademoiselle Maupin* de Théophile Gautier, quanto de casos menos literários, como o do romance *Fanny Hill ou memórias de uma mulher de prazer* (de 1749), a razão não esteve nem está do lado da censura ou da proibição, e mais cedo ou mais tarde a liberação foi proclamada.

Fantástico foi que, cinco séculos depois da publicação e divulgação e lido no mundo inteiro, o livro de Boccaccio, *Decamerone*, foi proibido (1922) na Inglaterra e nos Estados Unidos e vários editores foram multados por editá-lo e milhares de exemplares destruídos.

Em toda a polêmica em torno de sexo e erotismo em literatura, a palavra definitiva, a meu ver, foi dada por Oscar Wilde.

No prefácio ao *Dorian Gray* (1890), sentenciou ele, na frase seguinte que pode ser tomada como verdadeiro aforismo a favor da literatura:

There is no such thing as a moral or an immoral book. Books are well written, or badly written. That is all. (Não existe essa coisa de um livro moral ou imoral. Livros são bem escritos ou mal escritos. E é só.)

Em 1895, num dos processos a que foi submetido pela Corte Criminal de Londres, travou-se o seguinte diálogo entre o promotor público e Wilde:

— Essa frase expressa a sua opinião?
— Minha concepção da arte? Sim.
— Então concluo que, por mais imoral que um livro possa ser, se for bem escrito, em sua opinião é um bom livro?
— Sim. No caso do que seja bem escrito de modo a despertar um senso de beleza, que é a mais elevada sensação de que é capaz a criatura humana, se for mal escrito ele só desperta um sentimento de repugnância.

Em verdade, desde Aristóteles, o maior teórico da literatura em todos os tempos, sabe-se que verdade ética e verdade estética são duas vertentes inteiramente distintas e separadas. O próprio Wilde reitera esse ponto de vista em Dorian Gray: "A esfera da arte e a esfera da ética são absolutamente distintas e separadas."

Confundir as duas esferas nos conduz a toda a sorte de fanatismos — morais, políticos, religiosos. A crítica literária, à qual cabe o julgamento estético das obras literárias, não pode subordinar-se a qualquer outro corpo de valores senão os estéticos. E pela expressão de Wilde — um livro bem escrito — o crítico entenderá todo o conjunto de qualidades e recursos ou artifícios estéticos — desde a língua (pois a obra literária é obra de arte de linguagem) até a estrutura, os personagens, o enredo, o tema, o ponto de vista etc., tudo aquilo que constitui o intrínseco da obra literária, e que não se confunde com qualquer doutrina extraliterária, para ser julgada por padrões não estéticos.

A obra literária de Rubem Fonseca tem-se caracterizado por extrema originalidade no que concerne a estilo, técnica narrativa, temática, além de uma busca de renovação que o faz um escritor moderno.

Os seus contos, pelos quais se revela um inovador quanto à técnica, oferecem, sobretudo, um quadro da atual sociedade carioca, e acredito que se possa dizer brasileira, em estado de crise. O momento que vivemos realmente deixa preocupado qualquer observador menos superficial. Não é um quadro lisonjeiro o que nos oferece todos os dias a imprensa escrita, falada ou televisionada. Tem-se a impressão de um mundo em transição: de um lado, uma sociedade que se desmorona, cujos valores ninguém ou quase ninguém mais respeita, e do outro, uma juventude que repele esses valores, mas não conseguiu ainda criar valores novos para orientar e normalizar a sua vida.

Então surgem os *ersatz*, nessa busca angustiada e louca: a violência, os tóxicos, a permissividade, uma liberdade que não passa de liberalidade, a sofreguidão para viver perigosa e aceleradamente na crença de que tudo vai acabar e então é preciso aproveitar o momento.

Qual o papel do escritor? É moralizar, é procurar influir didaticamente para corrigir ou dirigir?

Nunca foi esta a missão do grande escritor, da alta literatura.

Que fez Boccaccio ao fixar os costumes do seu tempo, inclusive do clero?

Retratou-os. E por haver sido fiel, sua obra ganhou perenidade. Foi o retrato de uma época de crise, que pode ser de várias épocas e de diferentes lugares. A literatura é a representação da vida tal como ela é. Não existe para ser corretora do que está ocorrendo na sociedade na qual surge.

Rubem Fonseca situa-se na boa linhagem da ficção universal. O fato de usar quadros da vida real — sexo, violência, miséria — não quer absolutamente dizer que ele os aprove ou desaprove. Simplesmente descreve-os, testemunha-os, usando, para ter mais eficiência artística, todos os recursos que a arte literária antiga e atual coloca à sua disposição. Por isso é bom escritor, é grande escritor. Independentemente da escola ou da técnica de que se vale. E à crítica literária só resta pronunciar seu julgamento baseada na proposta que a obra oferece. É defeso julgá-la a partir de valores que lhe são estranhos, éticos, políticos, religiosos.

Portanto, em resumo, o que deve prevalecer no julgamento de uma obra literária é o seu mérito artístico.

Uma das acusações aos livros de Rubem Fonseca é o uso que faz do palavrão. Ora, o palavrão é tão velho como a humanidade. O *Dictionnaire des injures* é um inigualável acervo de palavras e frases que nós usamos e que os homens sempre usaram. Toda a literatura ocidental e oriental é riquíssima em palavras malditas. Shakespeare, o grande, não as evita quando se fazem necessárias. Este foi o caso do Cambronne de Victor Hugo, quando quis exprimir a sua raiva por uma explosão de linguagem. Ninguém foge a essa necessidade. E as palavras sujas na literatura têm o seu lugar quando são necessárias. Não se justificam pelo simples prazer de escrevê-las. Mas sim pela necessidade e dentro do contexto da obra.

Que impede, que leis impedem um escritor de usar vocábulos que estão na boca de toda a gente, e que as crianças aprendem nas escolas, nas ruas, nas praias, em toda a parte onde haja grupos de pessoas? O palavrão é assim uma explosão emotiva e que tem seu lugar nos contextos adequados.

Há um ponto que não deve ser esquecido a respeito do palavrão: há deles que têm sentido pornográfico numa região e diferente noutra. Exemplos: sacana, homossexual (no Norte) e indivíduo sem caráter ou trocista (no Sul); sacanagem, ato de pederastia (no Norte) e troça (no Sul). É palavra pronunciada por moços em salões no Rio.

Dir-se-á: mas nem todos os escritores os incluem na sua escritura. Certo, mas nem todos os escritores são iguais e obedecem às mesmas regras.

Não existem cenas, como foi dito acima, mais eróticas do que as da "Missa do galo" de Machado de Assis. Todavia, não há lá uma só palavra menos limpa. O mesmo ocorre com "Uns braços", do mesmo autor. O *Dom Casmurro*, também de Machado, é decerto um livro extraordinariamente sensual e em todos os seus ângulos. Inclusive pode-se interpretar toda a psicologia de Bentinho como resultante de um complexo de Édipo não resolvido, como está patente na situação umbilical dele em relação à mãe e a sua volta simbólica ao útero materno, representado pela casa de Mata-cavalos que ele repete no fim da vida ao reconstruí-la no Rio Comprido. A sua atitude em relação a Capitu, o seu delírio de ciúme são decorrências de uma situação neurótica profunda, fruto de um complexo edipiano (não resolvido).

Ora, nem uma palavra feia existe no livro, nem quando trata dos problemas homem-mulher.

Esse modelo não pode nem deve ser seguido por todos os escritores. Cada qual obedece à sua inspiração, a sua visão do mundo, à técnica literária que se lhe afeiçoa ao espírito.

Como condená-lo por isto? Como estabelecer uma hierarquia entre os escritores à luz dessa colocação?

E mais. Por que razão condenam-se uns e deixa-se que circulem outros da mesma tendência? Que julgamento é esse de dois pesos e duas medidas?

Para terminar, na luta entre a arte e a censura, a vitória tem sido sempre, dentro ou fora dos tribunais, a favor da arte: Wilde, Lawrence, Joyce... Todas as obras literárias ditas obscenas foram afinal liberadas. A censura é que foi condenada. E a vitória coube à arte universal, grande, de todos os tempos e lugares.

Quesitos formulados pelo Procurador da República, Dr. Sylvio Fiorêncio
1. O livro *Feliz Ano Novo* ofende a moral e os bons costumes?
2. O que se deve entender por "moral" e "bons costumes", na obra literária?
3. O objetivo exposto no livro conduz o leitor à degradação?

Resposta do Perito do Juiz:
1. Ao primeiro quesito, resposta: Não.
2. Ao segundo quesito, resposta: A obra literária não encerra ataque ou defesa da "moral" e "bons costumes". Retrata ou reflete os costumes da sociedade onde surge, sejam eles "bons" ou "maus".

3. Ao terceiro quesito, resposta: Não. Nenhum leitor foi induzido por um livro à prática de atos de natureza degradante.

Quesitos do Autor
1. O livro de contos *Feliz Ano Novo* contraria a moral e os bons costumes?
2. Na elaboração destes contos, o Autor buscou apenas criação artística? Visou a induzir o leitor ao comportamento e à linguagem de seus personagens?
3. Esta obra encerra poder de persuasão tal, do leitor, que lhe determine o modo de pensar ou o de agir, contrariamente à moral ou aos bons costumes?
4. Quando do lançamento de *Feliz Ano Novo*, a obra literária do Autor compunha-se de mais outros livros? Quais?
5. Estes livros do Escritor, em sua integralidade, contrariam a moral e os bons costumes?
6. O Autor revela-se homem morigerado em sua profissão, hábitos sociais e familiares?

Respostas do Perito do Juiz:
1. Ao primeiro quesito: Não.
2. Ao segundo quesito: Sim, à primeira questão. Não, à segunda.
3. Ao terceiro quesito: Não.
4. Ao quarto quesito: Sim. Diversos outros livros de sua autoria, anteriormente publicados, colocaram ao juízo da crítica literária entre os melhores ficcionistas brasileiros contemporâneos. Os livros são: *Os prisioneiros* (1963), *A coleira do cão* (1965), *Lúcia McCartney* (1969), *O caso Morel* (1973), *O homem de fevereiro ou março* (1973), *Feliz Ano Novo* (1975).
5. Ao quinto quesito: Não.
6. Ao sexto quesito: Sim.

Laudo do assistente técnico do Autor

Exmo. Sr. Dr. Juiz de Direito da 1ª Vara da Justiça Federal

Francisco de Assis Barbosa, nos autos do procedimento ordinário que Rubem Fonseca move contra a União Federal, vem apresentar, nos termos do Código de Processo Civil, o laudo preparado como assistente técnico do Autor.

Pedindo a juntada,

Nestes Termos
P. Deferimento

Rio de Janeiro, 07 de janeiro de 1980
Francisco de Assis Barbosa

1ª Vara Federal — Proc. n. 9.343

Nos termos do Código de Processo Civil, o perito do Juiz e os assistentes técnicos do Autor e do Réu devem conferenciar reservadamente e, havendo acordo, lavrar laudo unânime, prevendo o artigo 431 que "se houver divergência entre o perito e os assistentes técnicos, cada qual escreverá o laudo em separado, dando as razões em que se fundar".

No caso presente, não há divergência entre o laudo do perito do Juiz e do assistente técnico do Autor, como adiante se verá.

Contudo, o assistente técnico da União ratifica a Portaria do Ministro da Justiça, que motivou a ação proposta pelo escritor Rubem Fonseca, prejudicado em seus direitos, pela apreensão de parte da 2ª edição do livro da sua autoria *Feliz Ano Novo* e simultânea proibição de circular em todo o território nacional.

A questão central da controvérsia, do ponto de vista jurídico, cifra-se em saber se o livro é, nos termos constitucionais, "publicação ou exteriorização contrária à moral e aos bons costumes". Tal matéria foi colocada com precisão nos quesitos tanto do Autor quanto da União, esta última indagando se o livro ofende à moral e aos bons costumes, o que se deve entender por moral e bons costumes na obra literária, e se o objetivo colimado no livro conduz o leitor à degradação.

Essa indagação da União teve resposta cabal na longa dissertação do perito do Juiz, professor Afrânio Coutinho, no seu laudo, peça de crítica literária de larga envergadura, com sabor didático, acerca do problema do erotismo como fonte de inspiração criadora. Ao final, faz a análise de *Feliz Ano Novo* e reconhece o seu alto valor, como denúncia, sublinhando: "Os seus contos, pelos quais se revela um inovador, oferecem, sobretudo, um quadro da atual sociedade carioca, e acredito que se possa dizer brasileira, em estado de crise. O momento em que vivemos realmente deixa preocupado qualquer observador menos superficial. Não é um quadro lisonjeiro o que nos oferece todos os dias a imprensa escrita, falada ou televisionada". Daí o conteúdo dos contos, onde há sexo, violência, miséria.

O palavrão, ensina o professor Afrânio Coutinho, tem sido empregado pelos grandes autores da literatura ocidental e oriental. E pergunta: "Que diferença há entre Shakespeare escrever *whore* e Rubem Fonseca grafar *puta*?" Mais adiante: "Os livros de Rubem Fonseca são obra de arte literária no melhor sentido, seja pela sua língua vivaz e franca, seja pela segura e arguta visão dos costumes sociais contemporâneos. Não condena, e não é essa a função da arte; expõe. Se são feios os seus quadros, a culpa não é sua, mas de todos nós, da sociedade que não soubemos ainda liberar das mazelas, que alguns julgam inerentes à natureza humana. A arte de todos os tempos as retratou."

Por fim, cabe acentuar a clareza e precisão com que o professor Afrânio Coutinho se esmerou nas respostas aos quesitos, como decorrência lógica da lição em que se alongou, em torno das variações dos conceitos sobre a moral e os bons costumes, em diferentes estágios da evolução das sociedades, refletidos nas obras literárias. Para ele, *Feliz Ano Novo* não ofende a moral e aos bons costumes nem conduz o leitor à degradação.

Doutra parte, o assistente técnico da União mostrou-se visivelmente embaraçado para enfrentar a matéria. É um tanto sibilina a citação de Alfredo Buzaid de que "a expressão 'moral e bons costumes' já se acha incorporada na legislação, não apresentando dificuldade quanto à sua hermenêutica". O anteparo erudito da sentença, *magister dixit,* Buzaid foi buscar em conspícuos jurisconsultos italianos, que naturalmente desconhecem leis e costumes de nosso País, além do saudoso Nelson Hungria, cuja conceituação de ultraje ao pudor parece envelhecida pelo exemplo configurado de homem ou mulher que se apresentasse em traje de banho de mar desfilando pela Avenida Rio Branco. O que seria aceito com naturalidade em Copacabana tornar-se-ia ultrajante no centro da cidade. No tempo de Nelson Hungria, não havia a tanga, muito menos o *topless...*

A observação vale para mostrar a relatividade dos conceitos sobre moral e bons costumes, a dinâmica de sua constante revisão e atualização de uma para outra época, mesmo de um decênio para outro decênio, de um país para outro país, de uma cidade para outra, e mesmo de um bairro para outro.

Outra citação infeliz: a sentença condenatória do Tribunal de Sena, no tristemente famoso caso da interdição de *Madame Bovary*, de Gustave Flaubert, ocorrido em 1857, processo eivado de perversidade e hipocrisia, onde o juiz, como representante da moral burguesa da época, arvorou-se em crítico literário, nas considerações ridículas em torno de um romance que seria em breve consagrado, dentro e fora da França, obra-prima da literatura moderna. Mais de um livro, aliás, da corrente naturalista pagaria o mesmo tributo pelo que significava de condenação aos preconceitos e injustiças sociais, como o demonstrou o professor Afrânio Coutinho, ao tratar da luta entre a arte e a censura, nos casos de Wilde, Lawrence, Joyce... e quantos mais? Todos acusados como escritores obscenos e dissolventes. Alguns, lidos com os olhos do nosso tempo, parecem escrever com água e açúcar.

A portaria do ministro Falcão traz a data de 15.12.1976. A época (*sic*) já era uma quadrada arbitrariedade; hoje é uma arbitrariedade ao cubo diante da liberação pela censura de tantas obras de teatro e cinema, que estamos assistindo com um atraso de dez anos ou mais, que tinham sido exibidos em quase todos os países, com a única restrição da faixa etária, peças e filmes que absolutamente não atentam à moral e aos bons costumes, nem conduzem à degradação os seus expectadores.

Parecem assim superadas as considerações do laudo do assistente técnico da União, quando diz:

> Isto posto, levando em consideração não só o teor geral do livro como, especificamente, o do conto "Feliz Ano Novo"; as dificuldades doutrinárias existentes; a maior severidade com que, na época, a Administração Federal aplicava a legislação censória, e o inevitável grau de arbí-

trio que se reconhece, nesse terreno, à autoridade pública, a conclusão é a de que não se pode deixar de reconhecer a existência de suficiente motivação jurídico-administrativa para o questionado ato ministerial.

Não chegou o laudo ao extremo de declarar que *Feliz Ano Novo* conduz o leitor à degradação, mas concluiu, ladeando a questão: "pode-se afirmar apenas — e com inteira segurança — que as histórias nele contadas estão longe de sugerir e inspirar ideias alevantadas e bom comportamento a quem quer que seja".

Numa distância de mais de um século, o assistente técnico da União comete o mesmo erro palmar do juiz do Tribunal de Sena — como na história do sapateiro de Apeles —, ao pretender ditar normas éticas e moralizantes para as obras literárias, normas inadequadas e improcedentes, por sinal, e que, além do mais, escapam à natureza essencialmente jurídica do caso em exame, mesmo admitindo como válida a existência de fronteiras afins entre o direito consuetudinário ou escrito, a aplicação das leis e a criação literária, sobretudo no que concerne à liberdade de expressão do pensamento, que é, em última análise, a característica fundamental da democracia, democracia sem adjetivos, pela qual lutamos escritores e juristas.

Não podemos aceitar os conceitos e preconceitos, expostos e defendidos pelo assistente técnico da União. É mais do que evidente que o bom comportamento (tomando-se a expressão como aproximativa do indivíduo bem-educado) não se adquire pela leitura de uma obra literária, como também o mau comportamento. Seria absurda a hipótese de que os assaltantes do Rio de Janeiro, que existem aos montões, desgraçadamente, tivessem feito o seu aprendizado através de um estudo meticuloso de *Feliz Ano Novo*.

A finalidade da obra literária não tem nada a ver com as prédicas da moral e dos bons costumes, pois, na verdade, suplanta a barreira do convencionalismo em uma sofrida e incessante reflexão sobre o homem e suas limitações na sociedade em que atua e exercita sua complexa função de vida. As obras de Marden e Smiles, como os manuais de etiquetas, *O bom homem Ricardo* e quejandos, produtos típicos da moral burguesa, que imperavam por todo o século XIX, não se enquadram como obras literárias. Toda essa moral — será preciso insistir nisso? — foi destruída por duas guerras mundiais. O mundo de hoje é bem diferente, possivelmente melhor, e acreditamos que será ainda melhor no futuro, depois da trágica experiência do racismo, do genocídio, da bomba atômica e da inútil brutalidade da guerra química.

A coexistência (não pacífica) das superpotências e dos países pobres, chamados subdesenvolvidos do Terceiro Mundo, não encontrou ainda, no foro das Nações Unidas, uma solução capaz de eliminar, ou, simplesmente, contornar, o desequilíbrio social, que gera a guerrilha urbana, o terrorismo, o aumento da criminalidade, os assaltos e a violência sexual. Seria lícito imobilizar a literatura, com um cordão sanitário, para que não se contaminasse de tantos crimes e perversões, conservando-se alheia ao mundo em que vivemos, e aos escritores só fosse permitido ver tudo em sua volta com óculos cor-de-rosa?

Claro que não é admissível escamotear a realidade do cotidiano, na crescente progressão do insólito, fenômeno mundial, mais grave, entretanto, nos países subdesenvolvidos, onde a ostentação da opulência de uma minoria como que desafia a miséria da maioria, rotulada de classes menos favorecidas.

A literatura reflete necessariamente os movimentos pendulares da sociedade, tal como aconteceu, por exemplo, com o Naturalismo e com o surgimento de uma nova poética, uma nova novelística, uma nova pintura nos anos que precederam a Primeira Guerra Mundial. Mais tarde, a literatura de protesto do decênio de 1920, na Europa e nos Estados Unidos, num mundo convulsionado pela neurose do "perigo comunista" que a crise de 1929 vai abalar ainda mais, com o descrédito do liberalismo e o advento do nazismo. É preciso não esquecer que Hitler considerou "arte degenerada" tudo que representava o espírito renovador dos anos 20. "Arte degenerada", porque não era moralista. E foi por isso mesmo apontada como licenciosa, depravada, dissolvente e até pornográfica.

A queima de livros significou um retrocesso sombrio à barbárie, numa incrível cadeia de erros contra a liberdade de expressão, última salvaguarda do homem, em meio a tantos conflitos, que o afligem e o levam à suprema degradação, não apenas individual, como coletiva. Um exemplo, o romance de Albert Camus, *La peste* (1947), que retrata as misérias do mundo subdesenvolvido, mesmo depois de firmada a paz mundial, condenado pelos bem-pensantes, ou bem-comportados, embora represente uma das mais impressionantes mensagens contra a alienação dos que acreditam no arbítrio das portarias ministeriais coatoras, como medidas eficazes para a garantia da harmonia social e defesa da moral e bons costumes.

Feliz Ano Novo é um livro vingador. Nele nada existe que possa ser enquadrado como ultraje ao pudor, que se reveste, na sua essencialidade, num ato gratuito de prevenção exibicionista, numa atitude acintosamente desrespeitosa contra o público. Ao contrário, o conto incriminado alerta e defende a população alarmada, inerme e sem defesa, diante da série interminável de atentados impunes. O uso do palavrão é natural, senão imperativo, já que não seria crível que indivíduos marginalizados, originários da lia social, falassem de outra maneira, senão no vocabulário próprio da sua condição social inferiorizada.

Mas isso — repete-se a pergunta — é literatura? E, como tal, deve ser objeto de estudos em uma universidade? Claro que sim. Sobre a qualidade da obra questionada, mais do que a minha opinião pessoal, vale a de intelectuais das mais variadas tendências, como se pode verificar, no corpo do presente processo, além do que disse o professor Afrânio Coutinho, no seu laudo, os protestos contra a apreensão e proibição do livro: Afonso Arinos de Melo Franco, Alfredo Lamy Filho, Lygia Fagundes Telles, Gerardo Mello Mourão, Hélio Pellegrino, Aliomar Baleeiro, Bernardo Élis, Guilherme Figueiredo, Josué Montello, Nelson Werneck Sodré, Roberto da Matta e, *not least*, Adonias Filho, presidente do Conselho Federal de Cultura.

Sobre a leitura em uma universidade, basta o argumento. Pelo horror ao palavrão, deixariam de existir em todo o mundo os centros especializados no estudo da obra de Shakespeare? O vocabulário que Rubem Fonseca conseguiu captar, em pesquisas que certamente não foram nada fáceis, está a pedir um acurado estudo, do maior interesse aos especialistas de epistemologia da linguagem, trabalho científico a ser feito com o mesmo rigor científico com que nas escolas de medicina se empenham professores e alunos nos segredos da anatomia, dissecando cadáveres, às vezes putrefatos. A ciência da linguagem não se compadece dos pruridos de falsos moralistas e preconceituosos pudibundos.

Por conseguinte, minha convicção é que *Feliz Ano Novo* não atenta à moral e aos bons costumes e não conduz o leitor à degradação. Se fosse o contrário, o próprio Autor sofreria como cidadão as consequências da afronta à sociedade, onde continua, como sempre, a merecer de seus confrades de letras a maior admiração, como também das altas classes dirigentes, como homem de empresa, agora alçado às responsabilidades de alto funcionário público, como diretor geral do Departamento de Cultura da Prefeitura da Cidade do Rio de Janeiro.

Passo, a seguir, a responder os quesitos.

Quesitos do Autor:
1. O livro de contos *Feliz Ano Novo* contraria a moral e os bons costumes?
Resposta: Não.
2. Na elaboração destes contos, o Autor buscou apenas criação artística? Visou induzir o leitor ao comportamento e à linguagem dos personagens?
Resposta: À primeira pergunta, sim. À segunda, não.
3. Esta obra encerra poder de persuasão do leitor, tal que lhe determine o modo de pensar ou de agir, contrariamente à moral e aos bons costumes?
Resposta: Não.

4. Quando do lançamento de *Feliz Ano Novo*, a obra literária do Autor compunha-se de mais outros livros? Quais?
Resposta: À primeira pergunta, sim. À segunda: *Os prisioneiros* (1963), *A coleira do cão* (1965), *Lúcia McCartney* (1969), *O caso Morel* (1973), *O homem de fevereiro ou março* (1973), todos do maior interesse literário.
5. Estes livros do Escritor, em sua integralidade, contrariam a moral e os bons costumes?
Resposta: Não.
6. O Autor revela-se homem morigerado em sua profissão, hábitos sociais e familiares?
Resposta: Sim.

Quesitos da União:
1. O livro *Feliz Ano Novo* ofende a moral e os bons costumes?
Resposta: Não.
2. O que se deve entender por "moral" e "bons costumes" na obra literária?
Resposta: A literatura não cuida especificamente da moral e bons costumes. A estética muitas vezes pode colidir com os conceitos da moral e até dos bons costumes, que são, por sua natureza ética e social, mutáveis de geração para geração num mesmo país e, por certo, diferentes de um país para outro país.
3. O objetivo exposto no livro conduz o leitor à degradação?
Resposta: Não. O objetivo do livro, se é que existe, deve ser entendido como um alerta à população, inerme e indefesa, diante de infindáveis assaltos, como o descrito no conto "Feliz Ano Novo". A meu ver, trata-se de uma denúncia, em defesa da sociedade.

Rio de Janeiro, 1º de janeiro de 1980
Francisco de Assis Barbosa
Assistente técnico do Autor,
da Academia Brasileira de Letras e
do Conselho Federal de Cultura

Resumo dos contos

Feliz Ano Novo

Contos de Rubem Fonseca

Súmula das histórias — preparada por Clovis Ramalhete

"Feliz Ano Novo" — É narrativa. Segue do assalto a uma residência luxuosa e em festa. A reunião prévia dos larápios ajustados para o crime. Num auto roubado, rodam à noite pelas ruas. Decidem-se por certa casa iluminada e favorável ao plano. O assalto. A narração é subjetiva, conduzida por um dos assaltantes. A ação é direta, coesa. A linguagem é coerente com a classe social, os costumes e personalidade do delinquente, que é o narrador. (Pág. 8)

"Corações solitários" — Na redação do jornal *Mulher*, ex-repórter de polícia passa a redigir a coluna do "Consultor Sentimental". Ação em dois planos: no subjetivo, intenso, o repórter, em seu esforço para se manter no emprego, mesmo desajustado; no exterior, surge a vida da Redação, o tipo do Diretor, o desenvolvimento da tarefa. Vivacidade, prepara surpresa no desfecho: frustração do Diretor de *Mulher*, cujo intento era um jornal para "mulher classe C", mas certa equipe de cientistas sociais em pesquisa revela que sua folha corresponde a interesse masculino. Por sua vez descobre-se: o próprio Diretor, Peçanha, incluía-se entre "as consulentes". Suas cartas sob anonimato, ao colunista, insinuam desvio de virilidade. O contista serviu-se de linguagem despojada e intensa. (Pág. 17)

"Abril no Rio, em 1970" — Zé defronta-se afinal com a oportunidade de sua vida. Obscuro jogador de futebol, supõe-se igual aos melhores. Só lhe falta ser percebido por alguém, um dos grandes clubes. Domingo seguinte, o jogo do time vai ser assistido por um técnico de clube importante. O escritor conduz o leitor ao universo fechado dos profissionais do futebol. Humedece (*sic*) dum pouco de poesia, o pobre diabo, protagonista do conto, denso de frustrações e esperanças. (Pág. 33)

"Botando pra quebrar" — De relance, um episódio da vida dum egresso de penitenciária. Ele só quer achar trabalho, salário, comida, amor. E bate em portas fechadas. Aceito enfim. E é feito "leão-de-chácara", posto na porta duma boate. Mas é desastrado logo de começo e com o dono da casa. Logo adivinha que vai amanhecer desempregado. Lá dentro, certo grupo de fregueses comporta-se tão mal que merece ser retirado. O ex-detento é chamado. Então, libera tudo o que lhe pesa. Em descarga, nos fregueses, nos espelhos, nos lustres e prateleiras, vinga a vida. Polícia. Na briga, perdeu dois dentes. (Pág. 41)

"Passeio noturno — parte I" — Residência, a noite de um homem de negócios. Tem o costume de sair todas as noites, para uma volta de carro. Em casa, ficam a mulher, a filha e o filho. Revelação: sádico e frio, irá atropelar propositadamente em local deserto. Mata e regressa desabafado. "Parte II" — Incidente casual põe-lhe uma aventureira em contato. Marcam um jantar. À mesa, surpreendente diálogo desprende-se entre os dois. Confissões dissimuladas, agressões; e o leitor, atraído para meias-verdades. Terá ele confessado à desconhecida? É ele um traficante de tóxicos? Leva-a no carro para casa. Ela desce e caminha no escuro da rua. Ele a atropela. (O escritor, contido num clima impassível, aumenta, no leitor, a sensação de tragédia dos passos de seu personagem.) (Pág. 47)

"Dia dos namorados" — Episódio policial: certo pederasta finge ser uma jovem. Faz o *trottoir*. E certo senhor leva-o a um hotel. O travesti inicia com este sua velha chantagem. O truque, porém, é vulnerável ao advogado do senhor, que arrebata o homossexual numa voada de carro, supostamente para atendê-lo. Na polícia, os investigadores trancafiam o desastrado chantagista. O advogado é o obscuro e surpreendente herói deste episódio do vício, na grande cidade. (Pág. 57)

"O outro" — Certo executivo de empresa, às voltas com problemas e negócios, irritado de estafa, vê-se implacavelmente abordado pelo mesmo mendigo. Este é obsedante, frio, súplice, desesperador. Sempre surge, e insiste, domina, desespera, leva-o ao desespero. O homem mata o mendigo. (Pág. 67)

"Agruras de um jovem escritor" — A moça suicidou-se. Sua carta, deixada ao jovem escritor, contém referências humilhantes à literatura dele. O escritor chama a polícia como devia, no caso; mas antes substitui o papel da suicida e escreve outra carta. Termina emaranhado em indícios de autoria do homicídio da amante, invencíveis. Para o leitor (e apenas para o leitor): ele é inocente. (Pág. 73)

"O pedido" — Reencontro de dois pobres diabos. Um, garrafeiro, sente gosto de vingança na humilhação do outro diante dele, pedinte, destruído. Um instante de bondade o inclina ao antigo companheiro, adivinha-se. Mas é fulminado. O outro desastrado aludiu ao filho, que é lembrança mergulhada em ódio. Negada a ajuda. O pobre sai, desolado. O remorso logo leva o garrafeiro à procura do outro. Corre pela rua, quer dar a ajuda, a esmola pedida. Inútil. O amigo se fora. (Pág. 85)

"O campeonato" — Numa época futura e imprecisa. Palor e Chango, em campeonato de conjunção carnal. A linguagem conduz a ação sem qualquer objetivo erótico, apenas tenta o registro de uma idade futura, equipada de outros conceitos e empenhos. (A fantasia do escritor põe a nu o desdobramento vindouro do despudor.) O entrecho desenrola-se num clima fantasista e irônico de literatura futurológica, mas despojada de cientificismo. É página ácida e crítica. Só. A narrativa ataca o tema, com frieza, sem sexualidade, imitando cronistas de campeonato de xadrez. Finas alusões, mal transparentes, referem a ação dos disputantes. (Pág. 91)

"Nau Catarineta" — Nos imensos salões do palácio quase deserto, e assistido pelas tias, quatro velhas, irreais e patéticas, o Primogênito cumpre, num clima entre delírio e realidade, o ritual antigo da família. Após solene ato antropofágico, refinado em levezas, recebe enfim o anel de Chefe e continuador da estirpe. (Pág. 101)

"Entrevista" — "M" e "H" (*homem* e *mulher*). Na troca de frases, a prostituta, com aquele que a havia chamado. De súbito, a mulher põe ao vivo o final violento de sua antiga vida de casada. (Pág. 111)

"74 degraus" — Aos jatos e em sombra e luz, as vozes subjetivas cruzadas empurram a ação. As duas amigas vão desde o ato da mera ruindade gratuita, em ascensão irresistível, e, num clima de delírio, seguem a escalada até o assassinato sem causa. (Pág. 117)

"Intestino grosso" — Nem é conto, nem ensaio, nem manifesto de escola estética. Entre real e fantasista, a repórter entrevista o escritor. O autor? Ou um personagem? Este repele o peso do convencional herdado pela sociedade. Expõe sua visão pessoal do conflito entre a moral média aceita e as forças proféticas já enraizadas no futuro, que alimentam sua obra. (Pág. 136)

Sentença judicial

Procedimento Ordinário
Proc. n. 209.849-0 1ª Vara/RJ
Rubem Fonseca ou José Rubem Fonseca, Autor
(Advogados: Dr. Antônio Fernando de Bulhões Carvalho e
Dr. Alberto Venâncio Filho)
União Federal, Ré
(Procurador da República: Dr. Sylvio Fiorêncio)

Sentença
Vistos e examinados os presentes autos processuais da ação indenizatória que o Dr. José Rubem Fonseca, que também se assina Rubem Fonseca, qualificado à f. 2, promove contra a União Federal.
Na inicial, o Autor, em síntese, alega: a) que, pelo despacho n. 8.401-B, exarado em 15 de dezembro de 1976, no Proc. MJ-74.310/76, o Sr. Ministro de Estado da Justiça proibira a publicação e a circulação, em todo o território nacional, do livro intitulado *Feliz Ano Novo*, de autoria sua, editado pela Editora Artenova S.A., tendo ainda determinado a apreensão de todos os exemplares expostos à venda, sob o fundamento de exteriorizarem matéria contrária

à moral e aos bons costumes (*DOU*, 17.12.76, p. 16.436); b) que esse ato censório veio a causar espanto no seio da intelectualidade pátria, por se mostrar inverídica a imputação de que se tratava de obra indecorosa, o que serve para tornar injurídica a iniciativa ministerial, dada a inexistência do invocado motivo determinante; c) que a proibição ora impugnada importou na inibição do exercício do direito de propriedade autoral, com prejuízos pecuniários, e, outrossim, importou na exibição do escritor como indecoroso perante a opinião pública, com prejuízos morais para a sua reputação pessoal; d) que o cerceamento administrativo ao direito de emissão do pensamento, quando constante de livro, constitui ato inerente ao exercício de poder vinculado a motivo definido em lei, sujeito, por isso, ao pleno controle judicial, e, na espécie vertente, patenteia-se um atentado à liberdade tutelada constitucionalmente; e) que, por obras anteriores, ele fora agraciado com prêmios literários, o que o afasta do rol dos pornógrafos, pois, como ficcionista, traz ele nos nervos a condição de absorver a realidade social, devolvendo-a em cenas, diálogos e personagens, e, no caso específico da coletânea de contos censurada, devem ser levadas em conta a doutrina e a jurisprudência construída a partir de antigos precedentes, segundo a qual a obra de arte se distingue do imoral, porque, naquela, o objetivo de seu criador não se endereça diretamente para o obsceno, devendo abster-se o julgador de dar ênfase a meros detalhes, para considerar a obra como um todo, ante seu fim artístico, que, de tal sorte, não impele ninguém ao vício. Culmina por pedir seja declarada a injuridicidade do ato censório impugnado e seja a Ré condenada a lhe indenizar pelo dano patrimonial e pelo dano moral à sua reputação como escritor.

Na contestação, a Ré, em princípio, alega: a) que o livro em apreço fere, de modo brutal, preceitos éticos de qualquer sociedade estruturada, pois a linguagem vulgar adotada e os próprios temas dos contos procuram demonstrar a perversão e a maldade que se obtêm pelo estudo de diversas camadas sociais, o que chega a causar repugnância ao leitor mais aberto a ideias; b) que pior do que o linguajar indecoroso se apresenta a mensagem transmitida, onde o contexto de alguns dos quinze contos se equipara à figura penal da apologia de crime ou criminoso; c) que o exercício do direito de livre emissão do pensamento está condicionado ao respeito às regras morais e aos bons costumes, princípios basilares de uma sociedade civilizada, onde ao órgão estatal encarregado da censura compete, com exclusividade, o interpretar aquilo que, em cada momento histórico, constitui *a moral do homem médio*, de modo que o ato de censura concerne ao exercício de poder discricionário, insuscetível, portanto, de apreciação judicial mais profunda; d) que não nega valor à pessoa do Autor e que a restrição atinge unicamente a coletânea de contos incriminada, onde a ideia chega a chocar mais do que o linguajar sórdido, sem embargo da constância com que este é empregado no texto. Acaba por pleitear seja a ação julgada improcedente, com as consequências daí advindas.

Profere-se o saneamento e, a requerimento do Autor, realiza-se uma perícia, tendo o perito nomeado pelo juízo e os assistentes indicados pelas partes apresentado seus trabalhos. Em audiência, colhe-se o depoimento pessoal do Autor e, no fim, debatem as partes oralmente, em socorro dos seus respectivos pontos de vista.

Eis o relatório.

Os ordenamentos jurídicos dos povos cultos do Ocidente têm proclamado, com maior ou com menor vigor, o direito subjetivo público de livre emissão do pensamento. No Brasil, a tradição vem desde os tempos da constituição política do Império, mantendo-se ao longo da conturbada fase republicana. E a chamada liberdade de imprensa é uma espécie do gênero liberdade de emissão do pensamento, que a vigente Carta Magna indígena declara ser direito fundamental, chegando mesmo a excluir da censura prévia a publicação de livros e de periódicos, muito embora estatua imperativamente que não serão toleradas as publicações e as exteriorizações contrárias à moral e aos bons costumes (art. 153, § 8º), restrição essa aplicável, inclusive, às letras e às artes (art. 179, *caput*).

Disse Pontes de Miranda:

O primeiro pressuposto para a repressão, para a intolerabilidade, é o de haver ofensa à moral ou aos bons costumes. O 'e' está em vez de 'eu'. O segundo é o de se tratar de ato, positivo ou negativo, público ou que se exteriorize de modo a ter de haver a repulsa. A aplicação da lei a esse respeito, ou o cumprimento de ordem ou mandado de autoridade pública, não afasta a controlabilidade judicial (art. 153, § 4º). (*Comentários à Constituição de 1967*, com a Emenda n. 1, de 1969. 2. ed. São Paulo: Revista dos Tribunais, 1971, v. 5, p. 167.)

Historiados os autos, arrolam-se os fundamentos fáticos e jurídicos que servirão para alicerçar o *decisum*.

A natureza jurídica do ato censório impugnado:
O ato censório impugnado, publicado no *DOU* de 17 de dezembro de 1976, p. 16.436, se corporifica pelo conteúdo do despacho n. 8.401-B, exarado pelo Sr. Ministro de Estado da Justiça, em 15 de dezembro de 1976, no Proc. MJ-74.310/76, pelo qual foram proibidas a publicação e a circulação, em todo o território nacional, do livro *Feliz Ano Novo*, coletânea de quinze contos autônomos, de autoria de Rubem Fonseca, tendo ainda sido determinada a apreensão de todos os exemplares expostos à venda, sob o fundamento de exteriorizarem matéria contrária à moral e aos bons costumes. Essa medida se embasou na motivação expendida no parecer n. 594/76, de 03 de dezembro de 1976, da Divisão de Censura do Departamento de Polícia Federal, que considerava que a obra retratava personagens portadores de complexos, de vícios e de taras, com o objetivo de enfocar a face obscura da sociedade na prática de vários delitos, sem qualquer referência a sanções, valendo-se ainda o Escritor de largo emprego da linguagem pornográfica.

Por conseguinte, para uma adequada solução da espécie vertente, impede, *prima facie,* que se perquira sobre a natureza jurídica do ato censório impugnado, a fim de se determinar se se cuida de ato administrativo praticado no exercício de poder vinculado ou regrado, como sustenta o demandante, ou se se cuida de ato administrativo praticado no exercício de poder discricionário, como sustenta a demandada.

Ora, se a *Lex Maxima* estabelece fundamentalmente, como regra geral, o direito à liberdade de emissão do pensamento e se, por outro, ela estabelece a intolerabilidade das publicações e exteriorizações contrárias à moral ou aos bons costumes, o ato da autoridade pública que, *a posteriori,* proibir a publicação e a circulação de uma obra literária, por conter a mesma matéria contrária à moral ou aos bons costumes, há de ser necessariamente um ato administrativo praticado no exercício de poder vinculado ou regrado, vez que a norma condiciona a expedição de tais atos aos elementos constantes do texto normativo (cf. Hely Lopes Meirelles. *Direito administrativo brasileiro.* 3. ed. São Paulo, Revista dos Tribunais, 1975, p. 86), conquanto possa o ato estar colorido de uma certa dose de discricionariedade, porque a divisão do poder administrativo em poder vinculado ou regrado e poder discricionário não é absoluta, subsistindo sempre uma faixa cinzenta, de contornos não bem definidos.

O D.-Lei n. 1.077, de 26.01.70, regulamentou a execução do art. 153, § 8º, parte final, da Constituição, atribuindo ao Sr. Ministro de Estado da Justiça o poder de proibir a divulgação da publicação e de determinar a busca e a apreensão de todos os exemplares de livros e periódicos, desde que verificada a existência de matéria contrária à moral ou aos bons costumes (art. 3º). Logo, configurado esse pressuposto de fato, à autoridade administrativa, necessariamente, resta adstrita à prática da medida censória, a qual — repita-se — só pode ser exercitada *a posteriori,* como, aliás, o foi no caso *sub iudice,* e nunca exercitada previamente, como na hipótese de diversões e espetáculos públicos.

Nestes termos, o ato impugnado está sujeito a *judicial control,* a ser cumprido de maneira mais abrangente, com a investigação dos seus motivos determinantes.

A censura no banco dos réus:

Ao longo dos tempos, o exercício do direito à liberdade de emissão do pensamento tem gerado muitos litígios entre os intelectuais e/ou seus empresários, de um lado, e o poder censório, do outro. É fruto do perene confronto entre o ideal de liberdade e o princípio de autoridade, inerente ao convívio social. Alguns desses embates acabaram desaguando nos pretórios, onde encontraram as suas soluções judiciais, após interpretações mais ou menos profundas do *ius positum* incidente, soluções essas ora agasalhando as teses dos defensores das obras proibidas ora as suas antíteses.

Assinalou Pontes de Miranda:

> Na liberdade do pensamento é que acontece o real encontro entre a liberdade individual de pensar e o Estado, a 'ordem pública'. Aí é que as lutas se travam, sem que tais lutas sejam inevitáveis. (*Democracia, liberdade, igualdade — Os três caminhos*. 2. ed. São Paulo: Saraiva, 1979, p. 346.)

Nos últimos anos, os repertórios jurisprudenciais registraram a ocorrência de diversos dissídios em torno do poder censório, dos quais, a título exemplificativo, são trazidos à colação os seguintes, todos eles julgados pelo Egrégio Tribunal Federal de Recursos, em sua composição plenária:

Último tango em Paris: o romance de Robert Alley, baseado no filme *Last tango in Paris*, de Bernardo Bertolucci, foi traduzido para o português por Fernando de Castro Ferro e publicado pela Editora Civilização Brasileira S.A. Proibida a publicação, a circulação e a venda da segunda edição, por ato do Sr. Ministro de Estado da Justiça, a empresa editora impetrou mandado de segurança (MS-n. 73.636-DF. rel. min. Moacir Catunda), apreciado em 06 de dezembro de 1973, oportunidade em que a Corte, unanimemente, desprezou as preliminares de inconstitucionalidade do D.-Lei n. 1.077/70 e de ilegalidade da apreensão da obra, por ter sido feita *a posteriori*, e denegou a segurança, por entender impróprio o remédio jurídico-processual eleito. Do voto *de meritis*, proferido pelo eminente Relator, destaca-se o seguinte trecho:

> A portaria ministerial, autorizativa da apreensão, representa o desfecho do processo administrativo que concluiu por que o *Último tango em Paris* traduz niilismo, em matéria de literatura, perniciosa aos padrões morais comuns, e aos bons costumes, desprocedendo, desse modo, a alegação de que será produto de puro arbítrio. (*Revista do Tribunal Federal de Recursos*, v. 46, p. 62.)

Calabar, o elogio da traição: proibida a apresentação da peça teatral de autoria de Francisco Buarque de Hollanda e Ruy Guerra, por ato do Sr. Diretor Geral do Departamento de Polícia Federal, o primeiro de seus autores impetrou mandado de segurança (MS-n. 74.726-DF, rel. min. José Néri da Silveira), apreciado em 16 de maio de 1974, oportunidade em que a Corte, por maioria de votos, denegou a segurança. Da ementa do venerando aresto, destaca-se o seguinte trecho:

> A apreciação do mérito da peça teatral, no que concerne aos diálogos tidos como ofensivos à dignidade e interesse nacionais, não cabe realizada na via eleita. Exato é, também, que, de plano, simples leitura da obra revela a existência de passagens e expressões verbais que não se podem deixar de ter, desde logo, como censuráveis, pela forma segundo a qual retratam figuras e episódios assinalados da nacionalidade brasileira. (*Revista cit.*, v. 48, p. 106.)

O abajur lilás: proibida a liberação da peça teatral de autoria de Plínio Marcos de Barros, por ato do Sr. Ministro de Estado da Justiça, o seu autor impetrou mandado de segurança (MS-n. 76.935-DF, rel. min. Márcio Ribeiro), apreciado em 30 de outubro de 1975, oportunidade em que a Corte, por maioria de votos, denegou a segurança. Da ementa do venerando aresto, destaca-se o seguinte trecho:

Na falta de conceito legal ou doutrinário preciso do que é pornográfico, obsceno ou contrário à moral e aos bons costumes, decorre ampla margem de discricionariedade às autoridades administrativas e, consequentemente, apenas nos casos extremos, de evidente erro do ato de censura, poderá ser feita sua revisão pelo Judiciário. (*Revista cit.*, v. 52, p. 179.)

A análise atenta dos doutos votos proferidos por ocasião destes três julgamentos conduz, pelo menos, às conclusões de que: a) a motivação determinante do ato censório pode constituir objeto do *judicial control;* b) por si só, o valor estético da obra de arte não a imuniza contra uma eventual valoração de cunho ético-jurídico, apta para justificar ato censório; e c) como a norma jurídica credita elevado grau de discricionariedade ao prudente arbítrio da autoridade administrativa competente, a revisão judicial cabe tão somente nos casos extremos, caracterizados por manifesto erro do poder censório.

Processos sociais adaptativos:

A moral, a arte e o direito, ao lado da religião, da política, da economia e da ciência, constituem os sete principais processos de adaptação social do ser humano, i.e., os instrumentos pelos quais os indivíduos se integram no seio do grupo (clã, família, tribo, classe, cidade, nação, etc.) e, por seu turno, os grupos entre si.

A moral persegue o bem, a arte persegue o belo e o direito persegue o justo. Ainda que sobrevivendo autonomamente, os processos sociais adaptativos se completam, nas suas funções integracionistas. Registrou Pontes de Miranda:

> Não há subsunção do fenômeno moral no estético, nem em qualquer outro; o ético não se explica no útil econômico, nem no belo, como queria Herbart, nem tampouco acima do estético, como pareceu a M. Jahn, que aliás o disse apenas quanto à generalidade. Trata-se de aspectos irredutíveis, por isso mesmo que aspectos, isto é, lados do poliedro do fenômeno social. Assim, toda a graduação entre eles não pode ter

valor absoluto, mas relativo, individual ou coletivo, e, em todos os casos, passageiro e precário. Uma época pode caracterizar-se pela supremacia de um; outra, pela de outro; mas supremacia no povo ou no período histórico, e não no fenômeno considerado em si.

A despeito de toda a literatura sobre a Moral, não se lhe precisou ainda o real valor, nítida e essencialmente biológico. O mundo físico domina as investigações e procuremos explicar tudo sem o fenômeno moral. Não há dúvida que as coisas e os fatos não apresentam nenhum valor ético, pelo menos em si e imediatamente; mas, no interior da vida, quando, em vez das coisas e fatos, há ações e opiniões, que são espécies diferenciadas deles, podemos e devemos empregar o adjetivo "ético"; e estudar à luz da Ciência a natureza e significação do fenômeno.

Onde quer que haja atos inter-humanos, a Moral está presente; como o ar atmosférico enche todo o espaço da sua dimensão "Jedes Geschäft", disse Goethe, "wird eigentlich durch ethische Hebel bewegt". Tudo que acontece entre homens pode ser considerado e julgado segundo o critério ético; por isso não existe nenhuma espécie de ação humana que se não subordine à craveira moral, ao metro ético, e não tenha importância ética.

Se o campo do ético abrange a totalidade das ações humanas, conclui-se: tudo que se chama ético é no ser, no caráter social dos homens que se radica; pois depende do ser e da natureza dos homens que vivem em comum e das variações do que lhes pertence. É a atuação do conjunto, a que nesta obra várias vezes nos referimos. (*Sistema de ciência positiva do direito*. 2. ed. Rio de Janeiro: Borsoi, 1972, v. 1, p. 292 e 293.)

Para uma valoração meramente estética, não se pode levar em conta o fenômeno moral. Não obstante ambas sejam processos sociais adaptativos, a arte, a rigor, nada tem a ver com a moral e, em tese, a obra de arte, conquanto atrelada obrigatoriamente aos ditames da estética, pode vir a atentar contra a moral, se inobservados os ditames da ética. E cada cultura tem a moral que merece.

No seu precioso esboço de uma morfologia de história universal, salientou Oswald Spengler:

Há tantas morais quantas culturas existem, nem mais nem menos. Nesse ponto, ninguém tem liberdade de escolher. Cada concepção de vida de homens cultos tem de antemão, *a priori*, no mais rigoroso sentido de Kant, uma propriedade mais profunda do que nenhum juízo e afã momentâneo, e devido à qual o seu estilo se torna reconhecível como o de determinada cultura. O indivíduo pode agir moral ou imoralmente, "bem" ou "mal", conforme ao sentimento primário da sua cultura; mas a teoria da sua ação acha-se prefixada absolutamente. Para isso, todas as culturas têm o seu próprio padrão, cuja validez começa e termina com cada qual delas. Não há nenhuma moral universal humana. Uma moral é — igual à Escultura, à Música ou à Pintura — um mundo cerrado de formas, a expressar um sentimento de vida, dado uma vez por todas, imutável no fundo, de íntima necessidade. Sua presença é um destino que temos de aceitar. Apenas a sua concepção consciente é o resultado de uma revelação ou de uma descoberta científica. (*A decadência do Ocidente*. Condensação de Helmut Werner e tradução de Herbert Caro. 2. ed. Rio de Janeiro, Zahar, 1973, p. 209.)

Ora, quando a regra constitucional indígena estatui a intolerabilidade das publicações e exteriorizações contrárias à moral ou aos bons costumes (art. 153, § 8º), o que ela fez foi juridicizar normas morais preexistentes, vestindo tais preceitos de um conteúdo jurídico e estendendo-os a ponto de alcançar as ciências e as artes (art. 179, *caput*).

A literatura é a arte da palavra.

Por si só, nem tudo o que é esteticamente válido será eticamente válido. Se o *jus positum* juridiciza as normas morais, a consequência é que nem tudo o que é esteticamente válido será juridicamente válido. De tal sorte, face ao ordenamento jurídico pátrio, o julgamento de obra literária, indigitada imoral e, portanto, passível de medida censória, não pode exaurir-se na perquirição sobre o seu valor estético, *data venia* da inicial e dos entendimentos doutrinários e jurisprudenciais em tal sentido, pois a qualificação estética não possui o dom de fornecer um alvará de identidade, hábil para informar o que houver de antiético na obra. Pelo menos é o que exsurge do confronto das normas consubstanciadas pelos arts. 153, § 8º, e 179, *caput*, da Carta Magna.

Por outra, muito pouco interessa o objetivo buscado pelo criador. A intenção do artista é irrelevante, porque uma obra de arte, como tal, tem de ser completa, a ponto de dispensar explicações adjacentes. Em se tratando de literatura, o leitor não tem de indagar do literato a mensagem que ele quis transmitir. A verdadeira obra de arte deve justificar-se por si mesma ou, então, não será obra de arte. Despicienda se mostra, por isso, qualquer pesquisa sobre o real objetivo perseguido na sua elaboração. A criatura (obra) não se confunde com a pessoa de seu criador (artista) e, uma vez concluída, passa a subsistir independentemente dele.

A moral, a arte e o direito constituem processos sociais adaptativos, mas "não há subsunção do fenômeno moral no estético, nem em qualquer outro".

Escorço de alguns contos do livro:

Para melhor apreciação da matéria, apresenta-se um resumo de cada um dos contos mais significativos, dentre os quinze que integram a coletânea.

"Feliz Ano Novo": O conto dá título ao livro. Na véspera do Ano Novo, três assaltantes se reúnem no apartamento de um deles, onde fumam maconha, bebem cachaça, imaginam assassinar policiais e acabam por arquitetar um assalto a uma residência qualquer. Entrementes, um se masturba. Munidos de armas de fogo, saem para a rua e furtam um carro, no qual rumam para São Conrado. Escolhida a casa a ser assaltada, interrompem a festa que ali se realizava e, sob a ameaça das armas, obrigam os vinte e cinco circunstantes a se deitarem no chão, amarrando-os. Iniciam o saque. No andar superior, um dos assaltantes assassina a dona da casa, que se negara a manter relações sexuais com ele. Uma mulher idosa acaba morrendo de susto. A seguir, outro assaltante defeca sobre a cama, e os três voltam a se reunir no andar térreo, onde passam a comer e a beber, enquanto fuzilam dois homens, pelo prazer de ver seus corpos ficarem grudados na parede de madeira, por força dos tiros. Ao final, uma garota é estuprada no sofá, não sem antes receber murros no rosto. Eles se retiram, retornando ao apartamento, após o que um abandona o automóvel em uma rua deserta de Botafogo. Os diálogos estão prenhes de palavras de baixo calão, tais como, *v.g.*, fudidão, porra, boceta, xoxota, punheta, bronha, puta, cu, etc. Atente-se para o desfecho, *in verbis*:

> Subimos. Coloquei as garrafas e as comidas em cima de uma toalha no chão. Zequinha quis beber e eu não deixei. Vamos esperar o Pereba. Quando o Pereba chegou, eu enchi os copos e disse, que o próximo ano seja melhor. Feliz Ano Novo. (Rubem Fonseca. *Feliz Ano Novo*. Rio de Janeiro: Artenova, 1975, p. 15.)

"Passeio noturno — parte I": Um maníaco homicida, pai de família e homem de negócios, costuma passear à noite, sozinho em seu possante Jaguar preto, por ruas escuras, onde atropela e mata as suas vítimas (homens ou mulheres) sem deixar vestígios no carro. Durante o conto, o mais curto da coletânea, com apenas duas páginas, ele consegue atropelar e matar uma mulher, lançando o corpo ensanguentado para cima de um muro baixo de casa de subúrbio. Depois, tranquilizado, ele retorna para o seio de sua família, como se nada de anormal tivesse acontecido. Atente-se para o desfecho, *in verbis*:

> Examinei o carro na garagem. Corri orgulhosamente a mão de leve pelos paralamas, os parachoques sem marca. Poucas pessoas, no mundo inteiro, igualavam a minha habilidade no uso daquelas máquinas.
> A família estava vendo televisão. Deu a sua voltinha, agora está mais calmo?, perguntou minha mulher, deitada no sofá, olhando fixamen-

te o vídeo. Vou dormir, boa noite para todos, respondi, amanhã vou ter um dia terrível na companhia. (Rubem Fonseca, *op. cit.*, p. 50.)

"Passeio noturno — parte II": O mesmo personagem do conto anterior conhece ocasionalmente uma jovem atriz de cinema e, na noite seguinte, leva-a a um restaurante do Leblon. Durante a janta, trava-se um penoso diálogo entre ambos. Ao conduzir a moça para casa, ele a obriga a desembarcar do carro antes de chegar à frente do edifício e a atropela, mais emocionado do que nas vezes anteriores, porque aquela era a primeira vítima que tinha visto seu rosto e que conhecera seu carro. Como no conto anterior, depois, tranquilizado, ele retorna para o lar, como se nada de anormal tivesse acontecido. Atente-se para o desfecho, *in verbis*:

> Bati em Ângela com o lado esquerdo do paralama, jogando o seu corpo um pouco adiante, e passei, primeiro com a roda da frente — e senti o som surdo da frágil estrutura do corpo se esmigalhando — e logo atropelei com a roda traseira, um golpe de misericórdia, pois ela já estava liquidada, apenas talvez ainda sentisse um distante resto de dor e perplexidade.
> Quando cheguei em casa minha mulher estava vendo televisão, um filme colorido, dublado.
> Hoje você demorou mais. Estava muito nervoso?, ela disse. Estava. Mas já passou. Agora vou dormir. Amanhã vou ter um dia terrível na companhia. (Rubem Fonseca, *op. cit.*, p. 56.)

"Nau Catarineta": O conto evoca a antiga xácara lusitana, cujo tema foi também tratado pelas literaturas orais de outros povos de tradição marítima. Descendente de Manuel de Matos, imediato da Nau Catarineta, o rico e desocupado José namora a adocicada Ermelinda Balsemão. No dia em que ele completa os seus vinte e um anos, convida a jovem para jantar na lúgubre casa onde reside com as suas quatro velhas tias e a governante. Ele tem uma missão familiar a cumprir e, durante a refeição, não toca na comida... Mais tarde, os dois namorados fazem amor no sofá da biblioteca. Logo após, José envenena Ermê, e as velhas tias proclamam o seu orgulho. O corpo da moça é preparado e, no salão de banquetes, com muita pompa e cerimônia, José cumpre a sua missão antropofágica, conforme estabelecida no Decálogo Secreto do Tio Jacinto, acima das leis de circunstância da sociedade, da religião e da ética... Atente-se para o desfecho, *in verbis*:

> Não pusemos muito tempero para não estragar o gosto. Está quase crua, é um pedaço de nádega, muito macio, disse tia Helena. O gosto de Ermê era ligeiramente adocicado, como vitela mamona, porém mais saboroso.
>
> Quando engoli o primeiro bocado, tia Julieta, que me observava atentamente, sentada, como as outras, em volta da mesa, retirou o Anel do seu dedo indicador, colocando-o no meu.
>
> Fui eu que o tirei do dedo do teu pai, no dia da sua morte, e guardava-o para hoje, disse tia Julieta. És agora o chefe da família. (Rubem Fonseca, *op. cit.*, p. 110.)

"74 degraus": Sem motivos revelados, duas lésbicas, Teresa e Elisa, mulheres elegantes, assassinam um homem, Pedro, desertor do Exército e amigo do finado marido de Teresa. Pouco depois, para assegurar a ocultação do primeiro homicídio, elas assassinam Daniel, marido de Elisa, o qual acabara de chegar e procurava saber o que havia dentro do malão, onde elas tinham posto o corpo do primeiro. Não há testemunhas e a narração se faz em crescendo, através das vozes subjetivas, partindo de maldades menores e culminando com os dois assassinatos, ambos perpetrados mediante sucessivas pancadas nas cabeças das vítimas, que, abaixadas, de nada desconfiaram. Atente-se para o desfecho, *in verbis*:

> (Teresa)
> 73 Eu senti uma sensação boa, quando batia nele, eu disse para Elisa. Ela também achou bom, mas me disse que estava com medo.

(Elisa)
Pergunto a Teresa o que vamos fazer com os corpos e ela me diz que vamos colocar no carro de Daniel e deixar tudo numa praia deserta. Depois voltamos para casa, jantamos, e mais tarde eu começo a telefonar para hospitais, para a polícia, dizendo que o meu marido não veio me apanhar na casa da minha amiga.
(Teresa)
74 Quando o Pedro esteve comigo no sítio ninguém o viu. Nós não tínhamos cara de assassinas. Nunca seríamos descobertas.
(Elisa)
É tão fácil matar uma ou duas pessoas. Principalmente se você não tem motivo para isso. (Rubem Fonseca, *op. cit.*, p. 130-1.)

No que se refere aos outros dez contos, aceitam-se as súmulas que acompanham a inicial, as quais fornecem uma sucinta ideia das respectivas histórias, embora pálida e despidas (*sic*) dos lances mais chocantes, pois, como assinalou o editor, na nota da contracapa, cuida-se de "Um livro engraçado e mordaz, mas também cruel e violento, que mostra a realidade inquietante de um mundo destrutivo e corrupto".

Exame do trabalho do perito do juízo:

O ilustre perito, Dr. Afrânio Coutinho, elaborou longa e erudita peça, discorrendo sobre o erotismo na literatura universal de várias épocas, e revelou acurado senso, ao denominar o seu trabalho de parecer, e não de laudo, porque, na verdade, laudo ele não é. De fato, dentre as magníficas páginas que compõem aquela peça de inestimável valor, muito poucas se referem ao livro *Feliz Ano Novo* e, ainda assim, quando o fazem, predomina uma maneira bastante vaga, que nem chega a adentrar no conteúdo de qualquer dos contos.

Ademais, ao responder aos quesitos apresentados, o nobre experto praticamente se limitou a peremptórios monossílabos, dispensando uma fundamentação mais aprofundada. Ora, o não, porque não, e o sim, porque sim, representam o lema das tiranias e se mostram incompatíveis com o que se deve exigir de um laudo pericial, notadamente a serenidade e a isenção. O *"hoc vala, sic iubeo, sit pro ratione voluntas*" não fez escola na doutrina nem pode vir a merecer hospedagem em juízo, a ponto de orientar um julgamento sério.

Sinale-se, outrossim, que, ao responder ao terceiro quesito da acionada ("O objetivo exposto no livro conduz o leitor à degradação?"), o ilustre perito o fez de uma forma tão abarcadora que penetrou francamente no círculo da inverossimilitude ("Não. Nenhum leitor foi induzido por um livro à prática de atos de natureza degradante."), pois não é razoável o afirmar-se que nunca um ato de natureza degradante possa ter sido perpetrado por influência de uma leitura.

Apaixonar-se não é fundamentar:

A propósito, não foi a censura de uma Inglaterra vitoriana que vetou obras de David Herbert Lawrence (1855-1930) e de James Joyce (1882-1941). Tal aconteceu muito depois. *The rainbow* data de 1915, *Women in love* data de 1921 e *Lady Chatterley's lover* data de 1928. *Ulysses* data de 1922. Ora, a "Imperatriz das Índias" morrera em 1901, após reinar sessenta e três anos, mas antes dela já morrera o vitorianismo, porque em torno de seu filho (o futuro Eduardo VII) se agrupara uma nova sociedade, antivitoriana, de costumes e de linguagem bem mais livres e mais aberta aos novos endinheirados, ambiente que contaminou até as classes médias. Quem o afirma é um conhecedor de assuntos britânicos (cf. André Maurois. *História da Inglaterra*. Trad. de Carlos Domingues. Rio de Janeiro, Pongetti, 1959, p. 426-7). As mencionadas obras foram condenadas em época pós-vitoriana.

Exame dos trabalhos dos assistentes técnicos:

O ilustre assistente técnico indicado pelo acionante, Dr. Francisco de Assis Barbosa, elaborou o seu trabalho ora tecendo loas ao parecer exarado pelo perito ora tecendo acres críticas ao trabalho do assistente técnico indicado pela acionada. *Data venia*, essa tarefa era alheia às funções do experto, por competir aos patronos das partes, sendo de se escandir que os dignos advogados do demandante cumpriram esse dever com correção e probidade de linguagem, em escorreita peça forense.

"*Sutor, ne supra crepidam.*"

Além de tal trabalho conter as críticas inoportunas, também se oferecem deveras lacônicas as respostas aos quesitos apresentados, quase todas elas carentes de fundamentação, como, aliás, sucedera com o trabalho do perito. Destarte, *mutatis mutandis*, o que se disse sobre o trabalho do perito também vale para o trabalho do assistente técnico indicado pelo acionante.

O ilustre assistente técnico indicado pela acionada, Dr. Alfredo Chicralla Nader, fundamentou cumpridamente as respostas dadas aos quesitos que ele entendeu respondíveis e deixou de responder a outros, que ele reputou impertinentes, por se referirem à pessoa do demandante e a outras obras literárias de autoria do mesmo. *Data venia,* essa atitude não lhe competia, porque todos os quesitos tinham sido deferidos implicitamente e, como experto, cabia-lhe responder, ainda que fosse simplesmente para consignar a impossibilidade de uma apreciação sobre a pessoa do demandante, por falta de relacionamento com ele.

A bem da verdade, entanto, anota-se que o sexto quesito apresentado pelo acionante ("O Autor revela-se homem morigerado em sua profissão, hábitos sociais e familiares?") cabia mais como pergunta a testemunhas, gênero de prova esse a princípio requerido pelo demandante, do qual ulteriormente declarou ele prescindir, quando já estava aprazada a audiência.

Rejeição da perícia:

O direito processual pátrio não atrela o julgador às conclusões dos laudos periciais, deixando-o liberto para formar a sua convicção a partir de outros elementos constantes dos autos (CPC, art. 436). A respeito, assentou o Pretório Excelso:

Perícia. Rejeitado o laudo, em decisão fundamentada, o juiz não está obrigado a determinar nova perícia, se entender estar a questão suficientemente esclarecida por meio de outras provas. (STF-1ª Turma. RE-n. 34.473-60. Rel. min. Cunha Peixoto, acórdão de 24.09.76. *DOU* de 20.05.77, p. 3.261.)

In casu, rejeitam-se todos os três laudos, pelos fundamentos expostos quando do exame de cada um deles e, por outro lado e sobretudo, porque tal gênero de prova é dispensável para uma apreciação quanto à moralidade da obra em apreço, que, a rigor, não chega a depender obrigatoriamente de conhecimento especial de técnico, podendo ser feita de forma direta, pela atenta leitura da mesma, para o que existe um exemplar inserto nos autos e outro em poder do magistrado, este de sua propriedade.

A violência manifesta e a impunidade latente:

Como se verifica pelo texto dos cinco contos escorçados nesta sentença, subsiste um denominador comum consistente na inusitada violência contra a pessoa humana, aureolada por uma sugestão de impunidade.

O culto da violência e o elogio da impunidade não são alheios a certos instantes da alta literatura. Num dos mais grandiosos poemas da língua portuguesa, ao cantar as proezas dos homens do mar, Fernando Pessoa (1888-1935) pôs na boca do heterônimo Álvaro de Campos versos de candente louvor à pirataria, que encerram um autêntico acesso de sadomasoquismo e que atingem seu clímax nestes trechos:

> A carne-rasgada, a carne aberta e estripada, o sangue correndo!
> Agora, no auge conciso de sonhar o que vós fazíeis,
> Perco-me todo de mim, já não vos pertenço, sou vós,
> A minha femininidade que vos acompanha é ser as vossas almas!
> Estar por dentro de toda a vossa ferocidade, quando a praticáveis!
> Sugar por dentro a vossa consciência das vossas sensações
> Quando tingíeis de sangue os mares cites,
> Quando de vez em quando atiráveis aos tubarões
> Os corpos vivos ainda dos feridos, a carne rosada das crianças
> E leváveis as mães às mudadas para verem o que lhes acontecia.
> Estar convosco na carnagem, na pilhagem!
> Estar orquestrado convosco na sinfonia dos saques!
> Ah, não sei quê, não sei quanto queria eu ser de vós!

....

Lembro-me de que seria interessante
Enforcar os filhos à vista das mães
(Mas sinto-me sem querer as mães deles),
Enterrar vivas nas ilhas desertas as crianças de quatro anos
Levando os pais em barcos até lá para verem
(Mas estremeço, lembrando-me dum filho que não tenho e está dormindo tranquilo em casa).
(Fernando Pessoa. *Poesias de Álvaro de Campos*. Lisboa: Ática, s.d., p. 184-5 e 195.)

Mas a "Ode marítima" foi publicada pela primeira vez em 1915, quando a pirataria não passava de um eco distante perdido no pretérito...

Ora, o poder censório se inspira precisamente no sentimento de autopreservação de cada grupo humano, em cada momento histórico. Tal sentimento indica os valores que, em consonância com o consenso dominante, mais interessam para a subsistência das uniformidades sociais consideradas imprescindíveis ao gozo do *statu quo (RTJ*, v. 44, p. 780). Por outra, para apreciar o ato censório, deve o juiz guiar-se pelo conceito de moral e bons costumes que sintoniza com o sentimento do homem médio, conceito esse que não se confunde com o literário ou individualístico, próprio da postura da inteligência que almeja edificar a ética vindoura (*RTFR*, v. 52, p. 188).

E, pelo menos, os contos "Feliz Ano Novo", "Passeio noturno — parte I", "Passeio noturno — parte II", "Nau Catarineta" e "74 degraus" afrontam a consciência moral do brasileiro médio, que não merece ser agredida tão-somente em nome de um exagerado apego à doutrina do amoralismo estético de Walter Pater (1839-1894), que tanto veio a influir no decadentismo de seu discípulo Oscar Wilde (1856-1900).

Realmente, tanto os três marginais do primeiro conto como todos os criminosos grã-finos dos outros quatro contos aparecem como heróis absolutos e as suas reprocháveis atitudes aparecem como se socialmente louváveis, dissimuladamente travestidas de atos meritórios. Inexoravelmente, o desfecho de cada um destes cinco contos, engenhosamente dependurado entre o bem e o mal, conduz à conclusão paradoxal de que os atos repulsivos serão repisados (*sic*), quando e onde forem oportunos, porque a impunidade se oferece tão certeira como o raiar do dia seguinte. A sugestão comum é de que os celerados do Ano Novo tornarão a assaltar na próxima noite de São Silvestre, de que o maníaco homicida dos passeios noturnos amanhã mesmo voltará a fazer a sua incursão sanguinolenta, de que o próximo herdeiro dos Matos celebrará a sua maioridade em novo festim antropofágico ("acima das leis de circunstância da sociedade, da religião e da ética...") e de que as duas amigas lésbicas novamente irão assassinar alguém, porque elas não têm cara de assassinas e porque é fácil matar quando não se tem motivos para tanto.

Ora, o brasileiro médio abomina a violência contra a pessoa humana, máxime o habitante das grandes cidades, permanentemente exposto a ela, no lar, na rua e no trabalho, ante o grande número de assaltos ocorridos nos últimos anos.

O brasileiro médio não é o intelectual nem é o analfabeto. Não é o da Av. Vieira Souto nem o do sertão do Piauí. O brasileiro médio tem instrução média, capaz de crer que o *Cravo bem temperado* é segredo de culinária e que F. Dostoievski era reserva da seleção soviética. Homem afamiliado, de regra não tem vícios, mas às vezes diz os palavrões que o livro emprega. O brasileiro médio lê pouco e vê muito televisão. Jura que não tem preconceitos, mas ainda acha que a mulher deve casar virgem. O brasileiro médio gosta de futebol e gosta de carnaval. Às vezes vai ao cinema e raramente vai ao teatro. O brasileiro médio simpatiza com o Presidente e nem gosta de pensar na fila do Inamps. Não é santo nem demônio. O brasileiro médio acha que o custo de vida está pela hora da morte. O brasileiro médio detesta a violência e tem muito medo de assalto.

Ainda em recente reunião de debate no Ministério da Justiça, o titular daquela Pasta, Dr. Ibrahim Abi-Ackel, se referiu à violência presente nos programas noticiosos da televisão, através dos quais se valoriza a figura do delinquente, induzindo o espectador a vê-lo até como um herói, oportunidade em que pediu a colaboração para uma campanha permanente contra a violência que angustia a comunidade. (*Jornal do Brasil*, Rio de Janeiro, 6 mar. 1980, 1º Caderno, p. 18.)

E, *in casu*, o que importa é a consciência moral do brasileiro médio, que reprova o culto da violência, mormente quando acasalado com o elogio da impunidade.

Não deixa de ser deveras significativo que, dentre as treze personalidades da vida pública nacional que opinaram sobre o livro, o único que se aprofundou no texto foi precisamente um Vereador, tendo criticado o conteúdo da obra, à vista de trechos que referiu, e, se condenou a medida censória, provavelmente o fez por fidelidade à sua filiação político-partidária. (*Jornal do Brasil*, Rio de Janeiro, 19 jan. 1977, Caderno B, p. 2.)

"*Vox populi vox Dei*."

No mundo destes autos, falou-se bastante sobre o erotismo e olvidou-se a violência. Falou-se bastante sobre a linguagem e olvidou-se o conteúdo. Nem o erotismo nem a linguagem empregada, por si só (*sic*), justificariam o veto censório. O grave está no modo pelo qual se tratou da violência.

E não impressiona também o argumento de que o livro tenha sido lançado na Espanha. É que, no reino de Sua Majestade Católica, a tônica da violência é dada pelo terrorismo basco, de origem política, e não pelo crime comum, como, aliás, sucede em diversos outros países europeus. Ah, os loiros reinos da Escandinávia.

A Juridicidade do ato censório impugnado:

Não há dúvidas de que o poder censório, como todo o poder político, tende a se hipertrofiar, caso não seja brecado por forças em direção contrária a ele. Tal não justifica, entanto, no caso *sub iudice*, o excesso de zelo da intelectualidade indígena, tão pródiga em investir suas armas em defesa da liberdade para uma hipótese tão modesta. A moderação é que consolida o poder e os mais eficientes coveiros de liberdade podem ser precisamente os seus amantes mais apaixonados e egoístas, que, com os seus arroubos, acabam por engendrar as ditaduras dos liberticidas.

Alertou Pontes de Miranda:

Os inimigos da liberdade amam ser livres: o que se passa, realmente, nos regimes despóticos, é que um ou alguns invadem o espaço que pertencia à liberdade dos outros. Compreende-se que o Príncipe de Bismarck reputasse a liberdade "luxo que nem todos se podem permitir". O dominador precisa disso — rebaixar os outros, para se dar altura. Todos amam a liberdade: os que não veem só a si querem-na para todos; os egoístas e perversos, só para si. Aí, o ponto capital: os inimigos da liberdade amam ser livres; são a forma psicanalítica correspondente, no plano político, aos usurários e aos ladrões. Liberdade é coisa que se rouba, como pão. (*Democracia, liberdade, igualdade — os três caminhos*. 2. ed. São Paulo: Saraiva, 1979, p. 396-7.)

No Brasil, sempre se leu pouco e a carência de público para as criações acarretou a prevalência da vida literária sobre a obra literária. A própria fundação da Academia Brasileira de Letras traduziu um esforço de congregação que identifica, na sua tendência à seleção e ao brilho social, uma tentativa de compensação pela falta de público numeroso interessado pelas letras. (Nelson Werneck Sodré. *Síntese de história da cultura brasileira*. 5. ed. Rio de Janeiro: Civilização Brasileira, 1977, p. 52-3.) Mesmo assim, não deixa de ser lastimável o ter de acontecer o veto censório à obra em apreço, mas não se pode, só por isso, concluir pela injuridicidade do ato administrativo.

O certo é que essa medida contribuiu bastante para promover o livro e o seu Autor, os quais, sem ela, nunca teriam sido tão mencionados na imprensa e nos círculos literários. Ao contrário, porém, do alegado na inicial, não se vislumbra o mínimo indício de que o veto censório tenha causado qualquer dano à reputação pessoal do escritor. A monótona publicação de um despacho ministerial no *Diário Oficial da União*, sem nenhum estrépito, não teria força para tanto. Amoral seria, isto sim, o condenar-se o Estado a pagar uma descabida indenização, porque a repercussão financeira se estenderia até o povo contribuinte, cuja consciência moral fora insultada exatamente pela obra.

Exercitado, pois, o *judicial control* sobre o ato administrativo impugnado e constatando-se que o mesmo se consumara em consonância com o espírito que norteia os arts. 153, § 8°, *in fine*, e 179, *caput,* da Lei das Leis, ele não merece sofrer a pretendida corrigenda judicial, impondo-se, destarte, o total desacolhimento da inicial, sem embargo do brilho profissional demonstrado pelos nobres patronos da parte demandante, a qual, contudo, se equivocou, imaginando que se poderia interpretar o texto do Estatuto Fundamental de modo a tornar ético o que, *ab initio,* é antiético.

A propósito, lembram-se as palavras do Prof. Romildo Bueno de Souza, pronunciadas durante os debates em torno da Constituição de 1946:

> Temos vivido este dilema de infringir o direito objetivo, o ordenamento e logo vestir a infração que cometemos da roupagem da Constituição, como que a iludir a opinião pública nacional ou internacional. Ou, então, se temos Constituição, ousamos desprezá-la, desacatá-la. Houve mesmo um Chefe de Estado que se referiu à lei em termos de deboche: "Ora, a Lei". E, sem dúvida, temos que viver este dilema hoje. (*O pensamento constitucional brasileiro* — Ciclo de Conferências realizado pela Universidade de Brasília, no período de 24 a 26 de outubro de 1977. Brasília, Câmara dos Deputados, 1978, p. 168.)

O descumprimento do ato censório:
No seu depoimento pessoal, o acionante noticiou que, não obstante a medida ministerial não tenha sido administrativamente revista, o livro voltou a ser vendido ao público, no corrente ano, sob responsabilidade exclusiva de seu editor. Impõe-se, portanto, que tal fato seja comunicado à autoridade, para proceder como reputar jurídico.

Ex positis, julgo improcedente a ação indenizatória que o Dr. José Rubem Fonseca, que também se assina Rubem Fonseca, moveu contra a União Federal e condeno o Autor a pagar as custas judiciais, os honorários advocatícios, fixados estes em quinze por cento sobre o valor da causa, a remuneração do perito Dr. Afrânio Coutinho, como fixada e já satisfeita, e a remuneração do assistente técnico indicado pela Ré, Dr. Alfredo Chicralla Nader, fixada esta em trinta vezes o valor de referência regional, vigente à época do efetivo pagamento.

Comunique-se ao Sr. Ministro de Estado, conforme consta do tópico alusivo ao descumprimento do ato censório impugnado.

Transitando em julgado esta sentença, lance-se a conta geral.

Registre-se e intimem-se.

Rio de Janeiro, RJ, em 07 de abril de 1980
Bento Gabriel da Costa Fontoura
Juiz Federal da Primeira Vara

Apelação do Autor

Tribunal Federal de Recursos

Razões de Apelação do Autor-Apelante, Rubem Fonseca, nos autos da ação ordinária que move contra a União Federal (Juízo da 1ª Vara Federal do Estado do Rio de Janeiro, Proc. n. 9.343).

Por isso, a proibição de circulação de obras artísticas ou literárias se há de fazer sempre *in extremis* com a maior cautela. Antes permitir-se publicações chocantes aos padrões de época do que ser lembrados pela História como obscurantistas. Não podemos nos igualar a países totalitários em que as ideias dominantes se resolvem com internações psiquiátricas ou mesmo expulsão do país. (Palavras do Dr. Sylvio Fiorêncio, ilustre Procurador da República, na contestação oposta pela União Federal na presente ação.)

Egrégio Tribunal:

A sentença apelada sustenta-se em quatro contradições em termos, posto que, ao ver do MM. Dr. Juiz que a prolatou (grifos aditados):

1ª — A portaria ministerial que proibiu o livro *Feliz Ano Novo* do Autor-Apelante é *"necessariamente um ato administrativo* praticado no exercício de *poder vinculado* ou regrado", mas S. Exa. apoia-se em jurisprudência exarada em mandados de segurança, cuja tônica principal é de que essa medida processual não tinha cabimento nos casos versados.

2ª — Para usar as próprias palavras do eminente magistrado: "Não obstante ambas sejam processos sociais adaptativos, *a arte, a rigor, nada tem a ver com a moral*" — mas, continua sem interrupção — "em tese, a obra de arte, conquanto atrelada obrigatoriamente aos ditames da estética, pode vir a atentar contra a moral, se inobservados os ditames da ética".

3ª — "*A intenção do artista é irrelevante*, porque uma obra de arte, como tal, tem de ser completa, a ponto de dispensar explicações adjacentes" — mas a ação foi julgada improcedente sob a premissa de que o livro maldito incita à violência.

4ª — *Feliz Ano Novo* poderia influenciar de modo negativo, evidentemente, a quem o lesse; mas "*o brasileiro médio lê pouco e vê muita televisão*", "detesta a violência e tem muito medo de assalto".

Tão-somente para os efeitos de melhor unidade expositiva destas razões de apelação, recapitulemos os fatos *sub judice* — de extrema simplicidade, a ponto de caberem em um parágrafo: lançado em outubro de 1975 pela Editora Artenova, *Feliz Ano Novo* teve três impressões de 10.000 exemplares cada, a segunda e a terceira em fevereiro e junho de 1976, respectivamente; em 15.12.1976, o Sr. Ministro da Justiça, pela portaria n. 8.401-B, proibiu-lhe a publicação e circulação em todo o território nacional, determinando a apreensão de todos os seus exemplares expostos à venda, "por exteriorizar matéria contrária à moral e aos bons costumes"; em 2.5.1977, o Autor-Apelante ajuizou ação ordinária contra a União Federal, sustentando a ilegalidade do ato ministerial e pleiteando (I) a declaração de nulidade do ato administrativo e (II) indenização por dano patrimonial e moral — pedido que o MM. Dr. Juiz *a quo* julgou improcedente.

Motivação da censura

A portaria ministerial fala sucintamente em exteriorização, no livro, de matéria contrária à moral e aos bons costumes, o que lhe permite tentar abrigar-se à sombra do artigo 153, § 8°, da Constituição Federal, e do artigo 3° do Decreto-Lei n. 1.077, de 26.1.1970. O parecer da Divisão de Censura de Diversões Públicas, Departamento de Polícia Federal, Ministério da Justiça (594/76), que deu origem a esse ato administrativo, sustenta que *Feliz Ano Novo* "retrata, em quase sua totalidade, personagens portadores de complexos, vícios e taras, com o objetivo de enfocar a face obscura da sociedade na prática da delinquência, suborno, latrocínio e homicídio, sem qualquer referência a sanção", utilizando "linguagem bastante popular e onde a pornografia foi largamente empregada", a que se acrescem "rápidas alusões desmerecedoras aos responsáveis pelos destinos do Brasil e ao trabalho censório".

As tais rápidas alusões desmerecedoras (páginas 31, 139 e 141 do livro) não merecem ponderação. Ler as páginas referidas será suficiente para que o Egrégio Tribunal *ad quem* releve o Autor-Apelante da liberdade que ora toma de não versar o trecho aludido, daquele parecer. Quanto ao seu contexto, pode-se decompô-lo, em termos de concatenação lógica, da seguinte maneira (grifos aditados):

a) os personagens do Autor-Apelante têm complexos, vícios e taras — *o que, em si, é claro, não é imoral nem atentatório à moral e aos bons costumes*, nem estimulante da violência: todos certamente conhecemos pessoas assim e, se é lamentável que existam, isto por certo não depende de nenhum de nós em geral nem do Autor-Apelante em particular, que também desejaria que a sociedade fosse exclusivamente constituída de modernos Bayards, cavaleiros sem medo e sem mácula;

b) ao adotar em sua ficção tais personagens — e este ponto é essencial ao entendimento da controvérsia —, o Autor-Apelante o teria feito com um objetivo determinante: o de *enfocar a chamada face obscura da sociedade* em um dos piores aspectos dela, o da criminalidade, não se atrevendo todavia o parecerista a negar que a mesma exista; e

c) para tanto emprega o Autor-Apelante linguagem pornográfica — *que*, a ser verdade, *não chega a constituir novidade nos dias correntes* em que até na televisão ricocheteiam de vez em quando alguns palavrões (conforme aconteceu recentemente na popular e bem-feita novela *Água viva*), para não falar na sua presença, desde tempos imemorais, no teatro, na poesia e na prosa de ficção.

A recapitulação do parecer em causa é importante para a análise correta da respeitável sentença apelada porque (a) dele, a portaria ministerial, cuja nulidade parece óbvia ao Autor-Apelante, só absorveu a expressão vaga que a compatibilizaria com a Constituição Federal e o Decreto-Lei n. 1.077, do hipotético atentado à moral e aos bons costumes, e (b) tem sido reiteradamente treslido, esse parecer, posto que *não se pode confundir o ponto de vista do censor* de prática de delinquência, suborno, latrocínio ou homicídio *com a ilação de que pretendeu estimular alguém* ao crime e à violência. Trata-se de coisas completamente diferentes.

Natureza do ato jurídico impugnado

Neste passo, aproxima-se da perfeição a respeitável sentença apelada, que define a portaria ministerial como *ato administrativo vinculado* (tese do Autor-Apelante), e não como praticado no exercício do poder discricionário (tese da Ré-Apelada). Melhor do que poderia pronunciar-se sobre a matéria o Autor-Apelante fê-lo, com a única ressalva a seguir explicitada, o MM. Dr. Juiz *a quo*, sob a autoridade de Pontes de Miranda (grifos aditados):

I. *Os ordenamentos jurídicos dos povos cultos do Ocidente têm proclamado*, com maior ou com menor vigor, *o direito subjetivo público de livre emissão do pensamento*. No Brasil, a tradição vem desde os tempos da constituição política do Império, mantendo-se ao longo da conturbada fase republicana. E a chamada liberdade de imprensa é uma espécie do gênero liberdade de emissão do pensamento, que a vigente Carta Magna indígena declara ser direito fundamental, chegando mesmo a excluir da censura prévia a publicação de livros e de periódicos, muito embora estatua imperativamente que não serão toleradas as publicações e as exteriorizações contrárias à moral e aos bons costumes (art. 153, § 8º), restrição essa aplicável, inclusive, às letras e às artes (art. 179, *caput*).

II. Ora, se a Lex Maxima estabelece fundamentalmente, como regra geral, o direito à liberdade de emissão do pensamento e se, por outro, ela estabelece a intolerabilidade das publicações e exteriorizações contrárias à moral ou aos bons costumes, o *ato da autoridade pública* que, *a posteriori*, proibir a publicação e a circulação de uma obra literária, por conter a mesma matéria contrária à moral ou aos bons costumes, *há de ser necessariamente um ato administrativo praticado no exercício de poder vinculado ou regrado*, vez que a norma condiciona a expedição de tais atos aos elementos constantes do texto normativo (cf. Hely Lopes Meirelles. *Direito administrativo brasileiro*. 3. ed. São Paulo, Revista dos Tribunais, 1975, p. 86), conquanto possa o ato estar colorido de uma certa dose de discricionariedade, porque a divisão do poder administrativo em poder vinculado ou regrado e poder discricionário não é absoluta, subsistindo sempre uma faixa cinzenta, de contornos não bem definidos.

Em idêntico sentido, e também com a única ressalva adiante explicitada, é a quase unanimidade da doutrina e da jurisprudência sobre a matéria, cabendo destacar a opinião de Hely Lopes Meirelles (*Direito administrativo brasileiro*, 1966, p. 63; grifos aditados):

O princípio da legalidade impõe que o administrador público observe, fielmente, todos os requisitos expressos na lei como da essência do ato vinculado. O seu poder administrativo restringe-se, em tais casos, ao de praticar o ato, mas de o praticar com todas as minúcias especificadas na lei. *Omitindo-as ou diversificando-as na sua substância, nos motivos, na finalidade,* no tempo, na forma ou no modo indicados, *o ato é inválido*, e assim pode ser reconhecido pela própria administração ou pelo Judiciário, se o requerer o interessado.

Aqui chegamos à única ressalva à respeitável sentença apelada na matéria: é a de que a eventual existência no dizer de S. Exa. de "certa dose de discricionariedade", *colorindo* o ato governamental "porque a divisão do poder administrativo em poder vinculado ou regrado e poder discricionário *não é absoluta*, subsistindo sempre uma faixa cinzenta, de contornos não bem definidos" — encerra a potencialidade da violação dos direitos e garantias individuais assegurados constitucionalmente ao cidadão; *portanto, não existe*, e se, por amor ao realismo, devêssemos prever o conflito entre o fato concreto e a melhor teoria jurídica, a Justiça ao dirimi-lo há de necessariamente sobrepor aqueles direitos e garantias individuais ao poder do Estado, limitando este para o pleno exercício daqueles; nunca adotando a solução diametralmente oposta.

A moral e os bons costumes

Nos comentários aos laudos periciais, o Autor-Apelante tratou extensamente do tema a partir de duas premissas: a) de que *Feliz Ano Novo* é indiscutivelmente obra de arte, com lugar assegurado na literatura brasileira, o que nem a Ré-Apelada nem o MM. Dr. Juiz *a quo* contestam; e b) de que a obra de arte e o conceito de atentado à moral e aos bons costumes se repelem por definição.

Seria acadêmico e desnecessário realinhar nestas razões tudo o que naquela petição é exposto, com apoio em autoridades consagradas no campo da arte, da literatura e do Direito (Stendhal, De Sanctis e Nelson Hungria, entre outros), em função do que o Autor-Apelante pede licença ao Egrégio Tribunal *ad quem* para a ela reportar-se sem a reproduzir, por economia processual e em homenagem também ao MM. Dr. Juiz *a quo* que a louvou em palavras sobremaneira honrosas para os advogados que subscrevem estas razões de apelação.

Não obstante, o MM. Dr. Juiz *a quo*, ressalvando que, na opinião dele, no Direito positivo brasileiro "nem tudo que é esteticamente válido será juridicamente válido", e que "face ao ordenamento jurídico pátrio, o julgamento da obra literária, indigitada imoral, é, portanto, passível de medida censória, não pode exaurir-se na perquirição sobre o seu valor estético", isenta especificamente *Feliz Ano Novo* da pecha de atentatória da moral e dos bons costumes, apoiando-se *tão-somente na invocação do culto da violência*, como resulta claramente do enunciado a respeito conclusivo da respeitável sentença apelada (grifos aditados):

> No mundo destes autos falou-se bastante sobre o erotismo e olvidou-se a violência. Falou-se bastante sobre a linguagem e olvidou-se o conteúdo. Nem o erotismo nem a linguagem empregada, por si só (sic), justificariam o veto censório. O grave está no modo pelo qual se tratou da violência.

Da violência, falar-se-á adiante. Da moral e dos bons costumes, de que maneira poderiam ser agredidos por um texto escrito? Precisamente, e unicamente, pelo tratamento dado ao erotismo e pela linguagem, esta instrumento daquele.

Erotismo e linguagem que o MM. Dr. Juiz *a quo* ressalvou como insuficientes, por si sós, para justificar a interdição do livro. Do que flui limpidamente a primeira conclusão que o Autor-Apelante submete ao crivo do Egrégio Tribunal *ad quem*: a de que a respeitável sentença apelada não acolheu, para julgar a ação improcedente, o fundamento invocado no parecer da Divisão de Censura de Diversões Públicas e no ato ministerial arbitrário. Ou por outra: admitindo, *em tese*, a validade da antipática portaria ministerial, S. Exa., *no caso*, a repeliu.

A *violência*

Rejeitando a abrangência de *Feliz Ano Novo* pelo preceito constitucional proibitivo referido à moral e aos bons costumes, mas recusando-se a decretar a nulidade do ato administrativo que o interditou, o MM. Dr. Juiz *a quo* recorreu ao argumento de que o livro explicita "culto da violência" e "elogio da impunidade"; reconhecendo embora que ambos "não são alheios a certos instantes da alta literatura" — para o que cita inclusive versos flamantes de Fernando Pessoa, positivamente incitadores da pirataria — sentiu-se o MM. Dr. Juiz *a quo* defrontando com o dilema resultante de que sua inclinação para manter a proibição de *Feliz Ano Novo* não tinha base legal.

Magistrado culto e inteligente, embutiu a *violência* na *moral*, afirmando:

> E, *in casu*, o que importa é a consciência moral do brasileiro médio, que reprova o culto da violência, mormente quando acasalado com o elogio da impunidade.

Tais conceitos, entretanto, não se harmonizam tão facilmente. André Lalande (*Vocabulaire technique et critique de la philosophie*, Presses Universitaires de France, 1951) assim os define (grifos originais):

> I. *Moeurs* (p. 641)
> A. Conduite ordinaire, habitudes (sans idée de bien ni de mal); usages d'un pays, d'une classe d'hommes; ensemble des actions qu'on observe en fait chez une espèce animale.
> B. (Probablement par abréviation de *bonnes moeurs*.) Conduite jugée digne d'approbation; 'morale' au sens A. (Comparer D. *Sittenlehre*.) 'Dans l'aception la plus large du mot les *moeurs* comprennent quasi tout ce qui est du ressort de l'ethnologie; mais nous n'entendons ici par moeurs que ce qui est, dans l'ordre des faits coutumiers et instinctifs, le corrélatif de la morale dans l'ordre des idées.' Cournot, *Traité de l'enchaînement des idées fondamentales*, § 418. — En particulier, ensemble des règles de conduite sexuelle: 'Un homme sans moeurs.'
> — 'Quiconque aura attenté aux moeurs en excitant, favorisant ou facilitant habituellement la débauche, etc.' *Code pénal*, art. 334.

C. Par suite, 'morale' au sens *B:* ensemble des jugements sur la conduite admis dans un milieu, à une époque. C'est en ce sens que L. Lévy-Bruhl oppose à la Morale (au sens *A)* la Science des mœurs, c'est-à-dire la science des croyances morales admises en fait, et historiquement déterminables.

II. *Morale* (p. 654/655)

A. (*Une* morale). Ensemble des règles de conduite admises à une époque ou par un groupe d'hommes. 'Une morale sévère. — Une morale relâchée.' 'Chaque peuple a sa morale, qui est determinée par les conditions dans lesquelles il vit. On ne peut donc lui en inculquer une autre, si élevée qu'elle soit, sans le désorganiser.' Durkheim, *Division du travail social,* II, ch. I, p. 262.

B. (*La* Morale). Ensemble des règles de conduite tenues pour inconditionnellement valables. 'Expliquer (le mal)... serait absoudre, et la métaphysique ne doit pas expliquer ce que condamne la morale.' J. Lachelier, *Psychologie et métaphysique,* dans *Le fondement de l'induction,* 3. éd., p. 171.

C. Théorie raisonnée du bien et du mal. Éthique. Le mot, en ce sens, implique toujours que la théorie dont il s'agit vise à des conséquences normatives. Il ne se dirait pas d'une science objective et descriptive des mœurs, ou même des jugements moraux (au sens *A*). 'Je me formai une morale par provision, qui ne consistait qu'en trais ou quatre maxifies, etc.' Descartes, *Disc. de la méthode,* 111, 1.

D. Conduite conforme à la morale, par exemple lorsqu'on parle des 'progrès de la morale', en entendant par là, non un progrès des idées morales, mais la réalisation d'une vie plus humaine, d'une justice plus grande dans les relations sociales, etc. Voir Lévy-Bruhl. *La Morale et la science des mœurs,* ch. IV, § 2.

III. *Violence* (p. 1.210)

A, B, C, D. Caractère d'un phénomène. 'Quand nous, qui vivons sous des lois civiles, sommes contraints à faire quelque contraints que la loi n'exige pas, nous pouvons, à la faveur de la loi, revenir contre la violence' (mais il n'en est pas de même des souverains). Montesquieu, *Esprit des lois,* livre XXVI, ch. XX.

E. Emploi illégitime ou du moins illégal de la force. 'Quand nous, qui vivons sous des lois civiles, sommes contraints à faire quelque contrat que la loi n'exige pas, nous pouvons, à la faveur de la loi, revenir contre la violence' (mais il n'en est pas de même des souverains). Montesquieu, *Esprit des lois*, livre XXVI, ch. XX.

IV. *Violent*
En parlant des phénomenes:
A. Qui s'impose à un être contrairement à sa nature: 'Mouvement violent' (au sens aristotélicien). L'expression est encore employée quelquefois dans le langage philosophique, par allusion à cette doctrine; mais elle est assez rare, et risque de n'être pas comprise, à cause du sens tout différent qu'elle reçoit dans la langue courante.
B. Qui s'exerce avec une force impétueuse contre ce qui lui fait obstacle: 'Vent violent. — Choc violent. — Violente explosion'.
C. En parlant des sentiments ou des actes: mêmes caractères, auxquels se joint presque toujours l'idée qu'il s'agit d'impulsions échappant à la volonté: 'Passion violente. — Violent désir'. On pourrait cependant à la rigueur parler d'un acte, d'une parole 'volontairement violente'; mais ce serait exceptionnel, et il y aurait toujours, dans ce cas, l'idée d'une sorte de simulation.
D. En parlant d'une personne (ou de son caractère): celle qui se comporte d'une manière violente, au sens *B*, centre ce qui lui résiste.

Afora o apelo aos dicionários não especializados, será preciso mais para demonstrar que moral e bons costumes se englobam em um conceito, e violência em outro, inteiramente diverso? A eventual possibilidade de superposição *só existe em concreto no comportamento individual* (digamos: no estupro da mulher) e aí a lei de referência não é a especial (o Decreto-Lei n. 1.077), mas a geral (o Código Penal, por exemplo).

Da decisão extra petita
Se a Constituição, o Decreto-Lei e a portaria ministerial falam em moral e bons costumes, e não em violência;

Se a violência não se confunde com a moral e os bons costumes, nem pela moral e os bons costumes é abrangida, nem abrange a moral e os bons costumes;

Se o Autor-Apelante, na petição inicial, e a Ré-Apelada, na contestação, não se referem à violência, mas à moral e aos bons costumes, e se a Ré-Apelada não reconveio a fim de alegá-la;

Se nem o parecer que informou a portaria ministerial atribui ao Autor-Apelante o incitamento à violência (mas ainda que o fizesse, seu subscritor não representa nenhuma das partes no feito), limitando-se a afirmar que o Autor-Apelante *enfoca* a criminalidade e

Se, finalmente, o MM. Dr. Juiz *a quo* baseou-se, não na moral e nos bons costumes, porém, na violência, então é nítido que S. Exa. violou, *data venia,* o artigo 128 do Código de Processo Civil (grifos aditados):

> O Juiz decidirá a lide nos limites em que foi proposta, *sendo-lhe defeso conhecer de questões não suscitadas, a cujo respeito a lei exige a iniciativa da parte.*

O direito adjetivo coíbe, neste dispositivo, que o juiz, no desempenho de sua atividade judicante, se transmude em *criador* de direitos subjetivos, *contra legem.* Celso Agrícola Barbi (*Comentários ao Código de Processo Civil,* v. I, t. II, p. 424; grifos aditados) infere daí que "em outras palavras, o *conflito de interesses* que surgir *entre duas pessoas será decidido pelo juiz* não totalmente, mas apenas *nos limites em que elas o levarem ao processo.* Usando a fórmula antiga, significa o artigo que o juiz não deve julgar além do pedido das partes: *ne eat judex ultra petita partiem*" ou, na espécie, o que é enunciado mais de rigor, *extra petita.*

O Código de Processo Civil concede ao juiz, em relação ao que as partes porventura não aleguem (artigo 131), apreciar livremente a prova — ainda assim, entretanto, "atendendo aos fatos e circunstâncias constantes dos autos".

Velho e sábio preceito jurídico, porém, é o que estatui que o juiz não pode decidir informado por elementos pessoais, extra-autos, de convencimento. E aí está: S. Exa. desclassificou a prova existente nos autos (os laudos periciais, o que a lei autoriza), mas não determinou que nenhuma outra, substitutiva, fosse produzida.

Assim, aquilo que *Feliz Ano Novo* é não ficou demonstrado no pleito, compondo a respeitável sentença apelada exclusivamente em termos de *juízo de valor* de seu eminente prolator — cuja função de julgar, entretanto, não é essa: é outra, e consistiria em, apreciando a prova, unicamente a prova, *aplicar a norma de Direito e enunciar decisão necessariamente de cunho apenas jurídico;* apesar da erudição literária do MM. Dr. Juiz *a quo,* sua autoridade legal não abrange — *data venia* — o campo do julgamento estético.

Por outro lado, se o ato administrativo, cuja nulidade o Autor-Apelante pleiteia, *é vinculado* — conforme reconhece o MM. Dr. Juiz *a quo* — o fundamento exclusivo para lhe reconhecer validade não podia ser senão o do apelo à moral e aos bons costumes, posto que à moral e aos bons costumes é que se referem a Constituição e o Decreto-Lei invocado; se é discricionário, *vincula-se a seus próprios fundamentos,* e também aí não comportaria qualquer esteio que não o da moral e dos bons costumes, inserido em seu texto.

Ao adicionar-lhe a violência, o MM. Dr. Juiz *a quo* (a) na primeira hipótese, negou sua própria convicção (a convicção de ser o ato vinculado), (b) na segunda hipótese, agiu como se o houvesse anulado, para em seguida fazê-la ressurgir das cinzas, redivivo, alvoroçada Fênix — o que, nem em uma, nem em outra, a lei lhe permite fazer.

A intenção do Escritor

Essa, declara o MM. Dr. Juiz *a quo, é irrelevante,* o que é também o ponto de vista do Autor-Apelante exposto na petição, na qual declara — com desculpas pela imodéstia da autotranscrição — que "uma obra de arte não é um fim em si, não visa a nenhum outro propósito que a criação dela mesma. Os temas que versa e a maneira pela qual o faz têm, em seu contexto, função meramente instrumental".

Função instrumental, é lógico, da criação mesma. Isso é que a diferencia, tratando-se de prosa, da reportagem (mera narração de fatos) e do panfleto (que visa à transmissão de mensagem de cunho social, moral ou político, e consequentemente a um efeito posterior, em campo específico autônomo do artístico). Em tudo, há exceções que confirmam a regra: são as obras de arte que sobreviveram como tais, embora nascessem de inspiração jornalística ou política. Do que são amostras, o excelente romance *A sangue frio,* de Truman Capote, e a *Marselhesa* de Rouget de Lisle, o vibrante e admirável hino francês, tão caro aos corações de todos nós.

Não seria lícito, entretanto, argumentar, *especialmente em se tratando de punir,* com a exceção e não com a regra, e a regra é, repita-se, de que a obra de arte visa a ser uma obra de arte. Atribuir ao Autor-Apelante, inegavelmente um criador em literatura, o objetivo de atentar contra a moral e os bons costumes, ou de incitar à violência, constitui interpretação subjetiva, sem apoio na lei, na tradição, na doutrina ou na jurisprudência. Nem o parecer da Divisão de Censura de Diversões Públicas foi a tanto, limitando-se a ressaltar que *Feliz Ano Novo enfoca* a face obscura da sociedade. Ninguém o nega. O Autor-Apelante *retrata uma realidade social evidente,* com a qual nos defrontamos na leitura diária dos jornais [...]. *E foi este, exclusivamente, seu propósito.*

Se o Autor-Apelante apresenta à sociedade, transfigurada por via da expressão artística, pelo recurso ao tratamento realístico, simbólico ou alegórico, determinado ambiente, e se a sociedade reage positiva ou negativamente, já não é problema dele. Seu único dever é não falseá-lo, o que teria ocorrido se em *Feliz Ano Novo,* como teriam preferido os pareceristas da Divisão de Censura de Diversões Públicas e talvez o MM. Dr. Juiz *a quo,* encerrasse cada um de seus contos com a prisão ou a morte do vilão.

Afinal de contas, nem a arte nem a vida têm como pressuposto necessário o *happy end*. Ou ainda estaremos no tempo da popularidade da xaroposa série cinematográfica *O crime não compensa*? Independentemente do que, se a obra literária que *retrata* ou *enfoca* a violência, ainda que em termos contagiantes, lograsse produzi-la — depois de *Macbeth* e *Ricardo III*, tão ampla e constantemente divulgados, a Inglaterra deveria ter se transformado no mais sanguinário país do mundo, e não no mais civilizado.

Neste capítulo, o Autor-Apelante lamenta não poder deixar de manifestar seu desapontamento ante o trecho em que a respeitável sentença apelada, reportando-se especificamente a *Feliz Ano Novo*, recorreu a resumos de cinco dos quinze contos que o livro contém, como se fosse possível analisar obras *literárias* através de *sínteses de enredo*, que as esvaziam de todos os seus significados artísticos, e as desfiguram irremediavelmente.

Relativamente a esse "escorço de alguns contos do livro", cabe ainda um reparo. É que, além da abordagem aí inserida do problema da violência, o MM. Dr. Juiz *a quo* destaca "Nau Catarineta" que se encerra com uma cena de antropofagia. Onde o demérito?

O tema, como salienta o MM. Dr. Juiz *a quo*, evoca "antiga xácara lusitana", "também tratado pelas literaturas orais de outros povos de tradição marítima", e se originou evidentemente da antropofagia praticada, eventualmente, em momentos de gravíssimo risco iminente de perecimento das tripulações dos barcos que singravam oceanos hostis, perdendo o rumo imprevistamente, carentes da última migalha de alimento. O que não constitui privilégio dos povos antigos. É de recente memória o episódio dos sobreviventes de avião caído nos Andes, que confessaram ter se alimentado dos cadáveres de seus companheiros de viagem, só assim havendo logrado resistir até o momento em que foram socorridos — o que empresta ao conto do Autor-Apelante o sainete da emoção contemporânea ante problema tão transcendente, em cuja abordagem aliás tem notável predecessor: é Dante Alighieri, no decantado episódio do Conde Ugolino, que, encerrado na masmorra medieval, devora os filhos mortos no momento em que o jejum foi mais forte do que o amor. Dever-se-ia, em função dessa passagem tão crua, proibir a *Divina comédia*?

A circunstância de que o Autor-Apelante aborda, com extrema lealdade e coragem, e com alta qualidade literária, aspectos da realidade que o circundam, torna *Feliz Ano Novo*, ao contrário do que pareceu à visão curta do parecerista da Divisão de Censura de Diversões Públicas, *um livro de cunho eminentemente moral*, conforme foi assinalado na prestigiosa *La quinzaine littéraire* (ler 15 juin 1979), a propósito de *O caso Morel* e *Feliz Ano Novo*, editados na França em um só volume (grifos aditados):

... chez Rubem Fonseca, toute psychologie balayée, *il s'agit plutôt d'une phénoménologie moraliste*.

O que já fora salientado pelo respeitado crítico Fábio Lucas (*O Estado de S. Paulo*, 21.2.1970; grifos aditados):

A sociedade de consumo tem a neurose do novo. Quando tudo se torna subitamente obsoleto, os prazeres envelhecem, o amor não chega a nascer, interesses subalternos envolvem as pessoas. De início pode-se pensar: para Rubem Fonseca todo o homem é mau, mas, por pior que seja, ainda há lugar para ser corrompido, a fórmula inversa de J. J. Rousseau. *Mas, reconsiderando, pode também ser classificado como um moralista.* Cada conto de Rubem Fonseca reflete mais do que a crise da sociedade, traz a crise do eu na sociedade. Daí tanta caricatura unidimensional, tantos caracteres cindidos, tanta esperança esmagada. *O homem não deve viver assim*, diz Rubem Fonseca.

Feliz Ano Novo é um livro moral, porque retrata uma realidade socialmente condenável, sob qualquer ângulo que seja examinada, porque o faz com vigor e franqueza, e porque não deixa dúvida de que não se pode suportar semelhante estado de coisas, precisamente por expô-lo de modo tão veraz. *Quem denuncia não compactua: quem denuncia, propicia a correção do mal; quem dessa forma procede, age por decorrência de impulso íntimo de cunho moral indiscutível.*

A influência possível de Feliz Ano Novo

O tópico é necessário: destaca a incoerência, neste ponto, da respeitável sentença apelada, a qual, se fulmina a violência que supõe encontrar em *Feliz Ano Novo*, reconhece paralela e implicitamente que a mesma, na prática, a nada conduz, porque o público a que o Autor-Apelante poderia alcançar, além de abominá-la, não lê.

Conquanto se trate de aspecto do feito aparentemente ancilar, é importante para o Autor-Apelante assinalá-lo, porque, se e quando se aceitasse, por amor à discussão, a existência, em sua obra, do convite à violência, se e quando se reconhecesse, por interpretação equivocada da boa doutrina, que isto fosse capitulável em qualquer texto de lei proibitiva, ainda assim estaria o Autor-Apelante isento de responsabilidade — pois a pseudomensagem negativa não atingiria a nenhum alvo, e ninguém é passível de penalização por algo que não chegou a acontecer.

Da liberdade constitucional de expressão

A tradição constitucional brasileira, desde o Império, sempre foi no sentido da mais ampla liberdade de imprensa e da circulação da palavra escrita. Na Constituição de 1824, o artigo 179, além de assegurar a inviolabilidade dos direitos civis e políticos dos cidadãos brasileiros, deu-lhe por base a liberdade, a segurança individual e a propriedade, garantindo o direito de comunicação do pensamento.

A Constituição de 1891 manteve o preceito, no artigo 72, inciso 12, como também a Constituição de 1934, no artigo 133, inciso 9, está introduzindo, pela primeira vez em nosso Direito Público, a censura "para espetáculos de diversão pública", mas declarando que *independeria de licença do Poder Público a divulgação de livros e periódicos*, e que não seria tolerado, tão-somente, "propaganda de guerra ou de processos violentos para subverter a ordem política e social" (isto é: o que, em linguagem atual, se chamaria de guerra interna).

A Constituição de 1937, o que não é de admirar, conteve (artigo 122, inciso 15), em casuísmo inusitado, nada menos de onze preceitos limitativos, reguláveis na lei ordinária. Foi um parêntese histórico infeliz para o Brasil, e não se renderia homenagem à cultura e ao senso jurídico do MM. Dr. Juiz *a quo* supor sequer que se inspirasse em normas de fase tão obscurantista de nossa História.

A Constituição de 1946 restabeleceu a boa regra do jogo, voltando ao texto básico de 1934, ao qual acrescentou, atualizando-se, a condenação da propaganda dos preconceitos de raça ou de classes.

Foi a Emenda Constitucional n. 1, de 17.10.1969, baixada sem o crivo do Congresso Nacional, por atribuições conferidas à Junta Militar que então governava o País por três atos institucionais, que modificou o artigo 153, parágrafo 8°, da Lei Magna, para, mantendo a regra de que a divulgação de livros "não depende de licença da autoridade", aumentar o elenco do que se tornaria de então em diante intolerável com o apodo de "as publicações e as exteriorizações contrárias à moral e aos bons costumes".

Quanto ao artigo 179 da Constituição em vigor, citado na respeitável sentença apelada, apenas reafirma, conquanto de modo mais enfático, o que é dito anteriormente: "as ciências, as letras e as artes são livres, ressalvado o disposto no parágrafo 8° do artigo 153".

De qualquer ângulo em que se procure interpretar esse artigo 153, § 8°, da Constituição vigente, *é curial que as limitações contidas em seu texto só podem ser entendidas restritivamente*. Dizia Rui Barbosa (*Comentários à Constituição Brasileira*, Saraiva, 1934, v. 5, p. 185-9):

> I. Direitos individuais correspondem a direitos dos indivíduos. São os direitos inerentes à individualidade humana ou à individualidade so-

cial: direitos individuais ou constitucionais; direitos da pessoa ou do cidadão, direitos que não resultam da vontade particular por atos ou contratos, mas da nossa própria existência, da espécie, da sociedade ou do Estado.

II. São os que existem no indivíduo como emanação da sua personalidade, nativa ou social: os direitos primários, os direitos inerentes à sua entidade, os direitos constitucionais, aqueles de onde provêm os outros: os direitos de aquisição, ou com que no comércio da vida o homem alega a sua esfera de ação, o valor de seu patrimônio, o exercício das suas faculdades.

E, comentando especificamente o artigo pertinente da Constituição de 1891, acrescentava (p. 143; grifos aditados):

De todas as liberdades, *a do pensamento é a maior e a mais alta; dela decorrem todas as demais*. Sem ela, todas as demais deixam mutilada a personalidade humana, asfixiada a sociedade, entregue à corrupção o Governo do Estado.

Voltando ao assinalado artigo 153, § 8º, com a redação da Emenda Constitucional n. 1: nele se assegura que "a publicação de livros não depende de licença da autoridade" — *eis o princípio essencial a que é preciso nos atermos*. A norma de que "não serão toleradas [...] as publicações e exteriorizações contrárias à moral e aos bons costumes" só pode ser aceita como de aplicação *em casos absolutamente extremos, radicais, indiscutíveis,* em que ocorra *incontroversa afronta* ao que a opinião pública reputa inserido, de seu ponto de vista, na moral pública e nos bons costumes como de um modo geral ela os pratica. Note-se que esta derradeira frase do dispositivo constitucional é caudatária de um elenco enunciativo constituído de outros eventos, todos da maior gravidade: propaganda de guerra, subversão da ordem, preconceitos de religião, raça ou classe.

Dispositivo que não pode abranger, por definição, as obras de arte (que igualmente por definição não atentam contra a moral e os bons costumes), e muito menos aquelas, como *Feliz Ano Novo*, nacional e internacionalmente, em vários níveis de crítica e referência (dos mais altos às simples notícias de jornal), *reconhecidas como de ótima qualidade*, e, ao contrário do que supôs a portaria ministerial, de indubitável base moral.

A lei, no mínimo, infeliz

A portaria ministerial, cuja nulidade se argui, não se baseia na Constituição (nem podia ter essa pretensão); baseia-se no Decreto-Lei n. 1.077, de 26.1.1970, que (grifos aditados) "dispôs sobre a execução do art. 153, § 8º, *parte final*, da Constituição da República Federativa do Brasil". É, portanto, este diploma, doravante sempre, simplificadamente, designado Decreto-Lei, que cumpre, agora, analisar.

Duas são, como se viu, as premissas constitucionais que o Decreto-Lei devia regulamentar: (a) a de que *a publicação de livros*, jornais e periódicos *não depende de licença da autoridade*, inserta no miolo do tão citado § 8º do art. 153 da Carta; e (b) a de que não serão toleradas as publicações e exteriorizações contrárias à moral e aos bons costumes, inserta, a reboque da propaganda de guerra, da subversão da ordem ou dos preconceitos de religião, raça ou classe, no final do dispositivo, em colisão com toda a tradição constitucional brasileira, salvo os mal-aventurados anos do Estado Novo.

O que, comparado à ementa do Decreto-Lei, reclama observação preliminar: a de que não podia ele, e *não podia absolutamente*, regulamentar *apenas a parte final* daquele dispositivo constitucional, fazendo *tabula rasa* de tudo o mais que nele contém, a começar pela categórica assertiva, constante de seu *caput*, de que é livre a manifestação de pensamento. Trata-se assim de Decreto-Lei tipicamente ditatorial, incompatível com o Estado de direito a que retomamos, talhado à feição para propiciar o arbítrio, do tempo felizmente superado em que o seu exercício escapava à apreciação do poder Judiciário.

Se a parte restritiva do próprio dispositivo constitucional há de ser interpretada *restritivamente* (o que apenas na aparência constitui pleonasmo), com mais razão cumpre interpretar o Decreto-Lei com extrema cautela, jamais permitindo que, através de sua aplicação, se chegue ao resultado, substantivamente antijurídico, de *ampliar a restrição do mesmo dispositivo constitucional,* já viciado na origem com a pecha de excrescência.

Voltando ao Decreto-Lei:

I. Ao artigo 1º, repetindo o texto *maladroit* da Carta ("Não serão toleradas as publicações e exteriorizações contrárias à moral e aos bons costumes"), adiciona o malicioso acréscimo que visou, por extensão inconstitucional inadmissível, permitir ao poder Executivo o assinalado exercício do arbítrio: "quaisquer que sejam os meios de comunicação".

II. Seu artigo 2º (grifos aditados) deu ao Ministro da Justiça, através do Departamento de Polícia Federal, competência para verificar, quando julgar necessário, *"antes da divulgação de livros e periódicos,* a existência de matéria infringente da proibição enunciada no artigo anterior". O que, em relação a *Feliz Ano Novo,* o Ministro da Justiça *não fez,* dado que o proibiu às vésperas da segunda edição, depois de três tiragens da primeira, totalizando 30.000 exemplares.

III. No artigo 3º, determina ao Ministro da Justiça que, "verificada a existência de matéria ofensiva à moral e aos bons costumes" — isto é: *uma vez cumprido o exame prévio ordenado no artigo 2º* —, proíba a divulgação e promova a busca e apreensão de todos os exemplares da publicação examinada.

IV. No artigo 7º, estabelece *tout court:* "A proibição contida no artigo 1º deste Decreto-Lei aplica-se às diversões e espetáculos públicos bem como à programação das emissoras de rádio e televisão."

A conclusão que decorre da simples leitura, desde que atenta, do Decreto-Lei é óbvia e se desdobra nos seguintes aspectos:

a) sua finalidade foi regulamentar a Carta, no que diz respeito *tão-somente à moral e aos bons costumes,* deixando para outro diploma os problemas de propaganda de guerra, de subversão da ordem ou de preconceitos de religião, raça ou classe;

b) ao fazê-lo, visou única e exclusivamente à programação das emissoras de rádio e televisão; mas

c) não elaborado através do Congresso Nacional, e como produto do cacoete absolutista ("O uso do cachimbo faz a boca torta."), acrescentou-se à malsinada expressão "quaisquer que sejam os meios de comunicação", *que agride a liberdade*, independentemente de licença da autoridade, *de publicação de livros*, contida explicitamente na Constituição, transferindo, sem base legal e contra a imunidade constitucional, ao poder Executivo, a faculdade de censurar a obra escrita.

Talvez supusesse o Presidente da República que o baixou que seu Ministro da Justiça seria prudente e moderado no uso dele. Tal não aconteceu. S. Exa. aplicou *extensivamente*, portanto inconstitucionalmente, *o artigo 3º* do Decreto-Lei, no momento em que proibiu *Feliz Ano Novo*. Tão esquisito, aliás, é o Decreto-Lei que, até do ponto de vista de sua utilização corrente, houve infringência das próprias disposições, porque o parágrafo único do artigo 2º estipulou que o Ministro da Justiça fixaria "por meio de portaria, o modo e a forma da verificação prevista neste artigo" — ato esse, contudo, de que os autos não dão notícia. O correto, dentro do incorreto, seria, assim, na espécie, que a portaria ministerial que interditou o livro do Autor-Apelante se fundamentasse em outra portaria ministerial que houvesse "regulamentado" o parágrafo único do artigo 2º do Decreto-Lei e não no Decreto-Lei mesmo, como resulta de seu texto.

Em síntese, o Decreto-Lei:

I. No artigo 1º, abandonando o nódulo do texto constitucional, repete-lhe o epílogo ("Não serão toleradas as publicações e exteriorizações contrárias à moral e aos bons costumes"), a que adenda frase imperdoável: "quaisquer que sejam os meios de comunicação".

II. No artigo 7º, retrata-se do excesso, autolimitando-se àquilo que efetivamente se relaciona à moral pública (essencialmente a proteção ao menor e a vigilância sobre os órgãos de comunicação que entram diretamente na casa das pessoas sem pedir licença), ao rezar que a proibição de seu artigo 1º "aplica-se às diversões e espetáculos públicos bem como à programação de rádio e televisão".

Por outras palavras, carece o Decreto-Lei de base constitucional para ter sido promulgado nos termos em que foi; se aceitável, não obstante esse vício, cumpriria que fosse interpretado de forma restritiva, o que nulifica adotá-lo como fundamento de ato administrativo vinculado, proibitivo da edição ou circulação de obra escrita em geral e de obra de arte em particular.

Das perdas e danos

Reconhecendo que o ato administrativo vinculado, impugnado no pleito, está sujeito ao controle judicial, mas considerando-o consumado, ao ver do Autor-Apelante enganadamente, "em consonância com o espírito" — e cabe aqui enfatizar a avisada prudência com que o MM. Dr. Juiz *a quo* se referiu à Constituição, evitando, com extremo tato, analisar o texto invocado — "que norteia os arts. 153, § 8º, *in fine*, e 179, *caput*, da Lei das Leis", o MM. Juiz *a quo*, conquanto não necessitasse fazê-lo, abordou *en passant* os efeitos morais e patrimoniais do mesmo ato administrativo:

> O certo é que essa medida contribuiu bastante para promover o livro e o seu autor, os quais, sem ela, nunca teriam sido tão mencionados na imprensa e nos círculos literários. Ao contrário, porém, do alegado na inicial, não se vislumbra o mínimo indício de que o veto censório teria causado qualquer dano à reputação pessoal do escritor. A monótona publicação de um despacho ministerial no *Diário Oficial da União*, sem nenhum estrépito, não teria força para tanto. Amoral seria, isto sim, o condenar-se o Estado a pagar uma descabida indenização, porque a repercussão financeira se estenderia até o povo contribuinte, cuja consciência moral fora insultada exatamente pela obra.

Ainda uma vez o Autor-Apelante não pode concordar com o MM. Dr. Juiz *a quo,* porque:

1º) a notoriedade do Autor-Apelante como escritor perante o leitor e a crítica, independentemente da proibição de *Feliz Ano Novo,* é mais do que evidente e se demonstra à saciedade na compulsação dos artigos e notícias que, selecionados pelo método da amostragem, constituem o Anexo II;

2º) antes da proibição de *Feliz Ano Novo,* já recebera o Autor-Apelante inúmeros e reputados prêmios pela qualidade de sua obra (Anexo III), e era traduzido, editado e aplaudido no exterior (Anexo IV);

3º) *Feliz Ano Novo* atingira o índice de vendagem de 30 mil exemplares, o que até nos Estados Unidos e na França (para não falar no Brasil) é muito significativo, sem que tal aceitação do livro ocorresse em virtude de qualquer impulso ou propaganda decorrente do arbítrio governamental.

Ao contrário, o que os dados factuais ora trazidos aos autos permitem, além de supor, asseverar, é que a livre circulação de *Feliz Ano Novo* teria ensejado sucessivas novas edições, com a percepção de direitos autorais nada desprezíveis; por outro lado, após a infausta portaria ministerial, o Autor-Apelante, essencialmente um intelectual que imprime à sua obra forte caráter moral, o que corresponde, aliás, à própria estrutura espiritual íntima, à postura cultural que adotou e até aos hábitos de vida morigerada a que se atém, *foi rotulado oficialmente como pornógrafo, obsceno, imoral e outros pejorativos afins.*

É como se houvesse sido *condecorado às avessas* pelo governo. Dedicando-se com afinco à literatura, produzindo obra de qualidade reconhecida por gregos e troianos, críticos e leitores, brasileiros e não brasileiros, cronistas e historiadores, homens de letras e juristas, em vez de merecer, com *Feliz Ano Novo,* do Ministério da Educação e Cultura o galardão a que fez jus, ganhou do Ministério da Justiça o castigo do crime que não cometeu.

À parte o que, o MM. Dr. Juiz *a quo,* ao falar em "descabida indenização, porque a repercussão financeira se estenderia até o povo contribuinte", involuntariamente se contradisse pela quinta vez: se não houvera, ao ver de S. Exa., dano a reparar, não caberia, segundo nosso Direito, indenização a pagar, a qual não poderia ser portanto jamais cabida ou descabida. De qualquer maneira, isto constituiria matéria para debate na execução da sentença — não aflorável nesta última que, na passagem indicada, inverteu a melhor metodologia jurídica: adotou como justificativa de decidir o que seria (ou não) consequência da decisão.

Conclusões

1ª) A Constituição, no artigo 153, § 8º, *in fine*, limita-se a uma referência a "publicações e exteriorizações contrárias à moral e aos bons costumes". O Decreto-Lei adiciona-lhe adendo injustificável: "quaisquer que sejam os meios de comunicação", adendo esse também inconstitucional, porque a lei ordinária não pode aditar, a fim de restringi-lo, preceito constitucional, mormente se relativo aos direitos e garantias que a Carta assegura.

2ª) Inconstitucional (ou ilegítimo) o Decreto-Lei perde toda a substância normativa e a portaria ministerial dele originária, que proibiu a circulação de *Feliz Ano Novo*, torna-se nula por definição.

3ª) Além do mais, a portaria ministerial em questão *é ato vinculado*, conforme reconhece a respeitável sentença apelada. Não comporta qualquer dose de discricionariedade, cumprindo ao poder Judiciário, se e quando esta se manifeste, anulá-la.

4ª) Ao negar o atentado à moral e aos bons costumes, a que a portaria ministerial se apega, decidiu avisadamente o MM. Dr. Juiz *a quo;* mas, sustentando o incitamento à violência e o elogio da impunidade para justificar aquela portaria ministerial, vulnerou a Constituição e o Decreto-Lei (que não preveem esses fundamentos para aquele ato vinculado) e o Código de Processo Civil, julgando *extra petita*.

5ª) Finalmente, a intenção do escritor de uma obra não lhe pode ser atribuída sem demonstração exata — e, a ser interpretada, especialmente em se tratando de punir, deve sê-lo a seu favor. Assim, estando claro que o Autor-Apelante *não visou a incitar à violência*, mas simplesmente a retratar a realidade, produziu livro de denúncia eminentemente moral —devendo-se lembrar que não há exemplo na história de proselitismo nesse sentido feito através de obra de arte.

6ª) Quanto às referências do MM. Dr. Juiz *a quo* à indenização a que o Autor-Apelante fará jus se atendida a demanda, não cabem no processo de conhecimento.

Pedido

Em face do exposto, o Autor-Apelante confia em que o Egrégio Tribunal Federal de Recursos, pelos fundamentos aqui aduzidos e ainda todos os demais que constam dos autos, reforme a respeitável sentença apelada para os efeitos de julgar procedente a ação movida contra a União Federal, ora em grau de apelação.

Justiça!

Rio de Janeiro, 25 de abril de 1980
Antônio Fernando de Bulhões Carvalho
(OAB-GB — Insc. n. 7.303)
Alberto Venâncio Filho
(OAB-GB — Insc. n. 8.367)

Apelação da União

Egrégio Tribunal Federal de Recursos

Preliminarmente

1. A v. sentença entendeu que a censura não é de natureza discricionária, cabendo ao Judiciário verificar se obedece aos parâmetros fixados na lei. Mas entendeu também que estes foram obedecidos pelo que improcedente a ação.

2. A União sustentou e sustenta exatamente o contrário; trata-se de ato discricionário e, como tal, imune àquela apreciação.

3. Ou seja, a parte *dispositiva* da sentença lhe é favorável, mas não os fundamentos, "os motivos importantes que a ditaram".

4. Não obstante, a coisa julgada assim formada em nada lhe prejudicará, pois esta se fixa é na conclusão, na parte *dispositiva*.

5. Aliás, não podia deixar de ser assim, pois a coisa julgada se fixa é na conclusão, na parte *dispositiva* da sentença. Esta é que fixará os limites *objetivos da coisa julgada*. Vale dizer, a extensão, os parâmetros, em que sentido se firmou.

6. Amaral Santos:

Está na conclusão da sentença, no seu dispositivo, o pronunciamento do juiz sobre o pedido, acolhendo-o ou rejeitando-o. Esse pronunciamento, que consiste num 'comando' acolhendo ou rejeitando o pedido, é, pois, atribuído ou não ao autor, o bem pretendido é que se torna firme e imutável por força da coisa julgada. A sentença se prende ao pedido, e ao pedido se liga a coisa julgada que da sentença dimana. (*Comentários*, fl. 473.)

7. Por isso mesmo não fazem coisa julgada "os motivos, *ainda que importantes* para determinar o alcance da parte dispositiva da sentença" e as questões decididas incidentemente no processo (art. 469, I e III do C.P.C.).

8. Amaral Santos:

Tal é o pensamento desenvolvido, dentre outros, por Frederico Marques, Lopes da Costa, e que há mais de um século emitira Paula Batista: "a coisa julgada restringir-se-á à parte dispositiva do julgamento e aos pontos aí decididos e fielmente compreendidos em relação aos seus motivos subjetivos".

A doutrina foi acolhida pelo Código. Aí se diz (art. 469, n. 1) que não fazem coisa julgada os motivos, quaisquer que sejam, "ainda que importantes para determinar o alcance da parte dispositiva da sentença". Os motivos ajudam o esclarecimento do *decisum*, mas, observa Pontes de Miranda, não dispõem por si, nem mudam o *decisum* claro.

9. Assim, a referência, ao se tratar de ato não discricionário, não integra a *coisa julgada* podendo ser reapreciada pelo Egrégio Tribunal *ad quem*.

De Meritis

10. A v. sentença julgou improcedente a ação pela qual pretendia o Autor: a) declaração de insubsistência de ato pelo Sr. Ministro da Justiça que proibiu a circulação do livro *Feliz Ano Novo*;

b) ser ressarcido pelos danos patrimoniais e morais consequentes que alega sofridos.

11. Entendeu o ilustre Dr. Juiz *a quo* que a censura não é de natureza discricionária. Ao contrário, vinculada e, assim, sujeita à apreciação judicial. E, fazendo-a, mantinha o ato censório, porque a moral do brasileiro médio repele o livro como atentatório à moral e aos bons costumes.

12. A União concorda com as conclusões da v. sentença na parte em que manteve o ato do Executivo. Na verdade, nada há a ela acrescentar tão erudita e bem formulada se encontra.

13. Discorda, porém, de seus fundamentos, pois entende que o ato censório é de natureza discricionária.

14. Conforme assinalou na contestação, cabendo ao Estado prover a satisfação das necessidades coletivas, na mecânica constitucional da divisão de poderes, cabe ao Executivo exercê-la por duas maneiras principais. Através de atos em que sua ação é limitada pela lei, decorrente de "análise e de solução optativa anteriores pelo legislador", onde o "administrador apenas torna efetiva a solução pré-assentada" (Seabra Fagundes). São os *atos vinculados*.

15. Noutros casos, a lei deixa a autoridade administrativa livre na apreciação do motivo ou do objeto do ato, ou de ambos ao mesmo tempo. No que respeita ao motivo, essa descrição se refere à ocasião de praticá-lo (oportunidade) e à sua utilidade (conveniência). No que respeita ao conteúdo, a descrição está em poder praticar o ato com objetivo variável, ao seu entender.

16. Daí concluir o eminente Mestre:

> A propósito de tais atos *não é possível* cogitar de nulidade relacionada com o *motivo*, com o objeto, ou com ambos, conforme a respeito de qualquer um desses requisitos, ou os dois, para deliberar livremente a Administração.

17. A Constituição, no § 8° do art. 153, como é próprio dos povos livres, prescreveu a liberdade de opinião e de edição. Con-

dicionou, porém, o seu exercício ao respeito às regras morais e aos *bons costumes,* ou seja, àqueles princípios basilares de uma sociedade organizada.

18. Intérprete supremo da definição há de ser, necessariamente, o Estado por seu órgão competente. Só este há de saber — atento e sopesando o contexto geral de suas demais atribuições — o que, em determinado momento histórico, constitui a moral comum.

19. Mais não se precisa dizer para evidenciar que o ato de que se queixa o Apelante é de natureza eminentemente discricionária. E, como tal, imune à apreciação judicial.

20. Admiti-la, *data venia,* seria alterar o equilíbrio da mecânica constitucional dos pesos e contrapesos, dando-se ao Judiciário proeminência que o sistema não quis dar.

21. E não deu, inclusive, pela uniformidade a que tais decisões hão de obedecer. Realmente, só um órgão há de dizer o que constitui *a moral* comum. E este há de ser necessariamente o Executivo, por lhe caber a administração geral do país com o respectivo poder de polícia.

22. Em contrário, entregue ao Judiciário, teríamos além da quebra do equilíbrio entre os Poderes — julgamentos fundados em entendimentos pessoalíssimos, estabelecendo, *ex cathedra,* qual o comportamento social e moral do brasileiro. Em breve surgiriam novos relatórios Kinsey e Hite ou cada um a julgar de acordo com seu "Ibopezinho" doméstico...

23. Disto andou perto a v. sentença ao se permitir, não se sabe com base em que estudos — aprioristicamente, traçar o perfil do brasileiro médio chegando a conclusões, algumas extremamente deliciosas, equiparáveis aos estudos sociológicos do conselheiro Acácio, ou seja, de que o brasileiro médio "Não é santo nem demônio", "acha que a mulher deve casar virgem", "gosta de futebol e gosta de carnaval" e "detesta a violência e tem muito medo de assalto".

24. E, após oportuna citação do Sr. Ministro da Justiça que "se referiu à violência presente nos programas noticiosos de televi-

são", conclui com profunda observação, já agora, de *Alta Política* de que "o brasileiro médio simpatiza com o Presidente [da República] e nem gosta de pensar na fila do Inamps".

25. Ora, tais apreciações, de natureza, digamos, sociológica, não podem prevalecer, pois ensejaria outras sem dúvida injustas em contrário, de que o Presidente da República não seria simpático, de que o brasileiro gosta de filmes de bangue-bangue e de mulher... de segunda mão.

26. Exatamente para se evitar extravasamento de pontos de vista puramente pessoais, algumas vezes notáveis, sem dúvida, é que só um órgão — aquele a quem cabe administrar o País — é que poderá dizer o que constitui a moral e os bons costumes.

27. Face ao exposto espera a União, com a ressalva acima, seja a v. sentença confirmada na parte *dispositiva*, julgada, assim, a ação improcedente.

Rio de Janeiro, 19 de maio de 1980
Sylvio Fiorêncio
Procurador da República

Parecer da Procuradoria da República

N. 019-GT
Apelação Cível n. 66.289-RJ
Apelante: José Rubem Fonseca
Apelada: União Federal
Relator: Exmo. Sr. Ministro Adhemar Raymundo

Responsabilidade civil
Ação de indenização contra a União Federal.
Censura. Proibição de venda, circulação e edição da obra intitulada *Feliz Ano Novo*.
Ato administrativo que envolve conceitos jurídicos indeterminados, tais como *moral* e *bons costumes*.
Cabe ao administrador precisá-los.
Legitimidade do ato censório.

1. Trata-se de ação ordinária de indenização proposta por Rubem Fonseca contra a União Federal, em virtude da proibição de editar-se, fazer circular e vender, em todo o território nacional, sua obra intitulada *Feliz Ano Novo*.

2. Qualificando o ato proibitivo de ilegal, na inicial, o A. argumenta que:

A *ilegalidade* do ato consiste em que não existe o motivo invocado; e só ele a legitimaria. Em decorrência de não ser existente o fundamento, o ato deve ser dado como insubsistente por sentença; e condenada a União na reparação aos danos que causou ao Escritor com esta ilegalidade.

3. Aduzindo adiante:

A proibição de manifestação do pensamento constante de certo livro, quando decidida pela autoridade, deve constituir *ato que seja vinculado ao motivo* definido na lei; sem vinculação a *motivo de lei*, o ato fere garantia constitucional (CF, art. 153, § 8°).
No direito vigente tratando-se sempre de 'ato motivado', ele está sujeito ao controle do Judiciário. Este irá além do seu exame formal e externo. Deve ingressar na análise da existência real da motivação do ato; e assim verificar se o ato está em conformidade com a lei que o determina.

4. Discorrendo longamente sobre suas obras anteriores e as obras de arte em geral, sustenta o A. que as mesmas não impelem ninguém ao vício, devendo ser consideradas como um todo, ante seu fim artístico. Pleiteia, ao final, seja declarada a injuridicidade do ato censório impugnado e condenada a União a indenizar por dano patrimonial (decorrente da apreensão dos livros, suspensão de vendas e proibição da reedição) e por dano moral que atingiu sua reputação granjeada como escritor.

5. Na contestação, a R. pede impugnação do pleito do A., assinalando que:

A Constituição, no § 8° do art. 153, como é próprio dos povos livres, prescreveu a liberdade de opinião e de edição. Condicionou, porém, o seu exercício ao respeito às regras morais e aos *bons costumes*, ou seja, àqueles princípios basilares de uma sociedade organizada.
Intérprete supremo da definição há de ser, necessariamente, o Estado por seu órgão competente. Só este há de saber — atento e sopesando

o contexto geral de suas demais atribuições — o que, em determinado momento histórico, constitui a moral comum.

6. Saneador às fls. [...]

7. Laudos do perito nomeado pelo Juiz e dos assistentes indicados pelas partes.

8. O ilustre Magistrado *a quo* em erudita sentença esclarece, dentre outros aspectos, que a *questio juris* gira em torno da natureza jurídica do ato censório, para que se determine se se cuida de ato administrativo praticado no exercício de poder *vinculado ou regrado,* ou se se cuida de *ato discricionário in verbis.*

O Dec.-Lei n. 1.077, de 26.01.70, regulamentou a execução do art. 153, § 2º, parte final da Constituição, atribuindo ao Sr. Ministro de Estado da Justiça o poder de proibir a divulgação da publicação e de determinar a busca e a apreensão de todos os exemplares de livros e periódicos, vez que verificada a existência de matéria contrária à moral ou aos bons costumes (art. 6º). Logo, configurado esse pressuposto de fato, à autoridade administrativa, necessariamente, resta adstrita à prática da medida censória, a qual — repita-se — só pode ser exercitada *a posteriori,* como, aliás, o foi no caso *sub judice,* e nunca exercitada previamente, como na hipótese de diversões e espetáculos públicos.

Nestes termos, o ato impugnado está sujeito a judicial control, *a ser cumprido de maneira mais abrangente, com a investigação dos seus motivos determinantes.* (Grifei.)

9. No seu bojo, o *decisum* faz o esboço de alguns contos mais significativos que integram a coletânea, para concluir nos seguintes termos:

Como se verifica pelo texto dos cinco contos escorçados nesta sentença, subsiste um denominador comum, consistente na inusitada violência contra a pessoa humana, aureolada por uma sugestão de impunidade.

10. E alerta mais adiante:

> Ora, o poder censório se inspira precisamente no sentido de autopreservação de cada grupo humano, em cada momento histórico. Tal sentimento indica os valores que, em consonância com o consenso dominante, mais interessam para a subsistência das uniformidades sociais consideradas imprescindíveis ao gozo do *statu quo. (RTJ,* v. 44, p. 780.)

> Por outra, para apreciar o ato censório, deve o juiz guiar-se pelo conceito de moral e bons costumes que sintoniza com o sentimento do homem médio, conceito esse que não se confunde com o literário ou individualístico, próprio da postura da inteligência que almeja edificar a ética vindoura. *(RTFR,* v. 52, p. 1.880.)

E, *in casu,* o que importa é a consciência moral do brasileiro médio, que reprova o culto da violência, mormente quando acasalado com o elogio da impunidade.

11. Fundamentado no art. 436 do CPC que não junge o julgador às conclusões de laudos periciais, deixando-o livre para formar sua convicção a partir de outros alimentos constantes dos autos, o MM. Juiz *a quo* rejeita os três laudos, entendendo que *in casu* tal gênero de prova pode ser dispensado, pois se trata de apreciar a moralidade da obra apreendida.

12. Fundamentalmente, repele a tese de que o veto censório à obra em apreço consubstancie a injuridicidade do ato administrativo, argumentando que

> O certo é que essa medida contribuiu bastante para promover o livro e o seu Autor, os quais, sem ela, nunca teriam sido tão mencionados na imprensa e nos círculos literários. Ao contrário, porém, do alegado na inicial, não se vislumbra o mínimo indício de que o veto censório tenha causado qualquer dano à reputação pessoal do escritor. A monótona

publicação de um despacho ministerial no *Diário Oficial da União*, sem nenhum estrépito, não teria força para tanto. Amoral seria, isto sim, o condenar-se o Estado a pagar uma descabida indenização, porque a repercussão financeira se estenderia até o povo contribuinte, cuja consciência moral fora insultada exatamente pela obra.

Exercitado, pois, o *judicial control* sobre o ato administrativo impugnado e constatando-se que o mesmo se consumara em consonância com o espírito que norteia os arts. 153, § 8°, *in fine*, e 179, *caput*, da Lei das Leis, ele não merece sofrer a pretendida corrigenda judicial, impondo-se, destarte, o total desacolhimento da inicial, sem embargo do brilho profissional demonstrado pelos nobres patronos da parte demandante, a qual, contudo, se equivocou, imaginando que se poderia interpretar o texto do Estatuto Fundamental de modo a tornar ético o que, *ab initio,* é antiético.

13. Afinal, decidindo, a respeitável sentença repele o pleito, conforme se infere de sua parte dispositiva, que ora se transcreve:

> *Ex positis,* julgo improcedente a ação indenizatória que o Dr. José Rubem Fonseca, que também se assina Rubem Fonseca, moveu contra a União Federal e condeno o Autor a pagar as custas judiciais, os honorários advocatícios, fixados estes em quinze por cento sobre o valor da causa, a remuneração do perito Dr. Afrânio Coutinho, como fixada e já satisfeita, e a remuneração do assistente técnico indicado pela Ré, Dr. Alfredo Chicralla Nader, fixada esta em trinta vezes o valor de referência regional, vigente à época do efetivo pagamento.

14. Irresignado, apela o A., em longo arrazoado, cujas conclusões merecem ser transcritas:

> A Constituição, no artigo 153, § 8°, *in fine,* limita-se a uma referência a "publicações e exteriorizações contrárias à moral e aos bons costumes". O Decreto-Lei adiciona-lhe adendo injustificável: "quaisquer que sejam os meios de comunicação", adendo esse também inconsti-

tucional, porque a lei ordinária não pode aditar, a fim de restringi-lo, preceito constitucional, mormente se relativo aos direitos e garantias que a Carta assegura.

Inconstitucional (ou ilegítimo) o Decreto-Lei perde toda a substância normativa e a portaria ministerial dele originária, que proibiu a circulação de *Feliz Ano Novo*, torna-se nula por definição.

Além do mais, a portaria ministerial em questão *é ato vinculado*, conforme reconhece a respeitável sentença apelada. Não comporta qualquer dose de discricionariedade, cumprindo ao poder Judiciário, se e quando este se manifesta, anulá-la.

Ao negar o atentado à moral e aos bons costumes, a que a portaria ministerial se apega, decidiu avisadamente o MM. Dr. Juiz *a quo;* mas, sustentando o incitamento à violência e o elogio da impunidade para justificar aquela portaria ministerial vulnerou a Constituição e o Decreto-Lei (que não preveem esses fundamentos para aquele ato vinculado) e o Código de Processo Civil, julgando *extra petita*.

Finalmente, a intenção do escritor de uma obra não lhe pode ser atribuída sem demonstração exata — e, a ser interpretada, especialmente em se tratando de punir, deve sê-lo a seu favor. Assim, estando claro que o Autor-Apelante não *visou a incitar à violência*, mas simplesmente a retratar a realidade, produziu livro de denúncia eminentemente moral — devendo-se lembrar que não há exemplo na história de proselitismo nesse sentido feito através de obra de arte.

Quanto às referências do MM. Dr. Juiz *a quo* à indenização a que o Autor-Apelante fará jus se atendida a demanda, não cabem no processo de conhecimento.

15. A União Federal, nas contrarrazões de apelação, renova seu entendimento de que a censura é ato discricionário:

A Constituição no § 8º do art. 153, como é próprio dos povos livres, prescreveu a liberdade de opinião e de edição. Condicionou, porém, o seu exercício ao respeito às regras morais e aos *bons costumes,* ou seja, àqueles princípios basilares de uma sociedade organizada.

Intérprete supremo da definição há de ser, necessariamente, o Estado por seu órgão competente. Só este há de saber — atento e sopesando o contexto geral de suas demais atribuições — o que, em determinado momento histórico, constitui a moral comum.

Mais não se precisa dizer para evidenciar que o ato de que se queixa o Apelante é de natureza eminentemente discricionária. E, como tal, imune à apreciação judicial.

Admiti-la, *data venia*, seria alterar o equilíbrio da mecânica constitucional dos pesos e contrapesos, dando-se ao Judiciário proeminência que o sistema não quis dar.

E não deu, inclusive, pela uniformidade a que tais decisões hão de obedecer. Realmente, só um órgão há de dizer o que constitui *a moral comum*. E este há de ser necessariamente o Executivo, por lhe caber a administração geral do país com o respectivo poder de polícia.

Concordando com a v. sentença tão-somente na parte dispositiva, que espera seja confirmada pelo Eg. Tribunal Federal de Recursos.

16. É *o relatório*.

17. Efetivamente, como bem posicionou o ilustre Magistrado *a quo*, a questão a ser decidida versa sobre a natureza jurídica do ato administrativo que proibiu a venda, a circulação e a edição da obra *Feliz Ano Novo*.

18. Nos autos, ao prolatar a sentença, o MM. Juiz se houve com muita felicidade ao dirimir a controvérsia nos seguintes termos:

> Ora, se a Lex Maxima estabelece fundamentalmente, como regra geral, o direito à liberdade de emissão do pensamento e se, por outro, ela estabelece a intolerabilidade das publicações e exteriorizações contrárias à moral ou aos bons costumes, o ato da autoridade pública que, *a posteriori*, proibir a publicação e a circulação de uma obra literária, por conter a mesma matéria contrária à moral ou aos bons costumes, há de ser necessariamente um ato administrativo praticado no exercício de poder vinculado ou regrado, vez que a norma condiciona

a expedição de tais atos aos elementos constantes do texto normativo (cf. Hely Lopes Meirelles. *Direito administrativo brasileiro*. 3.ed. São Paulo: Revista dos Tribunais, 1975, p. 86), conquanto possa o ato estar colorido de uma certa dose de discricionariedade, porque a divisão do poder administrativo em poder vinculado ou regrado e poder discricionário não é absoluta, subsistindo sempre um faixa cinzenta, de contornos não bem definidos.

19. Concluindo taxativamente:

Nestes termos, o ato impugnado está sujeito a *judicial control*, a ser cumprido de maneira mais abrangente, com a investigação dos seus motivos determinantes.

20. *In casu*, o ato censório impugnado é *motivado*. A portaria ministerial declara a exteriorização, na obra, de matéria contrária à moral e aos bons costumes.

21. Esse ato administrativo teve como origem o parecer da Divisão de Censura de Diversões Públicas, Departamento de Polícia Federal, do Ministério da Justiça, que opinou retratar a obra literária "[...] em quase toda sua totalidade, personagens portadores de complexos, vícios e taras, com o objetivo de enfocar a face obscura da sociedade na prática da *delinquência, suborno, latrocínio e homicídio, sem qualquer referência a sanção*".

22. Implícita, portanto, no referido parecer a censura à *violência com impunibilidade*. Destarte, improcede a alegação do Apelante de que o juízo *a quo* ao mencionar o elemento *violência* estaria julgando *extra petita*.

23. Consequentemente, *data venia* das alegações do Autor-Apelante não se trata de ato desmotivado. O ato censório existiu legitimamente, porque o Administrador entendeu atentar a obra contra a moral e os bons costumes.

24. Ora, o juízo de valor sobre o que se deve entender por "publicações e exteriorizações contrárias à moral e aos bons cos-

tumes" só a autoridade competente para esses assuntos o poderá dizer (cf. voto do min. Henoch Reis, na *RTFR*, 466, p. 64).

25. Corolário do princípio de que o ato administrativo goza de *fé pública* é a presunção de sua legalidade, isto é, a Administração não precisa fazer prova do *suporte jurídico*. Tal presunção é *juris tantum*. Entretanto, alerta, com lucidez, Diogo de Figueiredo Moreira Neto, se a controvérsia girar sobre entendimento de *conceitos indeterminados*, a presunção de legalidade do ato demonstrativo é *absoluta*.

> [...] se a contestação se fundar em entendimento ou aplicação defeituosa de conceitos jurídicos indeterminados, esbarrará numa presunção *juris et de jure* pois não se admite que os administrados e mesmo o Judiciário contestem ou substituam a Administração nas tarefas de precisar. *In casu*, o alcance da norma indeterminada sempre que esta fixação for reservada à competência administrativa.

26. Exemplificando, esclarece o doutrinador

> O Direito Administrativo também possui, em suas normas, conceitos jurídicos indeterminados, tais como "segurança pública", "ordem", "perigo iminente", "paz pública", "moralidade pública", "periculosidade", "salubridade" etc...
> A distinção entre os conceitos jurídicos indeterminados e a discricionariedade é clara: enquanto esta admite várias atuações legais, aqueles só autorizam uma atuação legal — a que a autoridade competente para precisá-lo vier a determinar *in casu*.
> A distinção é importante porque se, por um lado, a discricionariedade pode ser objeto de controle de limites, isto é, pode-se perquirir se a Administração fez sua opção dentro de seu campo de alternativas lícitas, por outro lado, a fixação administrativa de um conceito jurídico indeterminado, face a uma hipótese não pode ser contrastável: seria substituir uma autoridade administrativa por uma judiciária sem qualquer vantagem, pois aquela presume-se preparada tecnicamente

para enfrentar e solucionar os problemas administrativos, ao passo que o juiz, técnico em Direito, só pode atuar constrastando um ato de um paradigma objetivo e não subjetivo. *A decisão subjetiva — e única possível, no caso de determinação casuística de conceitos que o legislador deixou propositadamente imprecisos no campo de Direito Administrativo — cabe ao administrador e não ao juiz.* (Autor citado, *Curso de direito administrativo.* 3. ed. 1976, p. 76.)

27. Subsume-se, integralmente, a hipótese tratada nestes autos, à lição acima transcrita. A decisão do que seja moral e *bons costumes* cabe ao Administrador precisar.

28. Ao votar o MS-76.935-DF, o eminente min. Otto Rocha se reporta ao ilustre min. Jorge Lafayette Guimarães, que acentuou, no julgamento do MS-74.626, *in verbis:*

> A autoridade pública não pode censurar, a seu arbítrio, sem nenhuma base, um espetáculo, sem qualquer fato que permita invocar os pressupostos previstos na lei: o interesse nacional, a dignidade nacional, a moralidade pública etc. Mas, desde que estes ocorrem, cabe à autoridade pública, que exerce a censura, medir e pesar tais fatos, dar o valor que eles merecem, e avaliar a conveniência que pode apresentar o espetáculo, pelo reflexo no público a que se destina. (*RTFR*, n. 52, p. 190.)

29. Na jurisprudência, inúmeros são os acórdãos que neste mesmo caminho consideram legítimo o ato censório, opinando implicitamente pela constitucionalidade do Dec.-Lei 1.077, de 1970, que reproduz a norma hierarquicamente superior, constante da Carta Magna (art. 153, § 8º), conforme emerge da leitura da seguinte ementa:

> Controle do Estado sobre publicações. A Constituição (art. 153, § 8º) não tolera publicações e exteriorizações contrárias à moral e aos bons costumes, colocando-as em pé de igualdade com a propaganda

de guerra, de subversão da ordem ou de preceitos de religião, de raça ou de classe. O Decreto-Lei n. 1.077, de 1970, quando dispõe sobre a intolerabilidade e a apreensão de publicações contrárias à moral e aos bons costumes, não restringe direito nem faculdade prevista na Constituição, cujo pensamento reproduz. É mero instrumento para execução do preceito de maior hierarquia. (MS-73.636-DF, *RTFR*, n. 46, p. 58.)

30. *Diante do exposto* é o parecer para que seja negado provimento à apelação, confirmando-se a sentença recorrida.

Brasília, 06 de setembro de 1982
Maria da Glória Ferreira Tamer
Procuradora da República

Aprovo:
Hélio Pinheiro da Silva
Subprocurador Geral da República

Anexos

Relação dos livros proibidos

Abajur lilás: teatro — Plínio Marcos, Global Ed.
Abbey opens up — Andrew Laird
ABC do comunismo — Alexeyevich Evgeni Preobrazhensky
Actas tupamares: uma experiência de guerrilha urbana no Uruguai
Adelaide, uma enfermeira sensual — Marilyn Monray, Cristal Ed. (RJ)
Adoráveis gatinhas — René Clair
Ahnnn... — Camille La Femme
Aldeia da China Popular, Uma — Jan Myrdal
Aliciadora feliz, A — Xaviera Hollander
All juiced up — Veronica Ming
Alô sim... — Madame Claude
Amada amante — Ivonit Karystyse
Amado amante negro — June Warren, Publicações Sucessos Literários
Amante amada — R. Barnes, Mek Ed. (SP)

Amante de Kung Fu, A — Lee van Lee
Amante insaciável, O — James Garan
Amantes e exorcistas — Wesley Simon York
América Latina: ensaios de interpretação econômica — José Serra e outros
Amor a três — Brigitte Bijou
Amor sem limite — Cristopher Palmer
Amores insaciáveis de uma estrela — Frederico Olsseberg
Anatomia de uma prostituta — Jhan Robbins
Angélica das madrugadas — João Francisco de Lima
Anti-Justine — Restif de La Brettone
Aracelli, meu amor — José Louzeiro
Armadilha erótica — Francis Hagaerre, Ed. Gótica (SP)
Art érotique, L' — Eberhard e Phyllis Krouhausen
Astúcia sexual — Dr. G. Pop
Automação e o futuro do homem, A — Rose Marie Muraro
Autoritarismo e democratização — Fernando Henrique Cardoso
Aventura boliviana: Che Guevara, A — Fidel Castro e outros
Aventuras das secretárias, As — Rommie James
Aventuras de um sádico — Ed. Livros do Brasil-Portugal
Aventureiras, As — Al. Trebla

Barrela: teatro — Plínio Marcos
Belas e perigosas
Beleza mora com o sexo, A — Paul Ableman
Belo burguês, O — Pedro Porfírio
Blue love — Thomas Conrad
Boca sensual — Paul Ableman
Bolero sensual — Denise Taylor, Panamericana, Livros e Revistas
Bondinho — Cia. Comunicação Ed.
Borboleta branca, A — Cassandra Rios
Breve história de Fábia, A — Cassandra Rios
Bruxas estão soltas, As — Dr. G. Pop

Cabo e a normalista, O — Claudivino Alencar
Camara cuties — Epharam Lord
Canteiro de obras — Pedro Porfírio
Carícias do casal, As — Pierre Valinieff
Carnal cousins — Jack Vaste
Carne e sangue — João Francisco de Lima
Carniça — Adelaide Carraro
Cartas a Xaviera — Xaviera Hollander
Cartas eróticas de Marilyn — Marilyn Whitney
Carvoeiro, O — Ignacio Piter
Casa dos sexos, A — (anônimo)
Caso de duas, Um — Maximo Jubilus
Caso de sexo especial, Um — D. L. Perkins
Cassandra — Marilyn Monray, Edições Sucessos Literários
Castrado, O — Adelaide Carraro
Catástrofe iminente e os meios a conjurar, A — Lênin
Cedo para a cama — Mark Clements
Chamas eróticas
Chinezinha, A — Brigitte Bijou
Chinezinha erótica — Brigitte Bijou
Ching Ping Mei (Flor de ameixa no vaso de ouro) — Traduzido por A. M. Amerj
Cidinha, a incansável — Dr. G. Pop
Citações de Lênin sobre a revolução proletária e a ditadura do proletariado — Lênin
Citações do Presidente Mao Tsé-tung — Mao Tsé-tung
Classes médias e política no Brasil — J. A. Guilhon de Albuquerque
Classificados do sexo, Os — Hélio Miranda de Abreu, Cedibra
Clube dos prazeres — Brigitte Bijou, Panamericana, Livros e Revistas
Cobrador, O: conto — Rubem Fonseca
Coisas amargas da doce vida, As — Dr. G. Pop
Colonel's boy, The — Jay Green
Com carinho e amor — J. Moura e J. Sutherland

Come again — Frederick Starr
Comitê, O — Adelaide Carraro
Como aumentar a satisfação sexual — Dr. David Reuben
Comunistas e o desporto, Os — Faure Barran Laurent
Concepção das superpotências, A — Pierre Maes
Condenados da terra, Os — Frantz Fanon
Confidências íntimas — Riola Arriagada
Confissões de um conquistador de criadas — Hernani Irajá
Contos eróticos — R. Barva
Contrabandistas de escravas — Dr. G. Pop
Contradições urbanas e movimentos sociais — J. Álvaro Moisés e outros
Copa mundial do sexo — Camille La Femme, Ed. Lampião
Copacabana em trajes íntimos — Diderot Freitas
Copacabana Posto Seis — Cassandra Rios
Crise das ditaduras: Portugal, Grécia e Espanha, A — Nicos Poulantzas
Cruise ship — Jay Geene
Cruzeiro dos amantes, O — Michael Lamont, Panamericana, Livros e Revistas

De prostituta a primeira dama — Adelaide Carraro
Degenerados da terra, Os — Oliver Huston
Degrading affair, A — Dert Pirelan
Derecho a rebelarse, El — Vicente Rovetta
Descubra seu Q. I. sexual — Larry Schawab e Karen Markham
Despertador — Claúdio Marques
Despertar da revolução brasileira, O — Márcio Moreira Alves
Deuses eróticos, Os — Mek Editores
Devaneios de uma virgem — José Adauto Cardoso
Dez histórias imorais — Agnaldo Silva
Diário de André — Brasigóis Felício
Diário de uma freira — Diderot

Diário íntimo de Casanova, O — J. Casanova de Seingalt
Dias de Clichy — Henry Miller
Dicionário de palavrões e termos afins — Mário Souto Maior
Ditadura dos cartéis, A — Kurt Ulrich Mirow
Namoro à noite de núpcias, Do — Richard Hershey e Annie Berger
Doing daddy — Samuel Sulton
Dois corpos em delírio — Márcia Fagundes Varella, Arean, Ed. e Dist. (SP)
Don Juan da Segunda Avenida, O — Rock Allmen
Doze mulheres e um andrógino — Roy Thomas
Duas amantes, As — Francis Miller
Duas faces de uma secretária, As — Pierry
Duas flores do sexo — Dr. G. Pop
Duas noites de paixão — Alfred Musset
Duelo entre duas mulheres — Brigitte Bijou

Educação em Cuba, A — Ministério da Educação de Cuba
Ela — Christopher Palmer
Elas e o sexo — Editora Edrel
Elas fazem aquilo — Editora Edrel
Elas não escondem nada — Editora Edrel
Elas o esperam — Oscar Vieira Garcia
Elas são de morte — René Clair
Ele — Christopher Palmer
Ele não brincava com o amor — Al. Trebla
Em busca da aventura — Brigitte Bijou
Em câmara lenta — Renato Tapajós
Emmanuelle — Emmanuelle Arsan
Emmanuelle, a virgem — Emmanuelle Arsan
Erotika biblion — Mirabeau
Escalada do prazer — Peter McCurtin
Escravas do sexo — Editora Edrel
Escultura de barro

Escuridão e podridão — Adelaide Carraro
Espelho/Seminário — Raimundo Pereira Rodrigues
Esquerdismo, a doença infantil do comunismo, O — Lênin
Essas virgens de hoje — Felisbelo da Silva
Estrategia de la guerrilla urbana — Abraham Guilen
Estruturalismo — Lévi-Strauss
Eterno sexo, O — João Francisco de Lima
Eu, Margô — Tradução de Euclides Carneiro da Silva
Everybody does it — Dick Trent
Ex, o melhor de Ex — Ex Editora
Excitadas, As — Peggy Caddis
Explosão sexual — Felisbelo da Silva

Falência das elites — Adelaide Carraro
Fascinadoras, As — Maria Luhan, Ed. Gótica
Fazendo amor — Norman Begner
Feliz Ano Novo — Rubem Fonseca
Fêmeas de luxo — Jean Charles Chapelle
Férias amorosas — Vivian Crawford, Panamericana, Livros e Revistas
Férias em Mar del Plata — Al. Trebla
Férias no Havaí — Paul Harris, Publicações Sucessos Literários (RJ)
Filha de ninguém, A — Dr. G. Pop
Filosofía como arma de la revolución, La — Louis Althusser
Filosofia de alcova ou escola de libertinagem — Marquês de Sade
Flores para o Dr. Oscar — Al. Trebla
Fogo sensual — Editora Edrel
Fornecedores do vício, Os — E. Rimband, Nova Época Editorial
Fraqueza da carne — F. Lamont, Ed. Gótica

Galante mister John, O — João Francisco de Lima
Garanhão da cosa nostra, O — F. W. Paul
Garota cobiçada, A — Brigitte Bijou, Ed. Movedi (SP)

Garotas calientes — Rita Lafond, Ed. Guaíra (P. Alegre)
Garotas em apuros — Brigitte Bijou, Ed. Gótica
Garotas que dizem sim, As — Edward Thorm
Gatinha erótica, A — N. Campeli
Gavião do asfalto, O — João Francisco de Lima
Gênio nacional da história do Brasil, O — Robert Sisson
Georgette — Cassandra Rios
Gigolô, O — Chris Morrison
Gina à procura de Kukla — Dr. G. Pop
Gíria sensual, A — Belinho
Grab your joystick — Jeff Jones
Graciela amava e... matava — Dr. G. Pop
Grande comédia, A — F. Menezes Silva
Guerra de guerrilhas em Vietnam — Hoang Van Thal
Guerra del pueblo: ejército del pueblo — Nguyen Giap
Guerra popular en el Brasil, La — Movimento Comunista Internacional
Guia das cariocas — Pierre Valinieff
Guia para o amor sensual — Robert Chartam

Há muito não tenho relações com o leitão — Rex Schinder
Herança de Dena, A — Gwen Whinter, Aquários
História de Kim il Sung — Takoo Takagui
História militar do Brasil — Nelson Werneck Sodré
Holy men — Editora Edrel
Homem, a mulher e a cama, O — John Wallace
Homem irresistível, Um — Henry Spencer
Homem que desafiou o diabo, O — Dr. G. Pop
Homem sensual, O — M.
Hora do amor, A — Cristopher Palmer
Hora inesperada, A — Cristopher Palmer
Horas tardias — Dr. G. Pop, L'Oren Ed.
Hot and tought — John D. Douglas
Hot pursuit — C. C. Danyon

House of pleasures — Sonder Greco
Humor negro em terceira dimensão — Comendador Napoleão
Humpy's nudist camp — Humphrey A. Slone

I confess — Chris Harrison
Imitation to sin — Ian Lederer
Imperialismo e a cisão do socialismo, O — Lênin
Inocente, A — Brigitte Bijou
Inteirinha nua e sua — R. Barva
La Internacional Comunista desde la muerte de Lenin — Leon Trotski
Iogurte com farinha — Nicolas Behr
Irene — Albert de Routsio

Jeff's trade — Roger St. Clair
Jogo do amor
Joia do sexo, A — Virgínia Graham
Jou pu tuan — Yu, Ed. Livros do Brasil-Portugal

Kevin's big number — John Bell
Kukla, a boneca — Dr. G. Pop

Labaredas sensuais — Editora Kultus
Lágrimas das virgens, As — Dr. G. Pop
Lei é lei e está acabado — Nazareno Tourinho
Liberdades sexuais — Felisberto da Silva
Liebesschude, Die — Bertha Herzfeld
Logos e práxis — François Chatelet, Paz e Terra
Loira vestida de branco — Dr. G. Pop, L'Oren Ed.
Louco, O — Dr. G. Pop, L'Oren Ed.
Louras ardentes — Pierre Marchais
Lucha armada: fuerza armada — Nguyen Giap
Luíza, "Das Lust Duett" a cigana sexual — Nelson C. Cunha
Lust Duett, Das — Jean Michen

Relação dos livros proibidos 299

Macaria — Cassandra Rios
Machão, O — Harold Robbins
Machos e fêmeas — Michael Lamont, Panamericana, Livros e Revistas
Make me — Jeffrey N. Hudson
Male female St. — William Stieg
Marcella — Cassandra Rios
Mares da perdição — Jack Gordon, Aquários
Maria da ponte: peça — Guilherme Figueiredo
Marxismo — Louis Althusser
Massagista para cavalheiros — Gabrielle Manson, Panamericana, Livros e Revistas
Massagistas, As — Jennifer Sills
Massagistas de Tóquio, As — Rita Reynolds, Panamericana, Livros e Revistas
Masterpiece of erotic photography — Harbour House Book
Médico sensual, O — Robert Thompson
Meet Marilyn — Thomas Cassidy
Mein Kampf — Adolf Hitler
Memórias de Casanova, As — Giovanni Casanova
Memórias de um varão castrado — Rodolfo Quaresma Filho
Memórias eróticas de um burguês — Ed. Livros do Brasil-Portugal
Método dialético e teoria política — Michael Löwy
Meu amigo Che — Ricardo Rejo
Meu amor o bode — N. Campel
Meu companheiro querido — Alex Polari
Meu jardim secreto — Nancy Fryday
Meu nome é Marcelo — M. Lopes
Meus amores secretos — João Francisco de Lima
Mi experiencia cubana — Ezequiel M. Strada
Minha vida, meus amores — Henry Spencer

Minha vida com Xaviera — Larry
Minha vida íntima — Catherine Remoir
Minha vida secreta, A — Ed. Livros do Brasil-Portugal
Miss Stuck Up — Rob O'Noal
Mister Curitiba: conto — Dalton Trevisan, Ed. Três
Mistério de uma doutora — Al. Trebla
MO: nova vida revolucionária — Moisés David
Modo de produção asiático, O — Giani Sofri
Movimento estudantil e consciência social na América Latina — J. A. Guilhon de Albuquerque
Mulher diferente, Uma — Cassandra Rios
Mulher erótica, A — Joy Warren
Mulher na construção do mundo futuro, A — Rose Marie Muraro
Mulher pecado — Márcia Fagundes Varella
Mulher sem fronteiras, A — Alice Amew
Mulher sensual, A — Joan Garrity
Mulheres, o amor e o sexo, As — Robert Chartham
Mulheres eróticas — B. Bava
Mundo do sexo, O — Henry Miller
Mundo do socialismo, O — Caio Prado Jr.
Mundo erótico de Isadora Duncan, O
Mundo pecaminoso em que vivi, O — Mylene Demarst

Na rota do sexo — Lee van Lee
Na voragem do êxtase — Brigitte Bijou, Ed. Arelux (Curitiba)
Neighborhood — Don Elcord
Nicoleta ninfeta — Cassandra Rios
Noite em New Haven, Uma — Henry Miller
Noites de Moscou — Vlas Tomin
Nós — Christopher Palmer
Nossa luta en Sierra Maestra — Ernesto Che Guevara
Novas aventuras da aliciadora feliz — Robin Moore
Novas aventuras das massagistas, As — Jennifer Sills, Global Editora

Novas aventuras de Linda Lovelace — D. M. Perkins, Nova Época Editorial
Novas confissões íntimas de Paulette, a aeromoça — Janice Blair, Panamericana, Livros e Revistas
Novas páginas eróticas — Tradução de Luiz Barreiros
Noviça erótica — Márcia Fagundes Varella
Nua e sua — Editora Edrel

O que excita as mulheres — Robert Chartham
Obras escogidas — Mao Tsé-tung
Odd Ball — Rex Larson
Office-boy das arábias, Um — Virginia Grey, Panamericana, Livros e Revistas
Only men — Editora Edrel
Opções da revolução na América Latina — Miguel Urbano
Orgienkeller, Der — Roy Mills

Padre fogoso de Boulange, O — Brigitte Bijou
Padres também amam, Os — Adelaide Carraro
Páginas eróticas — Luiz Barreiros
Páginas sensuais, Os — Editora Rodolivros
Palácio das ninfas, O — Al. Trebla
Papel da mulher na sociedade: do problema feminino nos países socialistas, O — Unikelayeva Tereshkova
Paris, sexo, prazeres e crimes — Paul Demourgart
Pátio de cobrança das rendas, O
Paulette, aeromoça — Vicky Morris, Edições Informação e Cultura (Niterói)
Pecado nos seus olhos, O — Mary Singl Eten
Peggy Getshers — Stephen Morrison
Pérola: um jornal erótico, A — Ed. Livros do Brasil-Portugal
Photo manual of sex intercourse — L. R. O'Conner
Pick-up — Michel Adrian
Picture book of sensual love — Robert Harket

Play sexy — Brigitte Bijou, Panamericana, Livros e Revistas
Poder jovem, O — Arthur José Poerner
Podridão — Adelaide Carraro
Poesis — João Carlos C. Teixeira
Português em Cuba, Um — Alexandre Cabral
Posições amorosas — Roy Thomas
Possua-me e depois... — M. Casey
Possuída, A — Charles W. Runyon
Prazer sem pecado — Brigitte Bijou, Edições Arelux
Prazeres de uma princesa russa, Os — Maria Luhan, Ed. Gótica
Preço de Marta, O — Márcia Fagundes Varella
Primo Charlie, O — Jeanette Sinclair
Proposta indecorosa, Uma — Trey Conway
Protocolos dos sábios do Sião, Os — Distribuidora Farmalivros
Psychiatrists tales — C. von Seyffertitz
Pussey in the Penthouse — Robert S. Ashley

Quando o diabo se diverte — Dr. G. Pop
Quarto de empregada: teatro — Roberto Freire
Quinteto sensual, O — Robert Gover

Rainha do strip-tease — Danielle Jobert, Panamericana, Livros e Revistas
Rasga coração: teatro — Oduvaldo Viana Filho
Rebelião dos mortos — Luiz Fernando Emediato
Reckless flesh — Ben Doughty
Reflexões de dois amigos...: conto — Deonísio da Silva
Relatório Hite, — Shere Hite, Difel
Resistência sexual — Maria Luhan, Ed. Gótica
Revolução brasileira, A — Caio Prado Jr.
Revolução erótica, A — Lawrence Lipton
Revolução na revolução — Régis Debray
Revolución política del Partido Comunista en Colombia — Movimento Comunista Internacional
Rumo à vitória — Álvaro Cunhal

Sadismo e masoquismo da princesa russa — Maria Luhan, Ed. Gótica
Saigon, meu amor — Luiz Barreiras
Sarjeta, A — Cassandra Rios
Seja feliz na vida sexual — Helmut Fichter
Sem retoque: a vida íntima de um jovem universitário — J. Mello
Sensuais, As — Marcel Kappa
Serpentes e a flor, As — Cassandra Rios
Servicio social pueblo — Natalio Kisnerman
Sexhauf reisen — Porno Vellen
Sexo, delírios e tormentos — Jean Fleubert
Sexo ardente — Editora Edrel
Sexo e amor — David Saramon
Sexo e boêmia — João Francisco de Lima
Sexo e morte em Paris: último tango em Paris — Maximo Rabel
Sexo e prazer — René Clair
Sexo e tentação — Editora Rodolivros
Sexo em troca de fama — Adelaide Carraro
Sexo impetuoso — Bernardo Elias Lane
Sexo no paraíso — Editora Edrel
Sexo para jovens e adultos — Robert Chartham
Sexo superconsumo — Márcia Fagundes Varella
Sexus — Henry Miller
Sheila's sin — Gil Johns
Simplesmente amor — Francis Miler
Sindicatos e a gestão de empresas, Os — Lazarento
Sitting idol — Robert Moore
Slup ship — Michel Adrian
Só nós duas — Barbosa Breecks
Sobre a caricatura do marxismo e o economismo imperialista — Lênin
Socialismo em Cuba — Leo Huberman e Paul H. Sweezy
Socialismo y el hombre en Cuba — Ernesto Che Guevara

Sociología de una revolución — Frantz Fanon
Solano López, o Napoleão do Prata — Manlio Conceghi e Ivan Boris
Sou Lilly, atriz de cinema — Lili Lamont, Panamericana, Livros e Revistas
Strand party — Leopold Lowenzahn
Strasse der Geildeit — Yeira Laus
Submundo da sociedade — Adelaide Carraro
Sugar — Enerald Evans
Supermercado supermacho — R. T. Larkin
Sweet lips — Fleteher Hill

Tantris das funfech
Taormina: début de siècle
Tara — Cassandra Rios
Teacher taught us — Jon Vermon
Teatro dos prazeres — Anny Lover, Ed. Lampião
Técnicas amorosas — Dr. Helmut Fichter
Teoría revolucionaria, La — Phillipe Sollers
Teribre, o místico do sexo — Lima Miranda
Tessa, a gata — Cassandra Rios
Textos de Che Guevara — Editora Saga
Titilators, The — Jack Darck
Torturas e torturados — Márcio Moreira Alves
Tóxico, sexo e mortes — Wedge Hels
Traças, As — Cassandra Rios
Trigêmeas, As — Dr. G. Pop
Tumbas, As — Henrique Medina

Última conquista de Don Juan, A — Rex Stewart, Panamericana, Livros e Revistas
Última noite de amor de um condenado, A — Michel Lamont, Panamericana, Livros e Revistas

Último tango em Paris, O — Robert Halley
Uma para cada gosto — Ivonit Karystyse
União popular e o domínio da economia, A — Philipe Herzeg
Universidade necessária, A — Darcy Ribeiro
USA: a crise do Estado capitalista — James O'Connor
USA: civilização empacotada — Mauro Almeida, Fulgor

Vagamundo — Eduardo Galeano
Vampiras do sexo — F. W. Paul
Veneno — Cassandra Rios
Verdade de um revolucionário, A — Olympio Mourão Filho, L&PM
Verdadeira história de um assassino, A — Adelaide Carraro, Ed. e Dist. São Paulo
Vícios, tuberculose e sexo — Bernardo Elias Lahado
Vida amorosa de um médico, A — Dr. G. Pop, L'Oren Ed.
Vida e o sexo, A — Dr. G. Pop
Vida secreta de um homem sensual, A — Donald E. Westlake
Violence militaire du Brésil, La — Editora Maspero
Violentas, As — M. Cassey
Viva superestrela — Traduzido por P. Skroski
Volúpia do pecado — Cassandra Rios
Voo erótico — Hughes Jonathan
Voragem sensual — Lee van Lee

We love sex
When she was bad — Enerald Evans
Wild — Vincent Church
Wollust — Peter Kulp

Xaviera masculino — Grant Tracy Saxon, Nova Época Editorial

Zero: romance pré-histórico — Ignácio de Loyola Brandão

Sobre a censura na Argentina

Mempo Giardinelli

No meu caso, a censura aconteceu à maneira argentina, que me cabe esclarecer inicialmente. Ocorre que em meu país, pelo menos nos últimos anos das ditaduras — Onganía (1966-69), Levingston (1970), Lanusse (1970-73), Videla (1976-80), Viola (1981), Galtieri (1982), Bignone (1983) — e ainda durante o período formalmente democrático hegemonizado por José López Rega, sob a presidência de Isabel Perón (1974-76), a censura não significou a figura clássica do censor, ou seja, não houve a típica presença estereotipada do sujeito inquisidor que lê, observa, julga, proíbe, corta. Em todo caso, como sugeriu Manuel Puig, eu diria que a censura argentina consistiu em difundir a sensação de medo, em inculcar a certeza do terror à espreita, em conseguir que a autocensura fosse desempenhada e lhe permitisse tornar óbvio ao sistema a existência física de personagens censoras.

Isto não significa que não tenha havido censura, ou que inexistissem censores profissionais. Houve, e em quantidades, e em nome de Deus, dos santos evangelhos, dos bons costumes, da moral, da pacificação, da honra nacional e de quantos lugares-comuns possam ser imaginados. Mas não foram os escritórios burocráticos ou nem os entes qualificadores nem os inquisidores individuais (*de jure* ou *de facto*) os protagonistas do aplastamento de nossa cultura e da livre expressão no pensamento e nas artes. Na Argentina, o sistema atingiu uma escala de terror máximo, mediante argumentos de terrorismo de Estado, contundentemente, com base num arrazoado mais ou menos assim: "Se queremos censurar Fulano, jogamos uma bomba contra ele"; "Se pretendemos silenciar Beltrano, sequestramos sua filha ou sua mãe, ou simplesmente o matamos".

O exemplo propagou-se rápida, brutalmente. O governo autoritário evitou desse modo a censura internacional a sua censura, e pôde, inclusive — cinicamente —, assegurar que não havia leis de censura e que as críticas feitas a ele eram injustas e constituíam "campanhas antiargentinas".

Matar, ameaçar, sequestrar, colocar bombas, silenciar, "dar sumiço", distorcer e mentir nos meios de comunicação, em síntese, aterrorizar a população, foi o modo de censura das ditaduras argentinas dos últimos anos, especialmente a partir de 1976, quando o chamado "Processo de Reorganização Nacional", encabeçado por Videla e continuado pelos presidentes que se lhe seguiram, iniciou a destruição sistemática de toda perspectiva de pensamento e expressão artística independente, livre, autônoma.

Minha situação pessoal, meu caso particular, só pode ser explicado dentro desse quadro, dessa compreensão.

Em maio de 1976, meu primeiro romance, *Toño Tuerto rey de ciegos*, estava para ser publicado pela editora portenha Editorial Losada, para sua coleção "Narradores de Nuestra Era". O livro havia sido contratado em meados de 1975, e em abril de 1976 a edição estava praticamente terminada. Mas o golpe de Estado liderado pelo general Videla ocorrera pouco antes, em 24 de março, e, em vista da dureza repressiva das primeiras semanas, a editora preferiu esperar. Não há dúvida de que meu romance contém elementos questionáveis a partir da visão autoritária dos militares. De fato, nele se questiona o autoritarismo: num de seus capítulos, revela-se claramente a condenação ao militarismo; em outro, as torturas são vistas como práticas sistemáticas das ditaduras argentinas, e o tom do romance em geral é libertário e até certo ponto apologiza os levantamentos populares contra o poder da força armada. Os temores da editora, e inclusive os meus próprios, não deixavam de ser razoáveis.

Não obstante, em julho daquele 1976, a Editorial Losada e eu mesmo concordamos em que — visto que o livro estava terminado — não era possível conservá-lo nos depósitos por tempo indefinido. Pensávamos — e logo comprovamos ter sido um erro — que as preocupações dos militares estavam ligadas especificamente à guerrilha, ao controle do aparelho burocrático do Estado e às novas medidas econômicas rapidamente postas em prática por José Alfredo Martínez de Hoz, acabando por levar à destruição do sistema produtivo nacional. A cultura, segundo acreditávamos, não era uma das prioridades das forças armadas, e meu romance, como muitas outras obras, poderia circular de todo modo, dado o espaço reduzido ocupado pela literatura em nossa sociedade. Programou-se, então, o lançamento do *Toño Tuerto...* em 25 de julho, numa livraria do centro de Buenos Aires, coincidente com o início da distribuição (tiragem de 5 mil exemplares) para livrarias de todo o país. Nesse sentido, anúncios do evento começaram a ser publicados duas semanas antes em diversos meios de comunicação (jornais e revistas), com caráter promocional.

Soube depois que por aqueles mesmos dias a Editorial Losada estivera desenvolvendo a mesma estratégia comercial em relação a um outro romance, intitulado *Cuatro casas,* de meu colega Eduardo Mignogna. Soube, também, que outras editoras pretendiam fazer lançamentos de livros de acordo com seus programas editoriais.

Na noite de 23 de julho, atendi a um chamado telefônico em casa de minha sogra (eu não tinha telefone em casa). O diretor editorial da Losada, o conhecido crítico Jorge Lafforgue, informou-me que, a partir de uma "denúncia anônima", a Polícia Federal estivera nos depósitos da editora para sequestrar a tiragem completa do meu romance e do de Eduardo Mignogna, os quais ficavam, desde então, proibidos por seu presumido caráter subversivo. O procedimento consistiu simplesmente em sequestrar a edição, sem que fosse apresentada qualquer disposição de caráter oficial — nem de juiz nem de autoridade policial, nem decreto, nem regulamento. Tudo foi feito em silêncio, sob ameaça armada e deixando dúvidas quanto ao caráter oficial do procedimento. Não se lavrou qualquer auto, não houve possibilidade de protesto ou de apelação. Na verdade, foi como se não tivesse acontecido nada.

Seguindo conselhos, deixei de ser localizável em minha casa e em meu local de trabalho (a revista *Siete dias*, da Editora Abril, na qual eu era redator desde 1969). Uma semana e meia mais tarde, parti para o México, para um exílio que durou oito anos e meio, igualmente em silêncio, atemorizado e sem ter sequer tentado alguma apelação. Isso tudo depois de suportar meia dúzia de ameaças anônimas por telefone contra minha pessoa, minha mulher, filhas e sogra e de ser procurado por misteriosos policiais à paisana, em meu local de trabalho, onde obviamente eu já não estava.

Anos depois, em 1980, meu segundo romance, *La revolución de bicicleta*, editado pela Pomaire, de Barcelona (Espanha), foi enviado a Buenos Aires com outros livros de importação. Ele foi detido na Alfândega e impedido de entrar no país, sem invocação de lei, decreto ou regulamento. E o mesmo ocorreu com o resto de minha obra posterior, publicada na Espanha, no México e nos Estados Unidos.

Estes são fatos que, como disse no início, devem ser interpretados no quadro de um sistema de censura e autocensura que imperou na Argentina daqueles anos. Naturalmente o meu não foi um caso isolado ou único; correspondeu a um estilo de repressão.

Bibliografia

Livros

ALBERONI, Francesco. *O erotismo*. Rio de Janeiro: Rocco, 1988.
ALMANSI, Guido. *L'estetica dell'osceno*. Turim: Einaudi, 1974.
ALTHUSSER, Louis. *Ideologia e aparelhos ideológicos do Estado*. Trad. de Joaquim José de M. Ramos. Lisboa: Presença, 1980.
ARIES, Philippe; BÉJIN, André (orgs.). *Sexualidades ocidentais*. São Paulo: Brasiliense, 1985.
ASHBEE, Henry Spencer. *Erotika Lexikon*. Rio de Janeiro: Artenova, 1973.
AVANÉSOV, G.; IGÓSHEV, K. *Normas sociales y modo de vida*. Moscou: Editorial Progresso, 1983.
BARTHES, Roland. *Crítica e verdade*. Trad. de Leyla Perrone-Moisés. São Paulo: Perspectiva, 1970 (Col. Debates, 24).
_____. *Sade, Fourier, Loyola*. Paris: Seuil, 1971.
BATAILLE, Georges. *O erotismo: o proibido e a transgressão*. Trad. de João Bernard da Costa. Lisboa: Moraes, 1980 (Col. Manuais Universitários).
BEAUVOIR, Simone de. *Faut-il brûler Sade?*. Paris: Gallimard, 1955.
BOSI, Alfredo (sel.). *O conto brasileiro contemporâneo*. São Paulo: Cultrix/Edusp, 1975.
BOURDIEU, Pierre. *A economia das trocas simbólicas*. São Paulo: Perspectiva, 1971.
BRANCO, Lúcia Castello. *O que é erotismo*. São Paulo: Brasiliense, 1984 (Col. Primeiros Passos, 136).

BRASIL, Assis. *A nova literatura. III — o conto*. Rio de Janeiro: Americana; Brasília: INL, 1973.

_____. *A técnica da ficção moderna*. Rio de Janeiro: Nórdica; Brasília: INL, 1982.

BUCHEN, Irving. *The perverse imagination, sexuality and literary culture*. Nova York: New York University, 1970.

CALVERTON, V. F. *Sex expression in literature*. Nova York: Boni & Liveright, 1976.

CARPENTIER, Alejo. *Literatura & consciência política na América Latina*. São Paulo: Global, s.d.

CHARPIER, Jacques. *Anthologie de la littérature érotique*. Estrasburgo: Broceliande, 1960.

CRAIG, Alec. *Suppressed books*. Nova York: Word Meridian Books, 1963.

CUNHA, Fausto. *Situações da ficção brasileira*. Rio de Janeiro: Paz e Terra, 1970.

DURIGAN, Jesus Antônio. *O que é texto erótico*. Campinas: Unicamp, s.d. (mimeo).

EVOLA, Julius. *Metafísica del sesso*. Roma: Edizione Mediterranée, 1969.

FONSECA, Rubem. *Os prisioneiros* (contos). Rio de Janeiro: Edições GRD, 1963.

_____. *A coleira do cão* (contos). Rio de Janeiro: Edições GRD, 1965.

_____. *Lúcia McCartney* (contos). Rio de janeiro: Olivé Editor, 1969.

_____. *O caso Morel*. Rio de Janeiro: Artenova, 1973.

_____. *O homem de fevereiro ou março* (contos). Rio de Janeiro: Artenova, 1973.

_____. *Feliz Ano Novo* (contos). Rio de Janeiro: Nova Fronteira, 1975.

_____. *O cobrador* (contos). Rio de Janeiro: Nova Fronteira, 1979.

_____. *A grande arte*. Rio de Janeiro: Francisco Alves, 1983.

_____. *Bufo & Spallanzani*. Rio de Janeiro: Francisco Alves, 1985.

_____. *Vastas emoções e pensamentos imperfeitos*. São Paulo: Companhia das Letras, 1988.

FOUCAULT, Michel. *Doença mental e psicologia*. Rio de Janeiro: Tempo Brasileiro, 1968.

_____. *A arqueologia do saber*. Petrópolis: Vozes, 1972.

_____. *A verdade e as formas jurídicas*. Rio de Janeiro: Edições da PUC, 1976.
_____. *Vigiar e punir*. Petrópolis: Vozes, 1977.
_____. *Eu, Pierre Rivière, que degolei minha mãe, minha irmã e meu irmão*. Rio de Janeiro: Graal, 1977.
_____. *História da sexualidade: I — A vontade de saber*. Rio de Janeiro: Graal, 1977.
_____. *As palavras e as coisas*. Trad. de Selma Tannus Muchail. São Paulo: Martins Fontes, 1981.
FRIAS, A. *Homo-sexualismo creador*. Madri: Javier Morata, 1933.
GRASS, Günther. *Atelier des métamorphoses*. Paris: Pierre Belfond, 1979.
GUIACHETTI, Romano. *Porno-power: pornografia y sociedad capitalista*. Barcelona: Fontanella, 1978.
HDJINICOLAOU, Nicos. *Historia del arte y lucha de clases*. Buenos Aires: Siglo Ventiuno, 1974.
HYDE, H. Montgomery. *A history of pornography*. Nova York: Dell Publishers, 1965.
KARL, Frederick R. *O moderno e o modernismo*. Rio de Janeiro: Imago, 1985.
KUNDERA, Milan. *A arte do romance*. Rio de Janeiro: Nova Fronteira, 1988.
LAWRENCE, D. H. *Sex, literature and censorship*. Londres: William Heinemann, s.d.
LEYLAND, Winston (org.). *Sexualidade e criação literária. As entrevistas do Gay Sunshine*. Trad. de Raul de Sá Barbosa. Rio de Janeiro: Civilização Brasileira, 1980.
LOTH, David. *The erotic in literature*. Nova York: Julian Messner, 1961.
LUCAS, Fábio. *O caráter social da literatura brasileira*. São Paulo: Quíron, 1976.
MACHADO, Janete Gaspar. *Constantes ficcionais em romances dos anos 70*. Florianópolis: Ed. da UFSC, 1981.
MANDEL, Ernest. *Delícias do crime. História social do romance policial*. São Paulo: Busca Vida, 1988.
MANTEGA, Guido e outros. *Sexo e poder*. São Paulo: Círculo do Livro, s.d.

MARCUSE, Herbert. *Eros e civilização*. Trad. de Álvaro Cabral. 8. ed. Rio de Janeiro: Zahar, 1981.

MARETTI, Maria Lídia Lichtscheidl. *A lógica do mundo marginal na obra de Rubem Fonseca*. Dissertação de mestrado. Campinas: Unicamp, 1986.

MATTA, Roberto da. *Carnavais, malandros e heróis. Para uma sociologia do dilema brasileiro*. 4. ed. Rio de Janeiro: Zahar, 1983.

MAZEL, Jacques. *As metamorfoses de eros*. São Paulo: Martins Fontes, 1988.

MICELLI, Sérgio. *A noite da madrinha*. São Paulo: Perspectiva, 1972.

MIGUEL, Salim. *O castelo de Frankenstein*. Florianópolis: Ed. da UFSC, 1986.

MORAES, E. R.; LAPEIZ, S. M. *O que é pornografia*. São Paulo: Brasiliense, 1984 (Col. Primeiros Passos, 120).

MORAIS, Régis de. *O que é violência urbana*. São Paulo: Brasiliense, 1983 (Col. Primeiros Passos, 42).

MORDELL, Albert. *The erotic motive in literature*. Nova York: Boni & Liveright, 1919.

ODÁLIA, Nilo. *O que é violência*. São Paulo: Brasiliense, 1983 (Col. Primeiros Passos, 85).

OLIVEIRA, Roberto Cardoso e outros. *Pós-modernidade*. Campinas: Ed. da Unicamp, 1987.

PAOLI, Maria Célia e outros. *A violência brasileira*. São Paulo: Brasiliense, 1982.

PAZ, Octavio. *Signos em rotação*. Trad. de Sebastião Uchoa Leite. São Paulo: Perspectiva, 1976 (Col. Debates, 48).

PEDROSA, Célia. *O discurso hiperrealista em Rubem Fonseca*. Dissertação de mestrado. Rio de Janeiro: PUC, 1977.

PETROV, Petar Dimitrov. *Rubem Fonseca: da temática à ideologia em "Feliz Ano Novo"*. Dissertação de mestrado. Lisboa: Universidade de Lisboa, 1988 (mimeo).

PORTELLA, Eduardo. *Literatura e realidade nacional*. Rio de Janeiro: Tempo Brasileiro, 1963.

REICH, Wilhelm. *A função do orgasmo*. Trad. de Maria da Glória Novak. 7. ed. São Paulo: Brasiliense, 1982.

_____. *A revolução sexual*. Trad. de Ary Blaustein. 7. ed. Rio de Janeiro: Zahar, 1982.

REIMÃO, Sandra Lúcia. *O que é romance policial*. São Paulo: Brasiliense, 1983 (Col. Primeiros Passos, 109).
RENAULT, Delso. *O dia-a-dia no Rio de Janeiro segundo os jornais (1870-1889)*. Rio de Janeiro: Civilização Brasileira/INL/MEC, 1982.
RODRIGUES, Nina Rosa da Penha. *A construção da significação nos contos de Rubem Fonseca*. Tese de doutorado. São Paulo: FFLCH-USP, 1980.
ROUGEMONT, Denis de. *L'amour el l'occident*. Paris: Plon, 1939.
ROUSSELLE, Aline. *Pornéia: sexualidade e amor no mundo antigo*. São Paulo: Brasiliense, 1984.
SALLES, Catherine. *Nos submundos da antiguidade*. São Paulo: Brasiliense, 1984.
SANT'ANNA, Affonso Romano de. *O canibalismo amoroso*. São Paulo: L. R. Editores, 1983.
SARTRE, Jean-Paul. *Situation II*. Paris: Gallimard, 1984.
SCHWARZ, Roberto (org.). *Os pobres na literatura brasileira*. São Paulo: Brasiliense, 1983.
SILVA, Deonísio da. *A ferramenta do escritor*. Rio de Janeiro: Artenova, 1978.
_____. *Um novo modo de narrar*. São Paulo: Cultura, 1979.
_____. *O palimpsesto de Rubem Fonseca: violência e erotismo em "Feliz Ano Novo"*. Dissertação de mestrado, sob orientação de Guilhermino César. Porto Alegre: UFRS, 1981.
_____. *O caso Rubem Fonseca*. São Paulo: Alfa-Ômega, 1983.
SODRÉ, N. Werneck. *História da burguesia brasileira*. Rio de Janeiro: Civilização Brasileira, 1967.
TELES, Gilberto. *Vanguarda européia e modernismo brasileiro*. Petrópolis: Vozes, 1976.
URBANO, Hudinilson. *A elaboração da realidade linguística em Rubem Fonseca*. Tese de doutorado sob a orientação de Dino Preti. São Paulo: USP, 1985 (mimeo).
VASILCHENKO, G. *Sexopatología general*. Moscou: Editorial Mir, 1986.
VIDAL, Gore. *Juliano*. Rio de Janeiro: Rocco, 1985.

Artigos, excertos e ensaios com autoria

ALBUQUERQUE, Paulo Medeiros. "Os maiores detetives de todos os tempos." *O Estado de S. Paulo*, Suplemento Cultural, ano II, n. III, p. 7.

AMÂNCIO, Moacir. "Aprendam a ler os contos de Rubem Fonseca." *Folha de S. Paulo*, 10 de abril de 1980.

_____. *Folha de S. Paulo*, 20 de junho de 1977.

_____. "Rubem Fonseca mostrando num romance o outro lado da moeda." *Jornal da Tarde*, São Paulo, s.d.

ANDRADE, Narciso. "Os contos de Rubem Fonseca." *A Tribuna*, Santos, 02 de novembro de 1975.

APPEL, Carlos Jorge. "Renovadores do conto." *Correio da Manhã*, Rio de Janeiro, 25 de agosto de 1968.

ARCE, Isabella. "Erótico ou pornográfico: prazer da fala ou do falo?" *Ele & Ela*, s.d.

AREAS, Vilma. "Outros carnavais." *Folha de S. Paulo*, 04 de março de 1984. Folhetim, p. 10.

ASSUMPÇÃO, Simone de Souza. "Erotismo em *O caso Morel*." Porto Alegre: UFRS, 1987 (mimeo).

AUGUSTO, Sérgio. *O Pasquim*, Rio de Janeiro, fevereiro de 1977.

_____. "Uma escatologia deste tempo." *Folha de S. Paulo*, 04 de dezembro de 1983, p. 67.

BALEEIRO, Aliomar. "O odioso da censura é o iníquo da discriminação." *Jornal do Brasil*, Rio de Janeiro, 19 de janeiro de 1977. Caderno B, p. 1.

BATAILLE, Georges e outros. "Le bonheur, l'érotisme et la littérature." *Critique*, Paris, (35): 291-316, abril de 1949.

BEAUVOIR, Simone de. "L'initiation sexuelle de la femme." *Les Temps Modernes*, Paris, março de 1979.

BENJAMIN, Walter. "Para la crítica de la violencia." In: *Ensayos escogidos*. Trad. de H. A. Murena. Buenos Aires: Sur, 1967.

BEZERRA, Paulo. "O carnaval na literatura." *Folha de S. Paulo*, 04 de março de 1984. Folhetim, p. 6.

BRAIT, Beth. "A sedução do bestseller." *Jornal da Tarde*, São Paulo, 05 de maio de 1984, p. 5.

BRANCO, Frederico. "Nasce o romance policial brasileiro." *O Estado de S. Paulo*, 18 de março de 1984.

BRASIL, Assis. "O novo conto brasileiro." *Cultura*, Brasília, Minas Gráfica/MEC, ano 5, n. 21 abril/junho de 1976, p. 60-6.

_____. "Rubem Fonseca e o conto brasileiro." *Minas Gerais*, Belo Horizonte, 06 de dezembro de 1969. Suplemento Literário.

CAMARGO, Oswaldo. "O homem que fareja tesouros brasileiros: perfil do primeiro editor de Rubem Fonseca, Gumercindo Rocha Dórea." *Jornal da Tarde*, São Paulo, 30 de agosto de 1986.

CAVALCANTE FILHO, José Paulo. *Jornal do Brasil*. Rio de Janeiro, 22 de dezembro de 1985. Caderno B/Especial.

CAU, Jean. "La terreur pornographique." *Les Nouvelles Littéraires*, Paris, 18 de outubro de 1969, p. 1 e 6.

CHAVES, Lena. "Arma cortante." *Veja*, São Paulo, n. 798, 21 de dezembro de 1983, p. 129.

COSTA, Flávio Moreira da. "A boa ficção brasileira de 1975." *Escrita* (Revista mensal de literatura), São Paulo, Vertente, ano I, n. 4, 1976, p. 8-9.

_____. "O mundo torto e cruel de Rubem Fonseca." *Opinião*, 24 de outubro de 1975.

COURI, Norma. "Marinele, Shakespeare, Popeye." *Jornal do Brasil*, Rio de Janeiro, 09 de março de 1988. Caderno B, p. 8.

COUTINHO, Afrânio. "Erotismo na literatura brasileira: o caso Rubem Fonseca." *Encontros com a civilização brasileira*, n. 10, abril de 1979.

COUTINHO, Paulo César. *Jornal do Brasil*, Rio de Janeiro, 22 de dezembro de 1985. Caderno B/Especial.

COUTINHO, Wilson Nunes. "Um romance inteligente." *Opinião*, 23 a 30 de julho de 1973.

DÓREA, Gumercindo Rocha. "Entrevista a Oswaldo de Camargo." *Jornal da tarde*, São Paulo, 30 de agosto de 1986.

DOURADO, Autran. *Visão*, 10 de novembro de 1975.

DROIT, Michel. "L'affaire de *La Réligieuse*." *Figaro Littéraire*, Paris, 14 de abril de 1966, p. 1 e 4.

ÉLIS, Bernardo. "O artista não cria nada, revela o que está aí." *Jornal do Brasil*, Rio de Janeiro, 19 de janeiro de 1977.

EMEDIATO, Luiz Fernando. "Dignidade intelectual." *O Estado de São Paulo*, 05 de setembro de 1986. Caderno 2.

FAGUNDES, Coriolano. *Jornal do Brasil*, Rio de Janeiro, 22 de dezembro de 1985. Caderno B/Especial.

FALCÃO, Armando. "Censura vai continuar: ela é constitucional. Nota à imprensa." Ministério da Justiça, 25 de janeiro de 1977.

FASSONI, Orlando L. "São Paulo aprendeu a conviver com a pornografia." *Folha de S. Paulo*, 06 de maio de 1984, p. 27.

FIGUEIREDO, Guilherme. "O livro está sendo procurado, agradeçamos à censura." *Jornal do Brasil*, Rio de Janeiro, 19 de janeiro de 1977.

FIGUEIREDO, Vera Lúcia Follain de. "A palavra como arma: o romance policial de Rubem Fonseca." *Folha de S. Paulo*, 29 de julho de 1984. Folhetim, n. 393, p. 6-7.

FINLEY, M. I. "Censorship in classical antiquity." *Times Literary Supplement*, Londres, 29 de julho de 1977, p. 923-5.

FIORILHO, Marília Pacheco. "Contos, mitos e lendas." *Veja*, São Paulo, 10 de outubro de 1979.

_____. "Um cosmopolita do pânico e da solidão." *Veja*, São Paulo, 17 de outubro de 1979.

FONSECA, Rubem. *Visão*, São Paulo, 10 de novembro de 1975.

FRANCO, Afonso Arinos de Melo. "O problema é distinguir o obsceno do antiestético." *Jornal do Brasil*, Rio de Janeiro, 19 de janeiro de 1977. Caderno B, p. 1.

FREJAT, José. "Enchafurda-se no crime como se fosse a suprema realização." *Jornal do Brasil*, Rio de Janeiro, 19 de janeiro de 1977.

GALVÃO, Walnice Nogueira. "O mercado, eis a questão." *Jornal do Brasil*, Rio de Janeiro, 22 de dezembro de 1985. Caderno B/Especial.

GARCIA, José Martins. "O caso Morel." *Colóquio/Letras*, Lisboa, Fundação Calouste-Gulbenkian, n. 17, janeiro de 1974, p. 93-4.

GARDNER, Gerald. "Letters from the Hays Office: 1934-1968." Apud *Manchete*, n. 1.896, 20 de agosto de 1988, p. 28 e segs. (condensado).

GIARDINELLI, Mempo. "Sade? Hacia un superorganismo?" *Opinión*, Buenos Aires, 29 de julho de 1985, p. 15.

GIRODIAS, Maurice. "The erotic society." *Encounter*, Londres, 26 (2): 50-7, fevereiro de 1966.

GOLDMANN, Lucien. "O todo e as partes." *Dialética e cultura*. Trad. de Gisch Vianna Konder. Rio de Janeiro: Paz e Terra, 1967.

GOMES, Alfredo Dias. *Jornal do Brasil*, Rio de Janeiro, 22 de fevereiro de 1985. Caderno B/Especial.

GOMES, Celeuta Moreira. "Rubem Fonseca." In: *O conto brasileiro e sua crítica. Bibliografia: 1841 a 1974*. Rio de Janeiro: Biblioteca Nacional, 1977. v. I, p. 195-8 (Col. Rodolfo Garcia).

GOMES, José Edson. "Rubem Fonseca, o conto subterrâneo." *O Globo*, Rio de Janeiro, 13 de dezembro de 1969.

GUIMARÃES, Josué. *Folha de S. Paulo*, 31 de dezembro de 1976.

GUIRAL, Jesús C. "Lo erótico y lo pornográfico." *Temas*, Montevidéu, janeiro/março de 1966.

HECKER FILHO, Paulo. "Saindo da fase rosa, ou os gêneros contemporâneos continuam passando bem." *O Estado de S. Paulo*, 18 de fevereiro de 1973. Suplemento Literário, n. 812, p. 5.

_____. "Um narrador." *O Estado de S. Paulo*, 27 de julho de 1970. Suplemento Literário.

HOHLFELDT, A. "O atual conto brasileiro." *Correio do Povo*, Porto Alegre, 06 de março de 1976.

HOOK, Sidney. "Pornography and the censor." *The New York Times Book Review*, Nova York, 12 de abril de 1964, p. 1.

HOUAISS, Antonio. *Visão*, São Paulo, 10 de novembro de 1975.

IANNI, Octávio. "Censura tem distorcido a cultura." *Jornal do Brasil*, Rio de Janeiro, 30 de janeiro de 1977.

IGLÉSIAS, Francisco. "A resposta do ministro." *Jornal do Brasil*, Rio de Janeiro, 09 de fevereiro de 1977.

JOSEF, Bella. "Rubem Fonseca e seu universo." *O jogo mágico*. Rio de Janeiro: José Olympio, 1980, p. 62-4.

LAMY FILHO, Alfredo. "A sociedade é que deve ser julgada e censurada." *Jornal do Brasil*, Rio de Janeiro, 19 de janeiro de 1977.

LAPOUGE, Gilles. "O romance policial." *O Estado de S. Paulo*, 25 de julho de 1982. Suplemento Cultura, p. 2.

LEONAM, Carlos. *Jornal do Brasil*, Rio de Janeiro, 05 de janeiro de 1986.

LOWE, Elizabeth. "A cidade de Rubem Fonseca." Trad. de Sônia Maria F. C. Alcalay. *Escrita* (Revista de literatura), São Paulo, Ed. Escrita, ano VIII, n. 36, maio de 1983, p. 51-59.

LUCAS, Fábio. "A coleira do cão." In: —. *Crítica sem dogma*. Belo Horizonte: Imprensa Oficial, 1983, p. 149-51.

_____. "O caso Morel." In: —. *Crítica sem dogma*. Belo Horizonte: Imprensa Oficial, 1983, p. 92-7.

_____. "Os anti-heróis de Rubem Fonseca." In: —. *Fronteiras imaginárias*. Rio de Janeiro: Cátedra/INL, 1971, p. 115-25.

_____. "Situação do conto." In: —. *O caráter social da literatura brasileira*. São Paulo: Quíron, 1976, p. 125-6.

LUKÁCS, Georg. "Narrar ou descrever." In: *Ensaios sobre literatura*. Trad. de Carlos Nelson Coutinho. Rio de Janeiro: Civilização Brasileira, 1968.

LYRA, Fernando. *Jornal do Brasil*, 22 de dezembro de 1985. Caderno B/ Especial.

LYRA, Pedro e outros. "A violência na literatura." *Revista Tempo Brasileiro*, Rio de Janeiro, n. 58, 1979.

MACEDO, Nertan. "Não fazemos publicidade de autores idiotas." *Jornal do Brasil*, Rio de Janeiro, 19 de janeiro de 1977.

MARIZ, Dinarte. *Jornal do Brasil*, Rio de Janeiro, 19 de janeiro de 1977. Caderno B, p. 1-2.

MARTINO, Telmo. "Um livro sobre Morel, o homem que acha inúteis os livros." *Jornal da Tarde*, São Paulo, 23 de julho de 1973.

MARTINS, Wilson. "Realismo, realismos." *O Estado de S. Paulo*, 07 de outtubro de 1973. Suplemento Literário, n. 845, p. 5.

MATTA, Roberto da. "Menos perturbador do que a realidade." *Jornal do Brasil*, Rio de Janeiro, 19 de janeiro de 1977.

MAURIAC, François. "Notes sur l'érotisme en littérature." *Figaro Littéraire*, Paris, 02 de agosto de 1958, p. 1.

MAYNARD, Luthero. "Um romance policial primoroso." *Nova*, São Paulo, março de 1984, p. 15.

MEDINA, Cremilda. "A criação nos anos 80." *Revista do Livro*, São Paulo, Círculo do Livro, n. 57, abril/maio/junho de 1985, p. 66-7.

_____. "Rubem Fonseca na regência da grande arte." *O Estado de S. Paulo*, 09 de setembro de 1984, p. 29.

MCKEON, Richard. "Canonic books and prohibited books: ortodoxy and heresy in religion and culture." *Critical Inquiry*, Chicago, 2(4):781-806, Summer, 1976.

MICHALSKI, Yan. "Censura: um mau negócio para todos." *Jornal do Brasil*, Rio de Janeiro, 28 de março de 1978. Caderno B, p. 2.

MONTELLO, Josué. "Censura à pornografia, não às obras de artes." *Jornal do Brasil*, Rio de Janeiro, 19 de janeiro de 1977, p. 2.

MORAES, João Luiz de. *Jornal do Brasil*, Rio de Janeiro, 22 de dezembro de 1985. Caderno B/Especial.

MOURÃO, Gerardo Mello. "É melhor errar com Platão que acertar com Dinarte Mariz." *Jornal do Brasil*, Rio de Janeiro, 19 de janeiro de 1977.
NOVAES, Carlos Eduardo. "Feliz Ano Novo." *Jornal do Brasil*, Rio de Janeiro, 23 de dezembro de 1976.
PACHECO, Álvaro. "Contra-capas." In: FONSECA, Rubem. *O caso Morel*. Rio de Janeiro: Artenova, 1973.
PAPI, Luiz. "1) O risco do bordado; 2) Lúcia McCartney." *Cartilha Anticrítica*. Rio de Janeiro: Cátedra; Brasília: INL, 1979, p. 91-3.
PAULA, Marleine. "Um provocante romance de Rubem Fonseca." *O Estado de S. Paulo*, 14 de julho de 1986. Suplemento Cultura, ano V, n. 313, p. 10.
PAZ, Octavio. "El más allá erótico." In: —. *Los signos en rotación y otros ensayos*. Madri: Alianza, 1971.
_____. "A dialética da solidão." In: —. *O labirinto da solidão*. Trad. de Eliane Zagury. Rio de Janeiro: Paz e Terra, 1976.
PELLEGRINO, Hélio. "Uma ação profundamente farisaica." *Jornal do Brasil*, Rio de Janeiro, 19 de janeiro de 1977.
PIÑON, Nélida. *Visão*, São Paulo, 10 de novembro de 1975.
PINTO, José Nêumane. *Jornal do Brasil*, Rio de Janeiro, 22 de dezembro de 1985. Caderno B/Especial.
PÓLVORA, Hélio. "Rubem Fonseca." In: —. *A força da ficção*. Rio de Janeiro: Vozes, 1971, p. 41-5.
_____. "A pornografia do formigueiro." *Jornal do Brasil*, Rio de Janeiro, 09 de outubro de 1975.
REIMÃO, Sandra Lúcia. "Sobre uma das linhas das trajetórias de Rubem Fonseca." *Folha de S. Paulo*, 22 de abril de 1984, Folhetim, p. 10-1.
REY, Marcos. "Vicissitudes do gênero policial no Brasil." *O Estado de S. Paulo*, 25 de julho de 1982. Suplemento Cultura, ano II.
RIBEIRO, Leo Gilson. "Literatura. O resto é lixo." *Veja*, 27 de julho de 1973.
_____. "Um Rubem Fonseca ofendido e humilhado. Como todos nós." *Jornal da Tarde*, São Paulo, 10 de novembro de 1979.
ROELS, Reynaldo Jr. "A filosofia do pós-68." *Jornal do Brasil*, Rio de Janeiro, 07 de maio de 1988. Ideias, n. 84, p. 6-7.
ROLPH, C. H. "The literary censorship in England." *The Kenyon Review*, Gambier, 29(3): 40-122, junho de 1967.

SÁ, Jorge de. *Jornal do Brasil*, Rio de Janeiro, 05 de janeiro de 1986.

SANT'ANNA, Affonso Romano de. "Zut! Zut! Zut!." *Veja*, 05 de novembro de 1975.

SANT'ANNA, Sérgio. "A propósito de Lúcia McCartney." *Minas Gerais*, Belo Horizonte, 17 de janeiro de 1970. Suplemento Literário, n. 177, p. 12.

SANTARRITA, Marcos. "O fenômeno Rubem Fonseca." *Jornal do Comércio*, Rio de Janeiro, 28 de dezembro de 1969.

SCALVO, Rubens Teixeira. "Baker Street, No. 321-B." *O Estado de S. Paulo*, 25 de julho de 1982. Suplemento Cultura, p. 10-2.

SCALZO, Nilo. "Os caminhos da narrativa na obra de Rubem Fonseca e Trevisan." *O Estado de S. Paulo*, s.d.

SCHNAIDERMAN, Boris. "Rubem Fonseca, precioso. Num pequeno livro." *Jornal da Tarde*, São Paulo, 27 de setembro de 1980, p. 8.

SILVA, Deonísio da. "Violência nos contos de Rubem Fonseca." *Jornal do Brasil*, Rio de Janeiro, 16 de dezembro de 1978. Suplemento Livro, p. 4.

_____. "O caso Rubem Fonseca." *Playboy*, n. 109, agosto de 1984.

_____. "Bom de cama e de gatilho." *Playboy*, n. 126, janeiro de 1986, p. 26.

_____. "Delfina Delamare e outras mortes." *Leia livros*, São Paulo, janeiro de 1986, p. 25.

_____. "Rubem Fonseca." *Verve*, Rio de Janeiro, ano II, junho de 1988.

_____. "Vastas emoções e pensamentos imperfeitos." Brown University, Providence (EUA), fevereiro de 1989.

_____. "Um caso no romance brasileiro." *Jornal da Tarde*, São Paulo, 18 de fevereiro de 1995.

SIMONE, Nathanael, pseud. "Metacorações solitários." *Movimento*, Rio de janeiro, 19 de janeiro de 1976, p. 21.

SODRÉ, Nelson Werneck. *Jornal do Brasil*, Rio de Janeiro, 19 de janeiro de 1977. Caderno B, p. 2.

SONTAG, Susan. "The pornographic imagination." *Partisan Review*, New Brunswick, 34(2): 181-212, Spring.

SOUZA, Luís Carlos. "Na reeleição de Athayde, o protesto por José Rubens (sic)." *Folha de S. Paulo*, 25 de dezembro de 1976.

STYCER, Maurício. *Folha de S. Paulo*, 07 de maio de 1988.

SZKLO, Gilda Salem. "A violência em *Feliz Ano Novo*." *Revista Tempo Brasileiro*, Rio de Janeiro, n. 58 (*A violência na literatura*), agosto/outubro de 1979, p. 93-107.

TELLES, Lygia Fagundes. "Uma invenção que deveria ser revelada e meditada." *Jornal do Brasil*, Rio de Janeiro, 19 de janeiro de 1977. Caderno B, p. 1.
VASQUEZ, Edgar. *Jornal do Brasil*, Rio de Janeiro, 05 de janeiro de 1986.
VELHO, Gilberto. "Literatura e desvio: questões para a Antropologia." In: Vários autores. *Caminhos cruzados*. São Paulo: Brasiliense, 1982.
VENTURA, Adão. "Lúcia McCartney." *Minas Gerais*, Belo Horizonte, 07 de março de 1970. Suplemento Literário, n. 184, p. 7.
VENTURA, Zuenir. "O cotidiano na arte." *Visão*, 10 de novembro de 1975, p. 124.
_____. "O inventor de palavras." *Isto É*, n. 363, 07 de dezembro de 1983, p. 90-2.
_____. *Jornal do Brasil*, Rio de Janeiro, 05 de janeiro de 1986.
VIDAL, Gore. "On pornography." *The New York Book Review*, Nova York, 31 de março de 1966, p. 4-6.
WARIN, François. "Georges Bataille e a maldição da literatura." *O Estado de S. Paulo*, 1º de setembro de 1974. Suplemento Literário, ano XVIII, n. 892, p. 3.
WYLER, Vivian. *Jornal do Brasil*, Rio de Janeiro, 05 de janeiro de 1986.
ZIRALDO. *Jornal do Brasil*, Rio de Janeiro, 22 de dezembro de 1985. Caderno B/Especial.

Recortes, artigos e excertos sem autoria e outras fontes com identificação e localização precárias

AQUI SÃO PAULO, ano II, n. 64, 03 a 09 de fevereiro de 1977.
ARGUMENTS. L'amour problème. Paris, v. 5, n. 21, 1º trim. 1961. Número especial.
AUTOR e sua obra. In: FONSECA, Rubem. A coleira do cão, São Paulo, Círculo do Livro, s.d., 241p.
AUTOR e sua obra. In: FONSECA, Rubem. *Lúcia McCartney/Os prisioneiros*. São Paulo, Círculo do Livro, s.d., p. 271-2.
CORREIO DA MANHÃ. Deve haver censura ou não. Rio de Janeiro, 26 a 28 de novembro de 1970. Pornografia/Debate, p. 2-3, anexo.

CORREIO DO POVO, 24 de dezembro de 1976; 29 de janeiro de 1977; 08 de junho de 1977; 06 de julho de 1980.
CRITICAL QUATERLY. On pornography and obscenity. Londres, v. 3, n. 2, Summer 1961. Número especial.
DIÁRIO DE SÃO PAULO, 26 de janeiro de 1977.
ESTADO DE S. PAULO, O. *O cobrador*. Rubem Fonseca, um livro e o cotidiano. 05 de outubro de 1979.
ESTADO DE S. PAULO, O. Escritor tenta reparar os danos da obra apreendida. 27 de março de 1980, p. 32.
ESTADO DE S. PAULO, O. Série "Escritor Brasileiro Hoje/A Posse da Terra". 09 de setembro de 1984, p. 29.
ESTADO DE S. PAULO, O, 05 de janeiro de 1977; 06 de janeiro de 1977; 26 de janeiro de 1977; 27 de janeiro de 1977; 03 de fevereiro de 1977; 04 de fevereiro de 1977; 05 de fevereiro de 1977; 13 de fevereiro de 1977.
FOLHA DE S. PAULO, 24 de dezembro de 1976; 27 de janeiro de 1977; 06 de junho de 1977; 10 de junho de 1977; 11 de junho de 1977; 20 de junho de 1977, p.19; 02 de setembro de 1978.
GLOBO, O. "O que não está nos livros, eu não soube ou não quis dizer" (Rubem Fonseca). Mas os amigos falam sobre Zé Rubem.
GLOBO, O, 29 de dezembro de 1976; 26 de janeiro de 1977; 04 de fevereiro de 1977.
JORNAL DA MANHÃ, Ijuí (RS), 11 de junho de 1977.
JORNAL DA TARDE. O que Rubem Fonseca tem contra esta página? É que esta página é sobre ele, um dos maiores contistas do Brasil. E ele detesta dar entrevistas. São Paulo, 20 de novembro de 1969.
JORNAL DA TARDE. Rubem Fonseca. *Feliz Ano Novo*, um desperdício de (raro) talento. São Paulo, 08 de novembro de 1975.
JORNAL DA TARDE, 27 de janeiro de 1977; 03 de fevereiro de 1977.
JORNAL DE BRASÍLIA, 05 de janeiro de 1977; 26 de janeiro de 1977; 29 de janeiro de 1977.
JORNAL DO BRASIL. Pornografia: duas posições antagônicas sobre um tema, explosivo e indefinido. Rio de Janeiro, 28 de abril de 1973. Caderno B, p. 4.
JORNAL DO BRASIL. O Ano Negro de *Feliz Ano Novo*. Rio de Janeiro, 19 de janeiro de 1977. Caderno B, p. 1.

JORNAL DO BRASIL. Prepare-se. Vem aí um cobrador a mando de Rubem Fonseca. 08 de setembro de 1979.

JORNAL DO BRASIL, 06 de janeiro de 1977; 26 de janeiro de 1977; 27 de janeiro de 1977; 28 de janeiro de 1977; 30 de janeiro de 1977; 07 de junho de 1977.

L'EXPRESS. L'invasion érotique. Paris, n. 947, setembro de 1969. Número especial.

LUTA DEMOCRÁTICA, 06 de janeiro de 1977.

PONTO DE ENCONTRO. São Paulo, Clube do Livro, ano II, n. 17, abril/maio de 1988.

THE NEW YORK BOOK REVIEW. v. XXXIV, n. 9, 28 de maio de 1987; v. XXXIV, n. 10, 11 de junho de 1987; v. XXXIV, n. 11, 25 de junho de 1987.

THE TIMES LITERARY SUPPLEMENT. The picaresque phallus. Londres, 1º de setembro de 1972, p. 1009-11.

THE TWENTIETH CENTURY WOMEN. Londres, v. 164, n. 978, agosto de 1958. Número especial.

ÚLTIMA HORA, 05 de janeiro de 1977; 26 de janeiro de 1977.

VEJA. O torto e o direito. 16 de abril de 1980, p. 84-5.

VEJA, 02 de fevereiro de 1977.

VISÃO. Escritores desmentem crise de criatividade. 10 de novembro de 1975, p. 10 e seg.

Editora Manole

Esta obra foi composta em Sabon
no corpo 10/14 e impressa em papel
Polén soft 80g/m² pela Geográfica
Editora, Santo André, São Paulo.